百年大师经典
梅蘭芳

梅兰芳 著

天津出版传媒集团
天津人民美术出版社

图书在版编目（CIP）数据

百年大师经典. 梅兰芳卷 / 梅兰芳著. -- 天津：天津人民美术出版社，2021.12
 ISBN 978-7-5305-9822-1

Ⅰ. ①百… Ⅱ. ①梅… Ⅲ. ①梅兰芳（1894-1961）－文集 Ⅳ. ①J12-53

中国版本图书馆CIP数据核字(2021)第233894号

百年大师经典　梅兰芳卷
BAINIAN DASHI JINGDIAN　MEI LANFANG JUAN

| 出　版　人：杨惠东 |
| 责 任 编 辑：李　慧　袁金荣 |
| 技 术 编 辑：何国起　姚德旺 |
| 责 任 审 校：吕　萌　李　佳　崔育平 |
| 出 版 发 行：天津人民美术出版社 |
| 社　　　　址：天津市和平区马场道150号 |
| 邮　　　编：300050 |
| 电　　　话：(022)58352900 |
| 网　　　址：http://www.tjrm.cn |
| 经　　　销：全国新华书店 |
| 制　　　作：天津市彩虹制版有限公司 |
| 印　　　刷：天津印艺通制版印刷股份有限公司 |
| 开　　　本：710毫米×1000毫米 1/16 |
| 版　　　次：2021年12月第1版 |
| 印　　　次：2021年12月第1次印刷 |
| 印　　　张：14.5 |
| 定　　　价：68.00元 |

版权所有　侵权必究

目录

光华初绽

学花旦戏 / 3
学昆曲 / 4
学跷功和武功 / 6
开始了舞台生活 / 9
艺术进步得力于看戏 / 12
从路三宝学《贵妃醉酒》 / 17
与谭鑫培合演《四郎探母》 / 30
登台杂感 / 33
第一次到上海首演《穆柯寨》 / 35
我心目中的杨小楼 / 41
追忆砚秋同志的艺术生活 / 44
雨中清唱 / 48

梅华吐蕊

时装新戏的初试——《一缕麻》 / 53
古装戏的尝试——《嫦娥奔月》 / 57
再度塑造穆桂英 / 66
我学戏、改戏和表演的经验 / 77
继承着瑶卿先生的精神前进 / 81
初演红楼戏——《黛玉葬花》 / 83

戏曲漫谈

中国京剧的表演艺术 / 93
关于表演艺术的讲话 / 114
漫谈戏曲画 / 123
绘画和舞台艺术 / 127
编写抗敌剧目 / 132

目录

漫谈运用戏曲资料与培养下一代 / 140
要善于辨别精粗美恶 / 158
怎样保护嗓子 / 163

银幕风华

电影·回忆·感想 / 171
《春香闹学》与《天女散花》的尝试 / 174
拍五出戏片段后的一些体会 / 180
我第一次试拍有声电影 / 186
第一次试拍全景电影 / 189

芳香四溢

第一次会见卓别林 / 197
在北京酬答范朋克 / 199
首次访问苏联时和爱森斯坦的交谊 / 204
在美接受荣誉博士学位时的答谢词 / 213
和乌兰诺娃的会见 / 214
纪念斯坦尼斯拉夫斯基 / 217
回忆泰戈尔 / 220
天龙寺会见今井京子 / 226

| 光华初绽 |

学花旦戏

除了吴先生教授青衣之外，我的姑丈秦稚芬和我伯母的弟弟胡二庚（胡喜禄的侄儿，是唱丑角的），常来带着教我们花旦戏。就这样一面学习，一面表演，双管齐下，同时并进，我的演技倒是进步得相当快。

在我们学戏以前，青衣、花旦两工，界限是划分得相当严格的。

花旦的重点在表情、身段、科诨。服装色彩也趋向于夸张、绚烂。这种角色在旧戏里代表着活泼、浪漫的女性。花旦的台步、动作与青衣是有显著的区别的，同时在嗓音、唱腔方面的要求倒并不太高。科班里的教师随时体察每一个学艺者的天赋，来支配他的工作。譬如面部肌肉运动不够灵活，内行称为"整脸子"。体格、线条臃肿不灵，眼神运用也不活泼，这都不利于演唱花旦。

青衣专重唱工，对于表情、身段是不甚讲究的，面部表情大多是冷若冰霜。出场时必须采取抱肚子身段，一手下垂，一手置于腹部，稳步前进，不许倾斜。这种角色在旧剧里代表着严肃、稳重，是典型的正派女性。因此，这一类人物出现在舞台上，观众对他的要求，只是唱工，而并不注意他的动作、表情，形成了重听而不重看的习惯。

那时观众上戏馆，都称听戏；如果说是看戏，就会有人讥笑他是外行了。有些观众，遇到台上大段唱工，索性闭上眼睛，手里拍着板眼，细细咀嚼演员的一腔一调、一字一音。听到高兴的时候，提起了嗓子，用大声喝一个彩，来表示他的满意。戏剧圈里至今还流传有两句俚语："唱戏的是疯子，听戏的是傻子。"这两句话非常恰当地描写出当时戏院里的情形。

青衣这样的表演形式保持得相当长久，一直到前清末年才起了变化。首先突破这一藩篱的是王瑶卿先生。他注意到表情与动作，演技方面才有了新的发展。可惜王大爷正当壮年，就"塌中"了。我是向他请教而接着他的路子来完成他的未竟之功的。

学昆曲

梨园子弟学戏的步骤，在这几十年当中，变化是相当大的。大概在咸丰年间，他们先要学会昆曲，然后再动皮黄。同光年间已经是昆、乱并学。到了光绪庚子以后，大家就专学皮黄，即使也有学昆曲的，那都是出自个人的爱好，仿佛大学里的选课似的了。我祖父在杨三喜那里，学的都是昆戏，如《思凡》《刺虎》《折柳》《剔目》《赠剑》《絮阁》《小宴》等。

等他转到罗巧福的门下才开始学《彩楼配》《二进宫》……这一类的皮黄戏。后来他又兼学花旦，如《得意缘》《乌龙院》《双沙河》《变羊记》《思志诚》等戏。他最著名的戏是《雁门关》的萧太后、《盘丝洞》的蜘蛛精。在他掌管四喜班的时代，又排了许多新戏。综观他一生扮演过的角色，是相当复杂的。那时徽班的规矩，青衣、花旦，不许兼唱，界限划分得比后来更严；我祖父就打破了这种褊狭的规定。当时还有人对他加以讽刺，说他这是违法乱例呢。

为什么从前学戏，要从昆曲入手呢？这有两种缘故：（一）昆曲的历史是最悠远的。在皮黄没有创制以前，早就在北京城里流行了。观众看惯了它，一下子还变不过来。（二）昆曲的身段、表情、曲调非常严格。这种基本技术的底子打好了，再学皮黄就省事多了。因为皮黄里有许多玩意儿就是打昆曲里吸收过来的。我知道跟我祖父同时期的有两位昆曲专家——杨鸣玉和朱莲芬，等到他们的晚年，已经是皮黄极盛的时期，可是他们每次出演，仍旧演唱昆曲。观众也并不对他们冷淡，尤其是杨鸣玉更受台下观众的欢迎。

在我先祖学戏时代，戏剧界的子弟最初学艺都要从昆曲入手。馆子里经常表演的，大部分也还是昆曲。我家从先祖起，都讲究唱昆曲。尤其是先伯会的曲子更多。所以我从小在家里就耳濡目染，也喜欢哼几句，如《惊变》里的"天淡云闲……"《游园》里的"袅晴丝……"。我在11岁上第一次出台，串演的就是昆曲。可是对于唱的门道，一点都不在行。到了民国二十三年（1934），北京戏剧界对昆曲一道，已经由全盛时期渐渐衰落到不可想象的地步。台上除了几出武戏之外，很少看到昆曲了。我因为受到先伯的熏陶，眼看着昆曲有江河日下的颓势，觉得是我们戏剧界的一个绝大的损失。我想唱几出昆曲，提倡一下，或者会引起观众的注意和兴趣。那么其他的演员们也会响应了，大家都起来研究它。要晓得，昆曲里的身段是前辈们耗费了许多心血创造出来的，再经过后几代的艺人们逐步加以改善，才留下来这许多的艺术精华。这对于京剧演员，实在是有绝大借鉴价值的。

我一口气学会了三十几出昆曲，就在民国四年（1915）开始演唱了，大部分是由乔蕙兰老先生教的。像属于闺门旦唱的《游园惊梦》这一类的戏，也是入手的时候必须学习的。乔先生是苏州人，在清廷供奉里是有名的昆旦。他虽然久居北京，他的行状与举止，一望便知是一个南方人。说起话来，是那么婉转随和，从来没有看见他疾言厉色地对付过学生。他耐心教导，真称得起是一位循循善诱的老教师。

我学会了《游园惊梦》，又请陈老夫子给我排练。想在做工方面补充些身段。陈老夫子把他学的那些宝贵的老玩意儿很细心地教给我，例如好姐姐曲子里"声声燕语……呖呖莺声"的身段，是要把扇子打开，拿在手里摇摆着跟丫环春香并肩走云步的。在这上面一句"那牡丹虽好"，是要用手拍扇子来做的。陈老夫子教到身段，也是不怕麻烦，一遍一遍地给我说。步位是非常准确，一点都不会走样的。他跟我一样也不是一个富有天才、聪明伶俐的学艺者。他的成名，完全是靠了苦学苦练的。

学跷功和武功

前辈们的功夫真是结实，文的武的，哪一样不练？像《思凡下山》《活捉三郎》《访鼠测字》这三出戏的身段，戏是文丑应工，要没有很深的武功底子，是无法表演的。

再拿老生来说，当年孙菊仙、谭鑫培、汪桂芬三位老先生，同享盛名，他们的唱法，至今还流传着，已成为三大派别。可是讲到身段，一般舆论，津津乐道的，那就只有谭老先生了。原因是这三位里面，唯有谭老先生，早年是唱武生的，武功很深。到了晚年在《定军山》《战太平》这一类开打戏里，要用把子，本来就是他的看家本领，当然表演得比别人更好看。就连文戏里，他有些难能可贵的身段，也都靠幼年武功底子才能这样出色当行的。可见我们这一行，真不简单，文、武、昆、乱哪一门都够你学上一辈子。要成为一个好演员，除了经过长期的锻炼，还要本身天赋条件样样及格。譬如眼睛呆板无神，嗓子不搭调，这些天生缺憾，都是人工所无法补救的。

还有练武功的，腿腕的骨骼部位，都有关系。有些体格不利于练武，勉强学习，往往造成意外损伤，抱恨终身。

天赋方面具备了各种优美的条件，还要有名师指授，虚心接受批评，再拿本身在舞台上多少年的实际经验，融会贯通以后，才能成为一个十全十美的名演员。

我记得幼年练功，是用一张长板凳，上面放着一块长方砖，我踩着跷，站在这块砖上，要站一炷香的时间，起初站上去，战战兢兢，异常痛楚，没有多大功夫就支持不住，只好跳下来。但是日子一长，腰腿有了劲，就渐渐站稳了。

冬天在冰地里，踩着跷，打把子，跑圆场，起先一不留神就摔跤。可是踩着跷在冰上跑惯了，不踩跷到了台上就觉得轻松容易。凡事必须先难后易，方能苦尽甘来。

我练跷功的时候，常常会脚上起泡，当时颇以为苦，觉得我的老师，不应该把这种严厉的课程加到一个十几岁的小孩子身上。在这种强制执行的状态之下，心中未免有些反感。但是到了今天，我已经是将近六十岁的人，还能够演《贵妃醉酒》《穆柯寨》《虹霓关》一类的刀马旦戏，就不能不想到当年教师对我严格执行这种基本训练的好处。

现在对于跷功存废，曾经引起各种不同的看法，激烈的辩论。这一问题，像这样多方面的辩论、研究，将来是可得到一个适当结论的。我这里不过就本身的经验，真实地叙述我学习的过程，指出幼年练习跷功，对我的腰腿是有益处的，并不是对跷功存废问题有什么成见。再说我家从先祖起就首倡花旦不踩跷，改穿彩鞋。我父亲演花旦戏，也不踩跷。到了我这一辈，虽然练习过两三年的跷功，我在台上可始终没有踩跷表演过的。

我演戏的路子，还是继承祖父传统的方法。他是先从昆曲入手，后学皮黄的青衣、花旦，在他的时代里学戏的范围要算宽的了。我是由皮黄青衣入手，然后陆续学会了昆曲的正旦、闺门旦、贴旦，皮黄里的刀马旦、花旦，后来又演时装、古装戏。总括起来说，自从出台以后，就兼学旦角的各种部门。我跟祖父不同之点是我不演花旦的玩笑戏，我祖父不常演刀马旦的武功戏。这里面的原因，是他的体格太胖，不能在武功上发展。我的性格，自己感觉到不适宜于表演玩笑、泼辣一派的戏。

我的武功大部分是茹莱卿先生教的。像我们唱旦角的学打把子，比起武行来，是省事不少了。他先教我打"小五套"，这是打把子的基本功夫。这里面包含了五种套子：灯笼炮、二龙头、九转枪、十六枪、甩枪。打的方法都从"幺二三"起手，接着也不外乎你打过来，我挡过去，分着上下左右四个方向对打的姿势。名目繁多，我也不细说了。这五种套子都不是在台上应用的活，可是你非打它入门不可。学会了这些，再学别的套子就容易了。第二步就练"快枪"和"对枪"。这都是台上最常用的玩意儿。这两种枪的打法不同，用意也两样。"快枪"打完了是要分胜败的，"对枪"是不分的。譬如《葭萌关》里马超遇见了张飞，他们都是大将，武艺精强，分不出高下，那就要用"对枪"了。我演的戏如《虹霓关》的东方氏与王伯党，《穆柯寨》的穆桂英与杨宗保，也是"对枪"。反正台上两个演员对打，只要锣鼓转慢了，双方都冲着前台亮住相，伸出大拇指，表示对方的武艺不弱，在我们内行的术语，叫作"夸将"，打完了双收下场，这就是"对枪"。如果打完"对枪"，还要分胜败，那就得再转"快枪"，这都是一定的规矩。我还学会了"对剑"，是在《樊江关》里姑嫂比武时用的。因为这是短兵器，打法又不同了。后来我演的新戏如《木兰从军》的"鞭挂子"，《霸王别姬》的舞剑，甚至于反串的武生戏，都是在茹莱卿先生替我吊完嗓子以后给我排练的。

茹先生是得的杨家的嫡传，也擅长短打。中年常跟俞老先生配戏。四十岁以后他又拜我伯父为师，改学文场。我从离开喜连成不久，就请他替我操琴。我们俩合作多年。我初次赴日表演，还是他同去给我拉的。一直到晚年，他的精力实在不济了，中国香港派人来约我去唱，他怕出远门，才改由徐兰沅姨父代他工作下去的。我记得我祖母八十寿辰，在织云公所会串，他还唱了一出《蜈蚣岭》。那时他已经是快六十岁的人，久不登台，可是看了他矫健的身手，就能知道他的幼功是真结实的。

他的儿子锡九，孙子富兰，曾孙元俊，都演武生。富兰是坐科出身，武功极有根底，不愧家学渊源；可惜一双深度近视眼，一年深一年，限制了他在舞台上的发展。近年息影，专拿授徒来发挥他的技艺，我今年就请他替葆玖排练武功，第一出戏教的是《雅观楼》。

今天戏剧界专演一工而延续到四世的，就我想得起的，只有三家。茹家从茹先生到元俊，是四代武生；谭家从谭老先生到元寿（富英的儿子，也唱老生）是四代老生；我家从先祖到葆玖是四代旦角。其他如杨家，从我外祖到盛春（盛春的父亲长喜也唱武生），那只有三代武生了。我祖母的娘家从陈金爵先生以下四代，都以昆曲擅长，也是难得的。

开始了舞台生活

我第一次出台是十一岁,光绪甲辰年七月七日。广和楼贴演《天河配》,我在戏里串演昆曲《长生殿》中《鹊桥密誓》里的织女。这是应时的灯彩戏。吴菱仙先生抱着我上椅子,登鹊桥,前面布了一个桥景的砌末,桥上插着许多喜鹊,喜鹊里面点着蜡烛。我站在上面,一边唱着,心里感到非常兴奋。

到我十四岁那年,我正式搭喜连成班(后改名富连成,是叶春善首创的科班),每天在广和楼、广德楼这些园子里轮流演出。每日日场演出,我所演的大半是青衣戏。在每出戏里,有时演主角,也演配角。早晚仍在朱家学戏。

我在喜连成搭班的时候,经常跟我的幼年伙伴合演。其中大部分是喜字辈的学生。搭班的如麒麟童、小益芳、贯大元、小穆子,都是很受观众欢迎的。

麒麟童是周信芳的艺名,我们年龄相同,都是属马的。在喜连成的性质也相同,都是搭班学习,所以非常亲密。我们合作过的戏有《战蒲关》,他饰刘忠,金丝红饰王霸,我饰徐艳贞;《九更天》他饰马义,我饰马女。他那时就以衰派老生戏见长。从喜连成搭班起,直到最近,还常常同台合演的只有他一人了。我们这一对四十多年的老伙伴,有时说起旧事,都不禁有同辈凋零,前尘若梦之感。

喜连成贴演《二进宫》一剧,是金丝红的杨波,小穆子的徐延昭,我的李艳妃。在当时有相当的叫座力的,不过金丝红的嗓音常哑,一个月里倒有半个月不能工作,后来贯大元参加进来,也唱杨波。

小益芳是林树森的艺名,我同他唱过《浣纱记》。以后他就南下到上海搭班。我到上海演唱,又常常与他同台表演。他饰《抗金兵》里面的韩世忠一角,声调高亢,工架稳练,是最为出色的当行。

律喜云是喜连成的学生，小生律佩芳是他的哥哥。他和我感情最好。他学的是青衣兼花旦，我们合演的机会最多，如《五花洞》《孝感天》《二度梅》等。两个人遇到有病，或是嗓音失调时，就互相替代。可惜他很早就死了，我至今还时常怀念着这位少年同伴呢！

那时各园子都是白天演戏。我每天吃过午饭，就由跟包宋顺陪我坐了自备的骡车上馆子。我总是坐在车厢里面，他在外跨沿。因为他年迈耳聋，所以大家都叫他"聋子"。他跟了我有几十年。后来我要到美国表演，他还不肯离开我，一定要跟着我去。经我再三婉言解释，他才接受了我的劝告。等我回国，他就死了。

北京各种行业，每年照例要唱一次"行戏"。大的如粮行、药行、绸缎行……小的如木匠行、剃头行、成衣行……都有"行戏"。大概从元宵节后就要忙起，一直要到每年四月二十八日才完。这一百天当中，是川流不息地分别举行的。"行戏"的性质，无非是劳动者忙了一年，借这个名义，大家凑些份子，娱乐一天。举行的地点，除了有些行业有固定的会馆外，大半是假座精忠庙、浙慈会馆、南药王庙、正乙祠、小油馆……这些地方。

"行戏"不带灯，总在十点开锣，下午五点打住。例外的只有药行，日夜两场戏，规模最大。"行戏"的观众，对于艺术欣赏的水准并不低。他们经常在馆子听戏，每出戏的情节内容和演员唱的好坏，本来就是相当熟悉在行的。我在"行戏"里，总唱《祭江》《祭塔》一类单人的唱工戏。因为分包关系，非把时间拉长不可，各人只能派单出的戏。

分包赶戏的滋味，我在幼年是尝够的了。譬如馆子的营业戏、行戏、带灯堂会（带灯堂会是说日夜两场戏），这三种碰巧凑在一起，那天就可能要赶好几个地方。预先有人把钟点排好，不要说吃饭，就连路上这一会儿工夫，也都要很精密地计算在内，才能免得误场。不过人在这当中可就赶得够受的了。那时萧长华先生是喜连成的教师，关于计划分包戏码，都由他统筹支配。有时他看我实在太辛苦了，就设法派我轻一点的戏，钟点够了，就让我少唱一处。这位老先生对后辈的爱护是值得提出来的。

我赶完台上的戏，回家还要学戏。我有许多老戏，都是在那时候学的。每年平均计算起来,我演出的日子将近三百天。这里面除了斋戒、忌辰、封箱的日子以外,是寒暑不辍,每日必唱的。这可以说是在我的舞台生活里最紧张的一个阶段。

我记得第一次出台,拿到很微薄的点心钱,回家来双手捧给我的母亲。我们母子俩都兴奋极了。我母亲的意思,好像是说这个儿子已经能够赚钱了。我那时才是十四岁的孩子,觉得不管赚钱多少,我总能够带钱回来给她使用。在一个孩子的心理上,是多么值得安慰的一件事!可怜的是转过年来的七月十八日,她就撇下了我这个孤儿,病死在那所简陋的房子里了。

艺术进步得力于看戏

我在艺术上的进步与深入，很得力于看戏。我搭喜连成班的时候，每天总是不等开锣就到，一直看到散戏才走。当中除了自己表演以外，始终在下场门的场面上、胡琴座的后面，坐着看，越看越有兴趣，舍不得离开一步。这种习惯延续得很久。以后改搭别的班子，也是如此。

我在学艺时代，生活方面经过了长期的管制。饮食睡眠，都极有规律。甚至于出门散步，探访亲友，都不能乱走，并且还有人跟着，不能自由活动。看戏本来是业务上的学习，这一来倒变成了我课余最主要的娱乐，也由此吸收了许多宝贵的经验。日子久了，在演技方面，不自觉地会逐渐提高。慢慢地我在台上，一招一式，一哭一笑，都能信手拈来，自然就会合拍。这种一面学习，一面观摩的方法，是每一个艺人求得深造的基本条件。所以后来，我总是告诉我的学生要多看戏，并且看的范围要愈广愈好。譬如学旦角的，不一定专看本工戏，其他各行角色都要看。同时批评优劣，采取他人的长处，这样才能使自己的技能丰富起来。

我在幼年时代，曾经看过很多有名的老前辈的表演。

我初看谭（鑫培）老板的戏，就有一种特殊的感想。当时扮老生的演员，都是身体魁梧，嗓音洪亮的。唯有他的扮相，是那样的瘦削，嗓音是那样的细腻悠扬，一望就知是个好演员的风度。有一次，他跟金秀山合演《捉放曹》，曹操拔剑杀家的一场，就说他那双眼睛，真是目光炯炯，早就把全场观众的精神掌握住了。从此一路精彩下去，唱到《宿店》的大段二黄，越唱越高，真像"深山鹤唳，月出云中"。陈宫的一腔悔恨怨愤，都从唱词音节和面部表情深深地表达出来。满园子静到一点儿声音都没有，台下的观众，有的闭目凝神细听，有的目不转睛地看，心灵上都到了净化的境地。我那时虽然还只有一个小学生的程度，不能完全领略他的高度的艺术，只就表面看得懂的部分来讲，已经觉得精神上有说不出来的轻松愉快了。

还有几位陪着谭老板唱的老前辈，如黄润甫、金秀山……也都是我最喜欢听的。

黄润甫的为人最为风趣，在后台的人缘也最好。大家称他为"三大爷"。观众又都叫他"黄三"。这位老先生对于业务的认真，表演的深刻，功夫的结实，我是佩服极了。他无论扮什么角色，即使是最不重要的，也一定聚精会神，一丝不苟地表演着。观众对他的印象非常好，总是报以热烈掌声。假使有一天台下没有反应，他卸装以后，就会懊丧到连饭都不想吃。当时的观众又都叫他"活曹操"。这种夸语，他是当之无愧的。他演反派角色，着重的是性格的刻画。他绝不像一般的演员，把曹操形容得那么肤浅浮躁。我看见他陪谭老板演过《捉放曹》《战宛城》《阳平关》三出戏里的曹操，就是用不同的手法来表演的。他描摹《捉放曹》的曹操是一个不择手段、宁我负人的不得志的奸雄；《战宛城》的曹操，就做出了他在战胜之后沉湎酒色的放纵神态，可是这却绝不是一个下流的登徒子模样；到了《阳平关》，就俨然是三分鼎足、大气磅礴的魏王气概了。

金秀山先生的嗓音沉郁厚重，是"铜锤"风格。如《草桥关》《二进宫》等剧，我都看过。后来他又兼演架子花脸，跟谭老板合作多年，谭老先生对他非常倚重。一个极不重要的角色，经他一唱就马上引起了观众的重视，真是一个富有天才的优秀演员。我同他合演过《长坂坡》，他扮曹操；《岳家庄》，他扮牛皋；《雁门关》与《穆柯寨》，他都扮孟良。

我和杨小楼先生同班合作，前后有两次。第一次是1916年冬朱幼芬组织桐馨社，杨先生被邀参加，我从上海回来，幼芬就约我也参加。我第二次与杨先生合作是在1921年，当时我与杨先生都已组班，在1920年冬天，双方经过协商合组一个班，取名崇林社（杨字、梅字都从木，所以想出这个班名）。这个崇林社在1921年过年的时候就在煤市街南口的文明茶园开演，演了一个时期又挪到东安市场吉祥茶园。还是像前次一样轮流唱大轴，谁唱大轴谁的戏就重一些，演压轴就轻一些。譬如杨老板的《安天会》，我和凤二爷的《汾河湾》，当然就是《安天会》唱大轴；我演《天女散花》，他的《武文华》，当然就是我的大轴，而凤二爷的老生戏就要搁在倒第三了。当时戏班一个白天戏总是九出戏，有短些的戏可以十一出，戏长一些最少也得七出戏，所以倒第三的戏码也不会使人觉得靠前。那时候我二十八岁，年轻力壮，从不觉得累，除了自己唱戏之外，听戏的瘾还非常大。我如果在压轴唱，就唱完赶紧卸装，在台帘空隙的地方听杨老板的戏。另外我每天上馆子也比较早，有时还赶上看朱桂芳的中轴子武戏或裘桂仙的花脸戏等等。

杨老板，在我们戏剧界里的确可以算是一位出类拔萃、数一数二的典型人物。他在天赋上先就具有两种优美的条件：（一）他有一条好嗓子；（二）长得是个好个子。武生这一行，由于从小苦练武功的关系，他们的嗓子就大半受了影响，只有杨是例外。他的武功这么结实，还能够保持了一条又亮又脆的嗓子，而且有一种声如裂帛的炸音，是谁也学不了的。加上他的嘴里有劲，咬字准确而清楚，遇到剧情紧张的时候，凭他念的几句道白，就能把剧中人的满腔悲愤尽量表达出来。观众说他扮谁像谁，这里面虽然还有别的条件，但是他那传神的嗓子，却占着很重要的分量。所以他不但能抓得住观众，就是跟他同台表演的演员，也会受到他那种声音和神态的陶铸，不得不振作起来。我们俩同场的机会不算少，我就有这种感觉。要我举例的话，我们后来常常合演《霸王别姬》，总该算是最恰当的例子了。

他演《长坂坡》，观众都称他是活赵云。杨老板的好处是扮相魁梧而手脚灵便，不论长靠短打，一招一式，全都边式好看。你瞧他的身段，动作并不太多，讲究要有"脆劲"，谁看了，都觉得痛快过瘾。所以他的成功，绝不是偶然的。

杨老板有了这样的天赋，更加上幼年的苦练，又赶上京戏正在全盛时代，"生、旦、净、末、丑"，哪一行的前辈们都有他们的绝活，就怕你不肯认真学习。要是肯学的话，每天见闻所及，就全是艺术的精华。

我从前还看过孙菊仙老先生演的《浣纱记》。这戏里的伍子胥，头戴高方巾，身穿蓝褶子，是老生扮相，老生应行，因此一般演员都按老生表演，和祢衡、陈宫没有多大差别。孙老先生塑造的伍子胥形象却不是这样，他一出场就把马鞭子扬得高高的，身上的架子，脚下的台步，都放大了老生的动作，加上他那种高亢洪大的嗓子，英武愤激的神态，气派真不小，使人一望而知是那位临潼斗宝的英雄人物。这种塑造人物的方法，对我后来处理《穆桂英挂帅》第二场中的穆桂英形象是起着借鉴作用的。所不同的地方，他只是放大动作，而文戏的锣鼓节奏没有变动；我则采用了武戏的锣鼓套子，要进一步具体地做出临阵交锋的姿势，换句话说，文戏打扮，武戏节奏，比他更为费事。

我的老伙伴李春林先生对我说，这场戏的穆桂英，又是青衣，又是刀马旦，京戏里从来没有过，您安身段，千万注意别"拉山膀"。他的意思是怕我安的身段和服装扮相不调和，这种想法很高明。李先生大我两岁，他过去常陪着杨小楼、余叔岩等先生演戏，见得多，知道得多，有丰富的实践经验，给我把场多年，他在后台常提醒我，哪里身段重复了，哪里部位不够准确，哪里表演不够明显，哪地方多啦，哪地方少啦。三十年来，我得到他的帮助非常之大。我常对青年演员们说：多向老前辈请教，要请他们不客气地指出缺点来，能教的请他们教一教，不能教的请他们谈谈表演经验也是好的。因为我就是从这条道路走过来的。

我家学戏的传统，从我祖父起，就主张多方面地向前辈们请教。拿我来说，除了开蒙老师吴菱仙以外，请教过的老前辈，那可多了。让我大略地举几位。

京戏方面，我伯父教的是《武家坡》《大登殿》和《玉堂春》。

陈老夫子在昆、乱两方面都指点过我。昆曲如《游园惊梦》《思凡》《断桥》……对我说过好些身段，都是很名贵的老玩意儿。京戏方面青衣的唱腔，也常教我。

《虹霓关》是王瑶卿先生教的。《醉酒》是路三宝先生教的。茹莱卿先生教我武功。

钱金福先生教过我《镇潭州》的杨再兴、《三江口》的周瑜。这两出戏学会以后也就只在我的一位老朋友家里堂会上唱过一次，戏馆里我是没有贴过的。《镇潭州》是跟杨（小楼）老板唱的，《三江口》是跟钱先生唱的。其余带一点儿武的戏，钱老先生指点的也不少。

李寿山大家又管他叫大李七。他跟陈老夫子、钱老先生都是三庆班的学生。初唱昆旦，后改花脸。教过我昆曲的《风筝误》《金山寺》《断桥》和吹腔《昭君出塞》。

专教昆曲的还有乔蕙兰、谢昆泉、陈嘉梁三位。乔先生是唱昆旦的,晚年他就不常出演了。谢先生是我从苏州请来的昆曲教师。陈先生是陈金爵的孙子,也是我祖母的内侄。他家四代擅长昆曲,我在早期唱的昆曲,都是他给我吹笛的。

我在"九一八"事变以后移居上海,又与丁兰荪、俞振飞、许伯遒三位研究过昆曲的身段和唱法。

上面举的几位都是直接教过我的。还有许多爱好戏剧又能批判艺术好坏的外界朋友,他们在台下听戏,也都聚精会神地找我的缺点,发现了就随时提出来纠正我。因为我在台上表演是看不见自己的表情和动作的,这些热心朋友就如同一面镜子、一盏明灯一样,永远在照着我。

从前有一位老先生讲过这样一个比喻。他说:"唱戏的好比美术家,看戏的如同鉴赏家。一座雕刻作品跟一幅画,它的好坏,是要靠大家来鉴定,才能追求出它真正的评价来的。"

我的姨父徐兰沅告诉过我一副对子,共计二十二个字。里面只用了八个单字,就能把表演的技术描写出许多层次来。我觉得这副对子做得好,就把它记住了:"看我非我,我看我,我也非我;装谁像谁,谁装谁,谁就像谁。"我听完了,好费脑筋地思索了一下,才想出这副对子的确是用字简练,含义微妙。

舞台上演员的命运,从来都是由观众决定的。艺术的进步,一半靠他们的批评和鼓励,一半靠自己的专心研究,才能成为一个好角,这是不能侥幸取巧的。王大爷(瑶卿)有两句话说得非常透彻。他说:"一种是成好角,一种是当好角。"成好角是打开锣戏唱起,一直唱到大轴子,他的地位是由观众的评判决定的。当好角是自己组班唱大轴,自己想登上好角的地位。这两种性质不一样,发生的后果也不同。前面一种是根基稳固,循序渐进,立于不败之地。后面一种是尝试性质,如果不能一鸣惊人的话,那也许就一蹶不振了。

从路三宝学《贵妃醉酒》

《贵妃醉酒》列入刀马旦一工。这出戏是极繁重的歌舞剧，如衔杯、卧鱼种种身段，如果腰腿没有武功底子，是难以出色的。所以一向由刀马旦兼演。从前有月月红、余玉琴、路三宝几位老前辈都擅长此戏。他们都有自己特殊的地方。我是学的路三宝先生的一派。最初我常常看他演这出戏，非常喜欢，后来就请他亲自教给我。

《贵妃醉酒》是路先生的拿手好戏。我常看他这出戏，觉得他的做派相当细致，功夫结实，确实是名不虚传。等我跟他同在翊文社搭班的时候，他已经不唱《贵妃醉酒》了，我才起意请他来教。他一口答应。打那儿不是他来，便是我去，足足地学了半个多月，才把它学会了。就在翊文社开始上演。他还送我一副很好的水钻头面，光头闪亮。现在买的水钻，哪里比得上它。我至今还常使用着呢。每次用到他送的头面，老是要怀念他的。我们的感情很好，他在翊文社陪我唱的戏也很多，如《金山寺》的青蛇，《虹霓关》的王伯党……都是常唱的戏。

路先生教我练衔杯、卧鱼，以及酒醉后的台步、执扇子的姿势、看雁时的云步、抖袖的各种程式、未醉之前的身段与酒后改穿宫装的步法。他的教授法细致极了，也认真极了。

《贵妃醉酒》的剧情，唐明皇与杨贵妃约好在百花亭摆宴，临时唐明皇爽了约，改往梅妃宫里去了。贵妃只能独自痛饮一回，由于她内心的抑郁不欢，竟喝得酩酊大醉，说了许多酒话，做出许多醉态。夜深酒阑，才带着怨恨的心情，由宫女们搀扶回宫。但这一出典型的舞蹈名剧，在旧戏里还是一个创格，当然有保存的必要的。

《贵妃醉酒》既然重在做工表情，一般演员，就在贵妃的酒话醉态上面做过了头，不免走上淫荡的路子，把一出暴露宫廷里被压迫的女性的内心感情的舞蹈好戏，变成了黄色的了。这实在是大大的一个损失。

我们不能因为有这一点缺憾，就不想法把它纠正过来，使老前辈们在这出戏里耗尽心血创造出来的那些可贵的舞蹈演技，从此失传。这是值得注意的一件事。所以我历年演唱的《贵妃醉酒》就对这一方面陆续加以冲淡，可是还不够理想。前年我在北京费了几夜功夫，把唱词念白彻底改正过来。又跟萧长华、姜妙香二位，细细研究了贵妃沉醉之后，对高、裴二卿所做的几个姿态。从原来不正常的情况下改为合理的发展。京、津、沪三处的观众看了我这样表演，似乎都很满意。有几位朋友还主张我把修改的经过详细写下来，供我们戏剧界参考。我同意这个提议。凭着我自己这一点粗浅的理解，不敢说把它完全改好了。应该写出来让大家更深切地来研究，才能做到尽善尽美的境界。

《贵妃醉酒》共有两场。第一场是高、裴二卿先上，念完诗句，接念："香烟缭绕，娘娘，御驾来也！"贵妃就在帘内念"摆驾"二字。然后贵妃出场，就有两个抖袖。身子都要往下略蹲，态度也要凝重大方。下面的两段四平调，可说是这戏里大段的唱功部分了。

第一句"海岛冰轮初转腾"，从"海岛"起就打开扇子，向前走三个"倒步"，"初转腾"是身子略向左偏，双手拿着扇子，从左慢慢地转到右边。

第二句"见玉兔，玉兔又早东升"，"见"字要边唱边起步，转身冲左台角走过去，唱到第一个"玉兔"，左手拿扇平着伸开，右手翻袖扬起，脸子冲左，眼睛朝上看。唱完"兔"字，在胡琴过门内，横着走三步，转身归中间。唱到"升"字，双手斜着冲左台角朝上指。

第三句"那冰轮离海岛"，是横着向下场门一面退两步，再左手翻袖扬起，右手冲右台角朝上指。

第四句"乾坤分外明"，步位还在原地方不动，一手拿扇，一手用袖，同时颤动着由上而下画了一个小圈子。

第五句"皓月当空"，从右转身仍归中间；唱到"空"字，双手斜着冲右台角朝上指，指的姿势跟前面"升"字的指法相仿。

第六句"恰便似嫦娥离月宫"，"恰便似"的身段，跟前面"见玉兔"的做法一样，不过这次转身是冲右台角走过去的，所以手的步位、看的方向，刚好相反。唱完了也要横着走归中间。唱到"宫"字，正面对外朝上指。

第七句"奴似嫦娥离月宫","奴似"是把双手摆在胸前,唱到"嫦娥",就在胸前用双手拿着扇子从左到右画半个小圈子,这两个身段都是用作自比的表示。唱到"宫"字,右手心朝下把扇子齐眉平举,左手再正面对外朝上指一次。上面七句唱词里的身段和步位,有好些都是对称着做的。我所讲到身段里的扇子,都是要打开的。朝上指的姿势比较多,是因为每句唱词都在描写月亮的缘故。这一段全唱完了,就合扇、整冠、端带,转身进门归外场坐。

坐下来念的四句定场诗,我从前根据《长恨歌》的意思,是这样改的:"丽质天生难自捐,承欢侍宴酒为年。六宫粉黛三千众,三千宠爱一身专。"下面几句道白与老词相同,念到"……摆驾百花亭",高、裴二卿率领宫女在前面引路,他们先"双出门",再"一翻两翻"(高、裴同时出门,内行术语叫"双出门"。分开两边走了又翻回来,叫"一翻两翻"),杨贵妃跟着出门从左转身。走半个圆圈,再从右翻回来,面朝外向前上一步。这表示离开了宫院,向百花亭走去了。

从离开宫院起,贵妃唱的八句四平调,都是描写路上所见的景物,可以把它分成几个小节:

(一)看当头的月色,唱的两句是:"好一似嫦娥下九重,清清冷冷在那广寒宫。哎哎哎,广寒宫。"身段是两手抱肩,表示嫦娥在月宫里孤单单、冷清清的意思。

(二)经过玉石桥,裴念"启娘娘,来此已是玉石桥",杨念"引路"。高、裴又领着走圆场,杨一边唱"玉石桥斜倚栏杆靠",一边向桥上走。身段是右手撩起水袖,左手微撩裙子,眼睛朝下看地,缓步拾级上桥,走到了桥中间,微做闪腰的姿态。

(三)看桥下的鸳鸯和金鱼。杨上了桥,高念:"金色鲤鱼,朝见娘娘。"杨唱:"鸳鸯来戏水,金色鲤鱼水面朝。哎哎哎,水面朝。"身段是把右手拿的扇子,交到左手。先往左转一个身,面朝外;再用左手掐腰,右手扬起,眼往下瞧,表示手倚栏杆,在看桥下的鸳鸯。跟着再转身,把左手的扇子,交回右手。扬起左手,又对桥下看一次金鱼。这才微微俯身,假扶栏杆,走下桥的步子从上桥到下桥,实在是一节整身段。里面可以分成好些段落。不但手眼身步,全要脉络相通,就是唱与做,也有密切的联系。我举例来说,譬如唱到那句"玉石桥斜倚栏杆靠"的"靠"字，这地方演员的唱腔和身段，场面的打鼓和胡琴，全部集中起来，是一个总结的关键。

（四）看长空的飞雁，正走着，高、裴同启"娘娘，雁来了"。杨唱："长空雁，雁儿飞，哎呀雁儿呀！雁儿并飞腾。"这里面"长空雁"是个长腔。身段是右手把扇子打开，齐眉平着举起，左手把水袖往上翻，转身先停住脚，再开始走"云步"。它的走法，是两足并列好了，拿脚尖对来对去，慢慢地横着移动，边唱边走，要绕半个圆场。上身不能晃摇，脚步要走得匀整，才能好看。同时手上的扇子，还要做出波浪式的颤动，这是象征着长空飞雁的行列。下面"闻奴声音落花荫，这景色撩人欲醉"的两句唱词，也是经过我们改动过的。"落花荫"的身段是唱完了"闻奴声音"先左转身，打开扇子，左手翻袖，右手平拿着打开的扇子，颤动地往下落，身子也随着蹲下去，用这些动作来形容唱词里的"落雁"形状。

（五）来到百花亭，高、裴同念："启娘娘，来此百花亭。"杨唱到"不觉来到百花亭"的"亭"字，双手反背，先转身冲里看，表示已经看到亭子了。

进亭坐下，就念："高裴二卿，圣驾到此，速报我知。"从出场到此为止，杨妃是为了"奉召侍宴"而来，所以她的神情、动态，都应该配合了一路所见的景物，显露出她的内心是充满着欢愉的气氛，才可以跟下面闻报"驾转西宫"后的抑郁怨恨，做一强烈的对照。

杨听到高、裴同启"驾转西宫"，面部的表情就有了惊讶的神气。站起来用扇子遮面，打背供念："啊呀且住，昨日圣上传旨，命我今日在百花亭摆宴，为何驾转西宫去了？且自由他。"这里面的神情，要分两种层次。先做出嫉恨梅妃的表情，稍一沉吟，又恐两旁侍从们窃笑，立刻忍住了内心的愤怒，强作镇定地念那最末一句"且自由他"。念完了就转身忍住气吩咐："高、裴二卿，将酒宴摆下，待娘娘自饮几杯。"这时场面上在拉牌了，杨再抖袖，整冠，端带，归内场坐。

我在入座时有一个小身段，就是用手扶桌子，把身子略略往上一抬。这个身段，别人都不这样做，我是从唱花脸的黄润甫老先生那儿学来的。我常看他演《阳平关》的曹操，出场念完大引子，在进帐的时候，走到桌边，总把身子往上一抬，这是说他升帐进去坐的位子比较高些,我现在要坐的"御座"也合这个条件,就把它运用在《醉酒》里来了。杨贵妃能学曹操的身段,我不说,恐怕不会有人猜得着吧!其实台上各行角色的身段,都离不开生活的现实,只要做得好看合理,相互间都能吸收和运用的。所以我总劝我的学生要多看戏,不要旦行只看旦角,什么戏都要看,就是这个用意。

从出场到进亭入座为止,未醉前的身段至此可以告一段落了。

杨贵妃在亭子里的三次饮酒,表示三种内心的变化,所以,演员的表情与姿态也是分三个阶段的。

第一,听说唐明皇驾转西宫,无人同饮,感觉内心苦闷,又怕宫人窃笑,所以要强自作态,维持尊严。裴力士敬酒。他是跪在桌子前面的大边上的(即上首,也就是下场门的一边)。杨问:"敬的什么酒?"裴答:"太平酒。"杨问:"何为太平酒?"裴答:"满朝文武所造,名曰太平酒。"杨念:"呈上来!"这时的杨妃一杯酒都没有喝过。她有内心的妒恨,还能够强自镇定,所以是左手持杯,右手用扇子遮着,缓缓地饮下。

第二,宫女们敬酒。她们跪在桌子前面的中间。杨问:"敬的什么酒?"宫女答:"龙凤酒。"杨问:"何为龙凤酒?"宫女答:"三宫六院所造,名为龙凤酒。"杨念:"呈上来!"这时的杨妃,已经酒下愁肠,又想起唐明皇、梅妃,不禁妒意横生,压不住满怀愤怨,所以拿起杯来,喝得就要快一点。扇子也不那样认真地挡住了。

第三,高力士敬酒。他是跪在桌子前面的小边(即下首,也就是上场门的一边),杨问:"敬的什么酒?"高答:"通宵酒。"杨念:"呀呀啐,哪个与你们通宵!"这句的老词是"哪个与你通宵","们"字是我加的。这两句念白里的身段很繁杂,我把它分开了来讲:第一个"呀"字,把手上打开的扇子合起来。第二个"呀"字,把合着的扇子头朝下。"啐"字把手心朝下,用双手对高指出去。唱"哪个与你们"时把扇子翻回来,从左到右指出一平面的弧形,这是对"你们"二字的一点表示。"通"字把扇头朝下杵在桌上。"宵"字时把左手搭在右手背上,同时面部向左上扬,眼睛也往上看。

在高力士没把酒名解释清楚以前,杨妃应该微带怒意,怪高出言轻薄才对。高答:"娘娘不要动怒,此酒乃是满朝文武不分昼夜所造,故而名为通宵酒。"杨念："如此呈上来！"这一次的饮酒，连念带做，路先生教过我一个很好看的身段。他是念到"呈"字，打开扇子，"上"字，左手扬袖，右手翻扇，"来"字，把身子微微站起，往前一扑，右手扶住桌子外面的边缘。高力士跪在下面，也应该向后坐下，使一矮坐的身段。跟上面杨妃做的，一高一矮地对照着，才显得格外美观。

杨妃唱到"通宵酒，捧金樽，高、裴二卿殷勤奉啊"的"奉"字，把桌边拿扇子的右手抽回，再一手用扇，一手用袖，双手抖着，由上而下，打成一个小圈子。坐下等高夹念"人生在世"，再接唱"人生在世如春梦，且自开怀饮几盅"。这时的杨妃，酒已过量，不能抑制她的酒兴。所以应该是面带笑容，双手招着高力士，抢过杯来一饮而尽。喝完了就低着头，靠在桌上念："高、裴二卿，娘娘酒还不足，脱了凤衣看大杯伺候！"此后就进入初步的醉态了，进一步描绘醉人醉态。这出《醉酒》，顾名思义，就晓得"醉"字是全剧的关键。但必须演得恰如其分，不能过火。要顾及宫廷里的一个贵妇人，任凭如何享受，她们在精神上还是感到空虚的，内心也是有说不出的痛苦的。非得在怨恨之余，拿酒来解愁，酒醉之后，才有这种流露。这种醉态，并不等于荡妇淫娃的借酒发疯。短短两句唱词，淡淡着笔，用意却深刻得很。

杨妃在酒后离座的时候，面部的表情，身上的动作，都要顾到的就是一个"醉"字。这儿的身段也比较繁重细腻，先是勉强站起，仍旧坐下。二次站起，身向外扑，两手就搭在桌子外边，有欲吐不吐的意思。三次站起，晃着慢慢走到桌子的左边，做出酒往上涌的样子。再转身扶着桌子的外面，把身子低低地蹲下去，这是表示酒后无力，支持不住的意思。等离开桌子，先用醉步走到台前，冲下场门一望，再一顿足，做了个换好宫装，准备一醉方休的决定，转身打开扇子，配合着场面上"答……"鼓的节奏，走了几步"云步"，才由宫女搀扶下场的，贵妃的第一场就算终止了。

从前我蹲了下去，分站两旁的太监、宫女们都眼看着我，没有什么动作和表情的。现在我让他们在看到我蹲下去好像要跌倒的时候，脸上表示一点惊吓的神态，身上做出一点要想过来搀扶的样子，然后我对他们微微一笑，摇了摇头，仍旧是自己挣扎着站了起来。一个喝醉了酒的人，最不欢喜别人说他喝醉，贵妃不要他们过来搀扶，就是说"我没有醉"。同时又表达出一个刚喝醉的人是还能强自挣扎的。

醉酒里有两次敬酒，每次喝完了都是醉的。我们要不把"醉"的层次分清，第一次就喝得酩酊大醉，这对剧情的发展是难以处理的。所以我现在是这样把它划分的：第一次是初醉，第二次才是沉醉。

醉步是怎样走的呢？演员的头部微微晃摇，身体左右摆动，表示醉人站立不稳的形态。譬如你要往右走，那你的左脚先往右迈过去，右脚跟着也往右迈一步。往左走，也是这个走法。还要把重心放在脚尖，才能显得身轻、脚浮。但是也要做得适可而止，如果脑袋乱晃、身体乱摇，观众看了反而讨厌。因为我们表演的是剧中的女子在台上的醉态，万不能忽略了"美"的条件的。这样才能掌握住整个剧情，成为一出美妙的古典歌舞剧。

这出戏表演的时间，虽然不过四刻钟光景，扮演杨妃可是相当吃力的。头场完了，进去就赶着换装，可以说从头到尾没有休息。这头二场中间，照例由高、裴二人在场上做些打扫亭子、搬动花盆的身段。再加几句对白，就算了事。老词是用"花""酒"为题，让他二人随便扯上几句毫无意义的台词。无非是拖延场上的时间，好让杨妃在后面换装。

我想利用这段时间，借他们嘴里，反映出一些古代宫廷里面的女子所遭受的冷酷无情的精神虐待。因为他们也都是身受宫刑、被迫害的人，从他们嘴里述说一点怨恨的话，也是情理之中的事。有了这样大段的道白，我在后台换装，也可以比较从容了。

杨妃下场，高、裴二人扫亭搬花的老动作和对白还保留着一部分。下面我加了这样几句："（高）裴公爷，娘娘酒喝得差不多了，不能再让她喝啦！（裴）对啦，再喝可就要出事啦。（高）这也难怪。就拿咱们娘娘说吧，在宫里头是数一数二的红人儿啦，还生这样的气哪；如今万岁驾转西宫，娘娘一肚子的气没地方发散去，借酒消愁，瞧这样儿怪可怜的。（裴）可不是嘛！所以外面的人不清楚这里头的事，以为到了宫里，不知道是怎么样的享福哪！其实，也不能事事都如意，照样她也有点儿烦恼。（高）这话一点儿不错。我进宫比您早几年，见的事情比您多一点儿；就拿咱们宫里说吧，三宫六院、七十二嫔妃、宫娥彩女倒有三千之众，都为皇上一个人来的；真有打进宫来，一直到白了头发连皇上的面儿也没见着。（裴）不错。（高）闲话少说，办正事要紧。"

第二场杨妃换好宫装，背着出场，倒走几步，转身两抖袖，用醉步走了几步，冲里看到大边放着一个空的椅子，这原是唐明皇来坐的地方，顿时引起了她刚才对"驾转西宫"的旧恨来了，对着椅子用力地抖了一袖，这一交代有两种作用：一是把她在第一场内抑郁的情绪连贯到第二场来；二是为后面指着大边椅子对高力士比手势，叫他去请唐明皇来同饮，做一伏笔。

她看见高、裴搬的几盆花，觉得有香有色，执意要下去嗅花。这下面就是观众注意要看的三次"卧鱼"跟着三次"衔杯"的身段了。这两种身段都是要靠腰腿功夫来做的，不过卧鱼是腿部要吃重些，衔杯是腰部更吃重些。其实搁在练过武功、有幼工底子的演员身上，是不算一回事的。

第一次的卧鱼，照例是在大边。杨妃晃着走到上场门的九龙口相近，双手从右折袖，斜冲着下场门的台口，走半个圆场过来，一转身就站定。上身把左手扬起向外翻袖，右手伸开也向外翻袖，下身抬左脚儿后面绕到右脚之右，慢慢往下蹲到底，再用左手反回来，做出攀花而嗅的样子，嗅完了，还要把花枝放回去，这才慢慢起来。

第二次的卧鱼照例是在小边。身段一样，手脚的部位跟第一次刚好相反，就不必细说了。

第三次的卧鱼，照例是在当中。身段跟第一次相同，不过用袖子小有分别，右手向里翻，左手向外翻。蹲了下去，还要转一个身的。这地方别的人做，有打一个圈子，很快地卧倒地下。拿舞蹈的姿势来说，的确是很好看的，拿剧情来讲，就不合理了，一个喝醉酒的人，动作是不会这样快的。

卧鱼的身段，固然要看演员的腰腿功夫，可也不宜做得过火。有些演员蹲下去了，躺在地上好半天才起来。这就过分卖弄他的腰腿功夫，不合乎嗅花的作用了。

这三个卧鱼，我知道前辈们，只蹲下去，没有嗅花的身段。我学会以后，也是依样画葫芦地照着做。每演一次，我总觉得这种舞蹈身段是可贵的。但是问题来了：做它干什么呢？跟剧情又有什么关系呢？大家只知道老师怎么教，就怎么做，我也是莫名其妙地做了好多年。有一次无意中，我把藏在心里老不合适的一个闷葫芦打了开来。我记得住在中国香港的时候，公寓房子前面有一块草地，种了不少洋花，十分美丽。有一天，我看得可爱，随便俯身下去嗅了一下，让旁边一位老朋友看见了，跟我开玩笑地说："你这样子倒很像在做卧鱼的身段。"这一句无关紧要的笑话，我可有了用处了。当时我就理解出这三个卧鱼身段，是可以做成嗅花的意思的。因为头里高、裴二人搬了几盆花到台口，正好做我嗅花的伏笔。所以抗战胜利之初，我在上海再演《醉酒》，就改成现在的样子了。

当年路先生教我的时候，只有两次卧鱼。我问过几位汉剧、川剧等地方戏里演《醉酒》的演员，他们也都说只有两次卧鱼。所以近年来我已经把当中的一次卧鱼给删掉不做了。

我们以前形容女子的美丽，不是有"沉鱼落雁，闭月羞花"两句成语吗？上面杨妃行路的一段唱词，作者就是围绕这八个字写的。一边在点景，一边暗含着在写杨妃之貌，它是有双关意思的。可惜"花"字写得太少。等我把卧鱼改成嗅花作用以后，巧得很，正好补上原作这个缺点。

第一次的衔杯，裴跪在大边的台口，杨坐在小边的椅子上。裴念："奴婢敬酒。"杨离座转身，先站在椅子旁边。左手扶椅背，右手翻袖扬起。见裴敬酒就面带笑容，抢走几步，到了裴的面前。初次俯身试饮，嫌酒热不喝，微露怒色而退。第二次才双手掐腰，正式俯饮。饮毕，衔着酒杯不肯放，从左向右转了一个鹞子翻身，才把杯子放入盘中。这里面抢走的几步，有一点讲究：迈步要小、要密、要快，身子微微摇摆，双手扬起向外翻袖，还要顾到剧中人的身份，走得轻松大方。这也是表示喝醉了的人，见酒就喜欢的样子。演员在台上，不单是唱腔有板，身段台步无形中也有一定的尺寸。像做到这个身段的时候，打鼓的点子准是打得格外紧凑，你就要合着它的尺寸，做得恰当，才能提高观众的情绪。看着不很难走，做起来恐怕就不是一下子能够找到这个劲头的了。

第二次的衔杯，高跪在小边的台口，杨坐大边的椅子上。身段跟第一次相仿。所不同的两点：（一）这次鹞子翻身，是向右转过去的。（二）抢步的时候，改用朝里双反袖走过去，换换样子。

第三次的衔杯，宫女们跪在台的中间，杨坐小边的椅子上。衔杯的身段与第一次有点相似，也是从左向右转身的，但不是转一个鹞子翻身，而是转成一个弧形，仍从右边翻回来的。这儿俯身不饮的意思，就不是为的酒热不热了，应该形容她的酒已过量，实在是喝不下去。所以这次喝完就进入沉醉状态了。这几个衔杯的舞蹈是前辈老艺人费了许多心血，把它创造出来的，观众也都喜欢看它。可是像这样弯了腰，来个鹞子翻身的喝酒形象，难免有人在怀疑它不够真实。其实这是舞台上歌舞艺术的夸张，表示她一饮而尽的意思。我们也可以看成她是喝完了酒以后加的舞蹈。因为一个喝多了酒的人，举动失常，也是常有的事。

高、裴见她已经沉醉，急得没法，就虚张唐明皇到了。拿"诓驾"来唤醒杨妃。高、裴同念："圣驾到！"杨在蒙眬中唱完倒板"耳边厢又听得驾到百花亭"。站起来由宫女们搀扶着排成一个一字式的行列，接唱："嗳嗳嗳……吓得奴，战兢兢，跌跪在埃尘！"这地方的步子要随着唱腔与过门走的。倒板完了，在接唱下句之前，打鼓的起"笃落"，先唱许多"嗳嗳嗳"。这在别的戏里，也是很少见的。我不是说过醉步要左右晃摇了走的吗？我大致来规定一下，在使这几个"嗳嗳嗳"腔的时候，左右各走三个醉步。"吓得奴，战兢兢"的腔，左右各走两个醉步。最后走一个醉步就刚刚唱完"跌跪在埃尘"。台上的动作是活的。我平常是这样走法，有时因为台的大小不同，也有小小的出入。总之这儿的步法，要不跟着唱腔和过门走，是永远不会合适的。

杨跪下念："妾妃接驾来迟，望主恕罪！"高、裴同念："启娘娘，奴婢乃是诓驾。"杨念："呀呀，啐！"大家一齐向右倒，杨唱："这才是酒不醉人人人自醉。"再向左倒，接唱："色不迷人人自迷，啊啊啊人自迷。"这两句老词儿我把它改为"这才是酒入愁肠人已醉，平日诓驾为何情，啊啊啊为何情。"老的表演方法，把诓驾这件事处理得太孤立了。杨的唱词、表情里面一点都没有联系，这是不对的。所以我第一步改唱词，第二步加表情。等杨站了起来，脸上应该微带怒容，再把搀她的两个宫女推开，表示她对诓驾是很不满意的。

下面接着就是杨与高、裴调笑的场子了。这地方编剧者强调贵妃的醉后思春，根本就走歪了路子。演员照剧本做，自然不免有了猥亵的身段。我从前每次演到这儿，总是用模糊的表情来冲淡它，也并不是好办法。因为演员在台上的责任，是应该把剧中人的内心所欲，刻画得清清楚楚，告诉观众，才算尽职。所以前年我在北京表演《醉酒》之前，费了不少的工夫，才把它彻底改正过来。我现在把修改的部分详细介绍一下，希望大家拿它作为参考，进一步地把它改得更完美些。

诓驾以后，杨坐在小边的椅子上。宫女退下，高也溜了。裴刚想走，听到里面叫他，只得跪着候旨。杨唱："裴力士卿家在哪里？娘娘有话儿来问你，你若是遂得娘娘心，顺得娘娘意，我便来，来朝把本奏丹墀。哎呀，卿家呀，管教你官上加官，职上加职。"唱着走近裴的面前。唱完了做出左手拿着酒壶，右手拿着酒杯，倒酒的姿势。使眼神暗示裴再敬酒。裴念："娘娘酒喝得不少啦，再喝就过量啦。倘若出点错儿，奴婢吃罪不起。"杨怒，走上一步念"呀呀啐"，同时打裴三个嘴巴。接唱："你若是不遂娘娘心，不顺娘娘意，我便来，来朝把本奏至尊，奴才呵，管教你赶出了宫门，受尽苦情。"唱完了，余怒未息，闷坐在大边的椅子上面。高上场跟裴说了几句话，等裴退下，高刚想走，听到里面叫他，也只得跪着候旨。杨唱："高力士卿家在哪里？娘娘有话来问你。你若是遂得娘娘心，顺得娘娘意，我便来，来朝把本奏君知。哎呀！卿家呀，管教你官上加官，职上加职。"唱完了用手向外指。暗示高去请唐明皇来同饮。高假装不懂她的意思，念："娘娘，您要把酒搬到山上去喝吗？"杨再用双手做出捋胡子的样子，一面对着上首那把空椅子指给高看，把要跟唐明皇同饮的意思，做进一步的表示。高仍装着不懂，再念："奴婢没有胡子。"杨微含怒色，重做手势。高无法推却，只得再念："您叫我到梅娘娘那里请万岁来陪您喝酒？"杨含笑拍手，表示高已猜着。高念："奴婢不敢去，我怕梅娘娘打我，碰翻了醋坛子可不得了。"杨怒，念"呀呀啐"，同时上一步打高三个嘴巴，接唱："你若是不遂娘娘心，不顺娘娘意，我便来，来朝把本奏当今，哎，奴才呵，管教你赶出了宫门，碎骨粉身。"

这三个嘴巴，我以前是用手打的，总觉得不美观，近来改为用水袖打，两次的打法不一样，打裴是用袖正打，打高是用袖反打。

高挨完打，连连叩头，杨含怒转身坐在大边椅上。高正站起想溜，又被杨回头看见，高再跪下，杨走到高的身旁。这儿老派的身段，杨是向里拉高，我改为往外推高出门，用意还是让高去请唐明皇。可是顺手误脱了高的帽子。等高念完："这是奴婢的帽子，赏给奴婢吧。"杨才发觉手拿的是高的帽子，就含笑把它戴在自己的凤冠上面，学作男子的行走。再拿帽子替高戴，没有戴上。最后扔还高手。调笑的场面，至此告一结束。杨替高戴帽子的身段，内行叫它"漫头"。第一个杨从右边漫到左边，高往右边躲。第二个杨从左边漫到右边，高往左边躲。这两个漫头，必须很紧凑地配合了做，才能显出舞蹈上美的姿态。

下面唱的几句唱词，我又有改动的必要了。原词是："安禄山卿家在哪里？想当初你进宫之时，娘娘是何等的待你，何等爱你。到如今你一旦无情忘恩负义。我与你从今后两分离。"安禄山常常出入宫闱，与杨玉环十分亲近，这是我们可以确定的。至于种种暧昧的传说，只不过野史里偶然提到，并不能拿它来作为根据的。况且他与这出戏可说是毫无关系。当初编剧者是拿来强调杨妃的淫乱。我们既然把前面的黄色部分洗刷干净，再要唱这几句老词，那就显得突兀，与全剧的唱词太不调和了。我把它这样地改了一下："杨玉环今宵如梦里，想当初你进宫之时，万岁是何等地待你，何等爱你；到如今一旦无情，明夸暗弃，难道说从今后两分离！"杨妃满肚子的怨恨，固然因为梅妃而起，可是宠爱梅妃的就是唐明皇，那天爽约的也是他。所以不如直截痛快，就拿唐明皇做了她当夜怨恨的对象，不再节外生枝地牵连到旁人，似乎觉得还能自圆其说。

唱到这里，戏快终场。高、裴同念"天色已晚，请娘娘回宫"，杨念"摆驾"，接唱尾声："去也去也，回宫去也，恼恨李三郎，竟自把奴撇，撇得奴挨长夜。回宫，只落得冷清清独自回宫去也！"这里面的"李三郎"三个字，是我改的。老词是"圣明皇"。我觉得已经恼恨了他，为什么还要尊重他为圣明皇呢？唐明皇排行第三，后人的诗词里，常常称他李三郎，杨妃在背后这样的叫他，似乎还吻合她的口气。这儿的表情，是在空虚、恼恨之余，有一种意兴阑珊的神态。唱完尾声，由宫女们搀扶下场。剧遂告终。

我在苏联表演期间，对《贵妃醉酒》的演出得到的评论，是说我描摹一个贵妇人的醉态，在身段和表情上有三个层次：始则掩袖而饮，继而不掩袖而饮，终则随便而饮。这是相当深刻而了解的看法。还有一位专家对我说："一个喝醉酒的人实际上是呕吐狼藉、东倒西歪、令人厌恶而不美观的；舞台上的醉人就不能做得让人讨厌。应该着重姿态的曼妙、歌舞的合拍，使观众能够得到美感。"这些话说得太对了，跟我们所讲究的舞台上要顾到"美"的条件，不是一样的意思吗？

这里不过是拿《贵妃醉酒》举一个例。其实每一个戏剧工作者，对于他所演的人物，都应该深深地琢磨体验到这剧中人的性格与身份，加以细密的分析，从内心里表达出来。同时观摩他人的优点，要从大处着眼，撷取精华。不可拘泥于一腔一调，一举一动的但求形似，而忽略了艺术上灵活运用的意义。

与谭鑫培合演《四郎探母》

我陪谭老板演戏，已经是在民国以后的事。前面所说段宅堂会的《汾河湾》，这还不是我们最初的合作。我第一次陪他在戏馆里唱的是《桑园寄子》，好像是陈喜星扮的娃娃生。民国六年（1917）以前我们俩没有搭过一个戏班。我陪他演出，多半是在义劳戏、堂会戏里，晚上出台，每次也就只唱一两天。不过这种借用义务为名的戏，倒也是不断举行的。有一次陪他在天乐园唱《四郎探母》，真把我急坏了。这件事从发生到现在快四十年了，当时前后台的情形，我倒还记得很清楚。

有一天我们合演《四郎探母》的戏报已经贴出去了，他那天早晨起床，觉得身体不爽快。饭后试试嗓音，也不大得劲，就想要回戏。派人到戏馆接洽，这个人回来答复他，园子满座，不能回戏。他叹了一口气说："真要我的老命！"

那天晚上到了馆子，我看他精神不大好，问他可要对戏（演员们在出台以前，深怕彼此所学不同，往往先把台词对念、身段对做一遍，内行称为对戏）。他说这是大路戏，用不着对。我还再三托付他，请他在台上兜着我点儿。他说："孩子，没错儿。都有我哪！"他上场以后，把大段西皮慢板唱完，台下的反应就没有往常那么好。等我这公主誓也盟了，轮到他唱"未开言，不由人，泪流满面"这句倒板的时候，坏了！他的嗓子突然发生了变化，哑到一字不出。我坐在他的对面，替他干着急，也没法帮助。对口快板一段，更是吃力。只看他嘴动，听不清唱的词儿。这一场"坐宫"就算草草了事。唱到出关被擒，他抖擞老精神，翻了一个"吊毛"，又干净，又利落，真是好看，才得着一个满堂彩声。见完了六郎以后，就此半途终场了。

谭老板的人缘，素来是好的。那天台下的观众，大半都对他抱着一种惋惜和谅解的心理，没有很显著地表示他们的反感。可也免不了有的交头接耳在那里议论。他是向来有压堂的能力。在他一生演出的过程当中，那天这种现象，恐怕还是绝无仅有的呢。

我在后台看他进来，心里非常难过，可也找不出一句话来安慰这位老人家，只好在神色间向他表示同情。他也看出我替他难过，卸完了装就拍着我的肩膀说："孩子，不要紧。等我养息几天，咱们再来这出戏。"从他说话时那种坚定的口气，就知道他已经下了挽回这次失败的决心。他觉得嗓音偶然的失润，虽然不算是唱戏的错误，但他是一向对观众负责的。他不愿意在他快要终止他的舞台生活以前，再给观众留下一点不好的印象。

谭老板休息了一个多月，没有出台。有一天他让管事来通知我，已经决定某天在丹桂茶园重演《四郎探母》。我听到这个消息，立刻兴奋起来。等到出演那一天，馆子里早就满座。老观众都知道这个老头儿好胜的脾气，要来赶这一场盛会。我很早就上了馆子，正扮着戏，谭老板进来了。我站起来叫他一声"爷爷"（谭鑫培与梅巧玲同辈，所以他有这样的称呼——编者注）。他含着笑容，仍旧拍着我的肩膀说："你不要招呼我，好好扮戏。"我看他两个眼睛目光炯炯，精神非常饱满，知道他有了精神上充分的准备。过了一会儿，台上打着小锣，他刚上场，就听到前台轰的一声，全场不约而同地叫了一个碰头好。跟着就寂静无声。头一段西皮慢板，唱得聚精会神，一丝不苟。他是把积蓄了几十年的精华，一齐使出来了。我那天兴奋极了，慢板一段也觉得唱得很舒泰。等又唱到"未开言……"的一句倒板，这老头儿真好胜，上次不是在这儿砸的吗？今儿还得打这儿翻本回来。使出他全身家数，唱得转折锋芒，跟往常是大不相同。又大方，又好听，加上他那一条云遮月的嗓子，愈唱愈亮，好像月亮从云里钻出来了。"余音绕梁，三日不绝"这种形容词用在这里是再合适也没有的了。不要说听戏的听傻了，就连我这同台唱戏的也听出了神。往下"扭回头来叫小番"一句嘎调，一口气唱完，嗓音从高亢里面微带沙音，那才好听。后面的场子，一段紧一段，严密紧凑，到底不懈地进行着。始终在观众的高昂情绪当中，我们结束了这出《四郎探母》。

我看他到了后台，是相当疲劳了。但是面部神情，透露出异样的满足。每一个演员，当他很满意地演完了一出拿手好戏，那种愉快的心情,是找不着适当的词儿来形容的。

我看过他晚年表演的好多次《四郎探母》,也陪他唱过几次,唯有这一次真可以说是一个最高潮。

登台杂感

沉默了八年之后，如今又要登台了。读者诸君也许想象得到：对于一个演戏的人，尤其像我这样年龄的，八年的空白在生命史上是一宗怎样大的损失，这损失是永远无法补偿的。在过去这一段漫长的岁月中，我心如止水，留上胡子，咬紧牙关，平静而沉闷地生活着，一想到这个问题，我就觉得这战争使我衰老了许多，然而当胜利消息传来的时候，我高兴得再也沉不住气，我忽然觉得我反而年轻了，我的心一直向上飘，浑身充满了活力，不知从哪儿飞来了一种自信，我相信我永远不会老，正如我们长春不老的祖国一样。前两天承几位外籍记者先生光临，在谈话中问起我还想唱几年戏，我不禁脱口而出道："很多年，我还希望能演许多许多年呢！"

因为要演戏，近来我充满着活动的情绪。吊嗓子，练身段，每天兴冲冲地忙着，这种心情，使我重温到在科班中初次登台时的旧梦，一方面是害怕，一方面是欢喜。那种兴奋竟是这样地吻合！八年了，长时间的荒废，老是那么憋着，因为怕人听见，连吊吊嗓子的机会都没有。胜利后，当我试向空气中送出第一句唱词的时候，那心情的愉快真是无可形容。我还能够唱，四十年的朝夕琢磨还没有完全忘记。可是也有玩意儿生疏了，观众能给我大量的包涵吗？我怎么能够满足观众对我的期望？

然而我知道，这一切大概不成问题。因为我这一次的登台，有一个更大的意义，这就是为了抗战的胜利。在抗战期间，我自己有一个决定：胜利以前我绝不唱戏。胜利以后，我又有一个新的决定：必须把第一次登台的义务献给祖国，献给我们的政府。当时我想，假如政府还都的时候，有一个庆祝会，我愿意在举国欢庆声中献身舞台。现在我把这点热诚献给上海了，为了庆祝这都市的新生，我同样以无限的愉快去完成我的心愿。

　　我必须感谢一切关心我的全国人士。这几年来你们对我的鼓励太大了，你们提高了我的自尊心，加强了我对于民族的忠诚。请原谅我的率直，我对于政治问题向来没有什么心得。至于爱国心，我想每一个人都是有的吧？我自然不能例外。假如我在戏剧艺术上还有多少成就，那么这成就应该属于国家的，平时我有权利靠这点技艺来维持生活，来发展我的事业；可是在战时，在跟我们祖国站在敌对地位的场合底下，我没有权利随便丧失民族的尊严，这是我的一个简单的信念，也可以说是一个国民最低限度应有的信念。社会人士对我的奖饰，实在超过了我所可能承受的限度。《自由西报》的记者先生说我"一直实行着个人的抗战"，使我感激而且惭愧。

　　光荣属于我们贤明领袖和艰苦卓绝的全国军民，只有他们，才配接受我们最大的敬礼。在这双重的国庆节，请让我以一片鼓舞欢欣，献上我对于民族的微末忠忱。

三十四年（1945）双十节前夕

第一次到上海首演《穆柯寨》

　　我第一次到上海表演，是我一生在戏剧方面发展的一个关键。
　　在民国二年（1913）的秋天，上海丹桂第一台的许少卿到北京来邀角。约好凤二爷（王凤卿）和我两个人。凤二爷的头牌，我的二牌。凤二爷的包银是每月三千二百元，我只有一千八百元。老实说，那时许少卿对我的艺术的估价，是并不太高的。后来凤二爷告诉我，我的包银他最先只肯出一千四百元，凤二爷认为这数目太少，再三替我要求加到一千八百元。他先还是踌躇不定，最后凤二爷跟他说："你如果舍不得出到这个价钱，那就在我的包银里面，匀给他四百元。"他听了觉得情面难却，才答应了这个数目。
　　我那年已经是二十岁的人了，还没有离开过北京城。一个人出远门，家里很不放心，商议下来，请我伯母陪着我去。茹莱卿先生替我操琴，也是少不了他的。另外带了替我梳头化装的韩师父（韩佩亭）、跟包的"聋子"（宋顺）和大李（先替梅雨田拉车的），由许少卿陪我们坐车南下。
　　到了上海北火车站，丹桂第一台方面派人在车站接候，我们坐了戏馆预备好的马车，一直到了望平街平安里许少卿的家里。这是一所三楼三底两夹厢的上海式楼房。凤二爷住楼上的客堂楼，我住楼下厢房，许少卿自己住在我的对面厢房里。他的一部分家眷搬到别处，匀出房子来让我们住下。
　　那时拜客的风气，还没有普遍流行。社会上的所谓"闻人"和"大亨"也没有后来那么多。凤二爷只陪我到几家报馆去拜访过主持《时报》的狄平子、《申报》的史量才、《新闻报》的汪汉溪。我们还认识了许多文艺界的朋友，如吴昌硕、况夔笙、朱古微、赵竹君……昆曲的前辈，如俞粟庐、徐凌云……也都常同席见面。另外有两家老票房——

35

"久记"和"雅歌集",我们也拜访过。

我们在戏馆快要打炮之前,有一位金融界的杨荫荪,托人来找凤二爷,要我们在他结婚的堂会里面,唱一出《武家坡》。杨家请来接洽的人是我们的老朋友,情不可却,就答应下来。

戏馆经理许少卿听到了这个消息,马上就来阻止我们。他提出的理由是:新到的角儿,在戏馆还没有打炮之前,不能到别处去唱堂会,万一唱砸了,他的损失太大,所以竭力反对,态度非常坚决。同时我们已经答应了杨家,也不肯失信于人,一定要唱。因此,双方的意见大不一致,就闹成僵局了。

最后杨家托人向许少卿表示,如果新来的角儿因为在这次堂会里唱砸了,影响到戏馆的生意,他可以想一个补救办法:由有经济力量的工商界中的朋友和当时看客的所谓"公馆派"的一部分人联合包上一个星期的场子,保证他不会亏本,并且答应在堂会里就用丹桂第一台的班底,拿这个来敷衍许少卿,才勉强得到了他的同意。

经过这一段的波折,我感觉戏馆老板对于我们的艺术是太不信任了。凤二爷是已经在艺术上有了地位和声誉的,我是一个还没有得到观众认可的后生小辈。这一次的堂会,似乎对我的前途关系太大。唱砸了回到北京,很可能就无声无息地消沉下去了。我听见也看见过许多这样阴暗的例子。老实说吧,头一天晚上,我的确睡得不踏实。

第二天我一起床就跟凤二爷说:"今儿晚上是我们跟上海观众第一次相见,应该聚精会神地把这出戏唱好了,让一般公正的听众们来评价,也可以让藐视我们的戏馆老板知道我们的玩意儿。"

"没错儿,"凤二爷笑着说,"老弟,不用害怕,也不要矜持,一定可以成功的。"他这样说来壮我的胆。

杨家看到许少卿这样从中阻挠和我们不肯失败而坚持要唱的情形,对我们当然满意极了。就决定把我们的戏码排在最后一出,事先又在口头上向亲友们竭力宣传。

堂会的地点是在张家花园。杨家在上海的交游很广。那天男女贺客也不少,男的穿着袍子马褂,女的穿着披风红裙,头上戴满了珠花和红绒喜花,充溢着洋洋喜气。

《武家坡》是我在北京唱熟了的戏,就是跟凤二爷也合作过许多次。所以出演以前，我能沉得住气，并不慌张。等到一掀台帘，台下就来了一个满堂彩。我唱的那段西皮慢板跟对口的快板都有彩声。就连做工方面，他们看得也很细致，出窑进窑的身段，都有人叫好。我看他们对于我这个生疏角儿，倒好像很注意似的。凤二爷的唱腔，不用说了，更受台下的欢迎。

《武家坡》总算很圆满地唱完了。那时上海的报纸上剧评的风气，还没有普遍展开。这许多观众的口头宣传，是有他们的力量的。我后来在馆子里露演的成绩，多少是受这一次堂会的影响的。

那时丹桂第一台在四马路大新街口。头三天的打炮戏码是这样拟定的：第一日《彩楼配》《朱砂痣》；第二日《玉堂春》《取成都》；第三日《武家坡》。

我的戏码排在倒第二。大约十点来钟上场。一会儿场上打着小锣，检场的替我掀开了我在上海第一次出场的台帘。只觉得眼前一亮，你猜怎么回事儿？原来当时的戏馆老板，也跟现在一样，想尽方法，引起观众注意这新到的角色。在台前装了一排电灯，等我出场，就全部开亮了。这在今天我们看了，不算什么；要搁在三十七年前，就连上海也刚用电灯没有几年的时候，这一小排电灯亮了，在吸引观众注意的一方面，是多少可以起一点作用的。

我初次踏上这陌生的戏馆的台毯，看到这种半圆形的新式舞台，跟那种照例有两根柱子挡住观众视线的旧式四方形的戏台一比，新的是光明舒畅，好的条件太多了，旧的又哪里能跟它相提并论呢？这使我在精神上得到了无限的愉快和兴奋。

我打完引子，坐下来吟定场诗，道白，接着唱完八句慢板。等上了彩楼，唱到二六里面的"也有那士农工商站立在两旁"的垛句，这在当时的唱腔里面算是比较新颖的一句。观众叫完了好，都在静听，似乎很能接受我在台上的艺术。

其实，那时我的技术，哪里够得上说是成熟，全靠着年富力强、有扮相、有嗓子、有底气、不躲懒，这几点都是我早期在舞台上奋斗的资本。做工方面，也不过指指戳戳，随手比势，没有什么特点。倒是表情部分，我从小就比较能够领会一点。不论哪一出戏，我唱到就喜欢追究剧中人的性格和身份，尽量想法把它表现出来。这是我个性上对这一方面的偏好。

唱完三天打炮戏之后，许少卿预备了很丰盛的菜和各种点心，请我们到客厅去吃顿消夜。我们从他那掩盖不住的笑容和一连串的恭维话里面看出他已经有了赚钱的把握和信心了。他举起一小杯白兰地，打着本地话很得意地冲着我们说："无啥话头。我的运气来了。要靠你们的福，过一个舒服年哉。"我望着他微笑，没有作声。凤二爷想起他不许我们先唱杨家堂会的旧事，就这样问他："许老板，我们没有给你唱砸了吧？"许老板忸怩不安地赔着笑脸说："哪里的话，你们的玩意儿我早就知道是好的。不过我们开戏馆的银东，花了这些钱，辛辛苦苦从北京邀来的名角，如果先在别处露了面，恐怕大家看见过就不新鲜了。这是开戏馆的一种噱头。"

凤二爷把话头引到我的身上。他说："许老板，上海滩上的角儿都讲究'压台'。我们都是初到上海的，你何妨让我这位老弟也有一个机会来压一次台？"

许少卿赶快接着说："只要你王老板肯让码，我一定遵命，一定遵命。"

"不成问题，"凤二爷说，"我们是自己人，怎么办都行。主意还要你老板自己拿。我不过提议而已。"

凤二爷等许少卿回房以后，走到我住的厢房里，就拉住我的手说："老弟，我们约定以后永远合作下去。"我听了觉得非常感动。真的，从那次到上海演出以后，我们连续不断地合作了二十几年。一直到"九一八"事变后，我移家上海居住，才分开手的。

凤二爷对许少卿提议，让我也有压台的机会，这是他想捧捧我。我除了接受他的美意之外，并没有考虑到这件事情的实现。等我们唱过了一个星期，许少卿真的根据凤二爷的提议来跟我商量，要让我唱一次所谓压台戏。这不是一件很简单的事，我拿什么戏来压台，可以使观众听了满意，这真成为一个值得研究的课题了。

拿我单唱的戏来说，根据这几天的经验，头三天里面，《玉堂春》就比《彩楼配》要受欢迎。我的后四天戏码，是《雁门关》、《女起解》、《御碑亭》（礼拜天日戏）、《宇宙锋》、二本《虹霓关》。台下对这几出戏的看法，要算二本《虹霓关》比较最欢迎。从这里很容易看得出观众的眼光，对于青衣那些《落花园》《三击掌》《母女会》……专重唱工，又是老腔老调的戏，仿佛觉得不够劲了。他们爱看的是唱做并重，而且要新颖生动一路的玩意儿。《玉堂春》的新腔比较多些，二本《虹霓关》的身段和表情比较生动些，也就比较能满足他们的要求。我是青衣的底子，会的戏虽然不少，大半是这类抱肚子傻唱的老戏。拿这些戏来压台，恐怕是压不住的。

我有几位老朋友，冯先生（幼伟）、李先生（释戡）是从北京来看我的。舒先生（石父）、许先生（伯明）是本来就在上海的。这里面我跟冯先生认识得最早，在我十四岁那年，就遇见了他。他是一个热诚爽朗的人，尤其对我的帮助是尽了他最大的努力。他不断地教育我，督促我，鼓励我，支持我，直到今天还是这样，可以说是四十年如一日的。所以我在一生的事业当中，受他的影响很大，得他的帮助也最多。

那天他们听到许少卿要我压一次台的消息，也都认为专重唱工的老戏，是不能胜任的，一致主张我学几出刀马旦的戏。因为刀马旦的扮相身段都比较生动好看。那时唱正工青衣的，除了王大爷之外，还很少有人兼唱这类刀马旦的。我就这样接受了他们的意思，决定先学《穆柯寨》。

我的武功本来就是茹先生教的，现在要唱《穆柯寨》，那不用说了，就请他给我排练。他对我说："这类刀马旦的戏，因为武功要有根底，眼神也很重要，你要会使眼神才行。"我们赶着排了好几天，在唱到第十三天上，就是十一月十六日的晚上，我才开始贴演《穆柯寨》，这是我第一次在上海压台的纪念日。

这出戏的穆桂英，出场就有一个亮相，跟着上高台，很有气派。下面"打雁"一场，是要跑圆场的，身段上都比较容易找俏头。那天观众瞧我这个抱肚子的青衣居然也唱刀马旦戏，大概觉得新鲜别致，就不断用喝彩声来鼓励我。

唱完了戏，我的几位老朋友走进了我的扮戏房，就很不客气地指出了我有一个缺点。他们这样地告诉我："这出戏你刚学会了就上演，能有这样的成绩，也难为你了。台下观众对你的感情，真不能算错。可是今天你在台上常常要把头低下来，这可大大地减弱了穆桂英的风度，因为低头的缘故，就不免有点哈腰曲背的样子。这是我们看了以后不能不来纠正你的，你应该注意把它改过来才好。"

"我虽然练过好几年武功，"我这样答复他们，"但是从来没有扎过靠。谁知道今天紧紧地扎上这一身靠，背上的四面靠旗相当沉重，我又是破题儿第一遭尝试，因此自己不知不觉地就会把头低下去了，让你们看了好像我有哈腰曲背的样子。再说低了头眼睛就跟着往下看，眼神也一定要受影响。我在台上也有点感到这个毛病，不过全神贯注在唱念、表情和做工方面，就顾不到别的方面了。现在毛病找着就好办，下次再唱这出戏，我当然要注意来改的，同时也请你们帮着我来治这个毛病。"

他们商量完了，就这样说："以后再演的时候，我们坐在正中的包厢里，看见你再低头，我们就用轻轻的拍掌为号，拿这个来暗中提醒你的注意。"

第二次贴演《穆柯寨》，我在台上果然又犯了这个老毛病。我听到对面包厢里的拍掌声，知道这并不是观众看得满意的表示，而是几位评判员发出来的信号。我立刻把头抬了起来。这一出戏唱到完，一直接到过三五次这样的暗示。在他们两边的看客们，还以为他们是看得高兴，所以手舞足蹈地有点得意忘形哩。其实是"穆桂英"特地请来治病的大夫，在那里对症下药呢。

穆桂英是一个山寨大王的女儿。她有天真而善良的性格，是应该描摹出她的那一种娇憨的形态来的，可是又要做得大方。如果过火一点，就使人感到肉麻了。尤其她的嘴里那一口京白，应该说得口齿清楚、语气熟练，每一个字都得送入观众的耳朵里，才能把这生动的剧情完全衬托出来。幸亏我从王大爷那里学会了念京白的门道，后来在这一方面又下过一番功夫，所以像《枪挑穆天王》里面说亲一场的大段道白，我的老朋友听了，都还满意。

唱过《穆柯寨》以后，我又打算学头本《虹霓关》的东方氏。我以前只唱二本《虹霓关》的丫环。如果连着头、二本一起唱，不更显得热闹了吗？我承认先扮头本《虹霓关》的东方氏，接着改扮二本的丫环，是打我行出来的。当时还有人问过我为什么这样唱，这是因为我的个性，对二本里的东方氏这一类的角色不太相近，演了也准不会像样的缘故。

我心目中的杨小楼

　　我心目中的谭鑫培、杨小楼这二位大师，是对我影响最深最大的，虽然我是旦行，他们是生行，可是我从他们二位身上学到的东西最多最重要。他们二位所演的戏，我感觉很难指出哪一点最好，因为他们从来都是演某一出戏就给人以完整的精彩的一出戏，一个完整的感染力极强的人物形象。譬如杨先生的《长坂坡》，在那些年当中变是很大的，可是当时的人看了没有感觉到这场怎么改的，哪一点怎么从前没有，哪几句唱为什么不唱，这些感觉通通没有，只觉得更好了。又譬如《安天会》的孙悟空，他是向张淇林先生学的。

　　有一次人民代表载涛先生和我说："我的《安天会》也是跟张先生学的，小楼刚演这出戏时便一手一式和我学的一样，几年之后人家化开了就不一样了，譬如头场醉花阴'前呼后拥威风好，摆头踏，声名不小，穿一件蟒罗袍，戴一顶金唐帽，玉带围腰……'这几句都是走着的身段。'玉带围腰'，这一句是端着玉带先左后右换脚，向左右两望。小楼在'蟒罗袍'身段完了之后，撩袍的手不撒开，一个大转身，盘腿落在椅子上，来个盘腿坐相，唱完这句又跳下来，唱'寿永享爵禄丰高'，真好看。他这类的变动还不少，可是对于张先生原来的好处一点也没有丢。"我认为杨先生的孙悟空正是这类动作上表现他是神又是猴王。明代大文学家吴承恩笔下创造的孙悟空形象经过若干演员在舞台上积累的经验被他继承发展就更鲜明了。如《安天会》《水帘洞》中孙悟空这种角色在杨先生以后，看得过去的还有几个人，不过距离杨先生的水平那就有天渊之别了。

　　还有杨先生演《夜奔》的林冲、《五人义》的周文元，《三挡》的秦琼，都比文学作品上的人物更集中、更提高，当我们阅读文字上提到的这些英雄人物时，自然而然在眼中出现的形象就是杨小楼，而不是别的形象。如果没有看过杨的戏，听我这样说也许误解为杨虽然演武生，大概在台上仗着唱念做取胜，武功也许平常。盖叫天和我说过："我年轻时在上海，当杨老板第一次到上海，我们武行都以为他就是好嗓子好扮相，可是腰腿功夫不见得比我强，要讲'翻'，大概比不过我。头一天打炮戏《青石山》，我的大马童，钱先生的周仓，他们两人那一场四边静曲牌中的'身段'，那份好看是我想得到的，惊人的是和九尾狐打的那套，一绕，两绕，三绕踢九尾狐的'抢背'（抢背，在这里是指关平以刀攒绕九尾狐的刀头，然后把九尾狐踢倒）。这一踢的时候，他自己的靠旗都扫着台毯了，就这一下子后台武行全服了。他跟迟三哥（迟月亭）、傅小爷（傅小山）演《水帘洞》闹海那一场，在曲子里的跟斗翻得那份漂亮，落地那份轻，简直像猫似的，我是真服了。后来我们拜了把兄弟，还有俞五哥（俞振庭）。"以盖叫天前后不同的概念正说明了没看过杨小楼（的戏），就不容易理解别人所说杨表演艺术的精湛程度。在我的心目中谭鑫培、杨小楼的艺术境界，我自己没有适当的话来说，我借用张彦远《历代名画记》里面的话，我觉得更恰当些。他说："顾恺之之迹，紧劲联绵，循环起忽，调格逸易，风趋电疾，意在笔先，画尽意在。"谭、杨二位的戏确实到了这个份，我认为谭、杨的表演显示着中国戏曲表演体系，谭鑫培、杨小楼的名字就代表着中国戏曲。

1922年的春天，我们"崇林社"排演了《霸王别姬》之后，在吉祥茶园演了些日子，我们"崇林社"应上海的约去演了一个时期。在这一年夏天回北京，我就开始组"承华社"，以后和杨先生虽然不在一个班，但在义务戏，或堂会戏，或出外，还是常有机会合作。除了上面已谈过的合作戏之外，还有一出《摘缨会》是和杨、余三人合作的。这出戏是老生的正戏，余叔岩演楚庄王，杨演唐蛟，我演娘娘，每逢演这出戏，我和杨因为活儿太轻，总在前面每人再加一出，这出《摘缨会》等于三人合作的象征。

杨先生不仅是艺术大师，而且是爱国的志士，在卢沟桥炮声未响之前，北京、天津虽然尚未沦陷，可是冀东二十四县已经是日本军阀所组织的汉奸政权，近在咫尺的通县就是伪冀东政府的所在地，1936年的春天，伪冀东长官殷汝耕在通县过生日，举办盛大的堂会，到北京约角，当时我在上海，不在北京，最大的目标当然是杨小楼。当时约角的人以为从北京到通县乘汽车不到一小时，再加上给加倍的包银，约杨老板一定没有问题。谁知竟碰了钉子，约角的人疑心是嫌包银少，就向管事的提出要多大价钱都可以，但杨终于没答应。1936年，我回京的那一次，我们见面时曾谈到，我说："您现在不上通州给汉奸唱戏还可以做到，将来北京也变了色怎么办！您不如趁早也往南挪一挪。"杨先生说："很难说躲到哪去好，如果北京也怎么样的话，就不唱了，我这么大岁数，装病也能装个十年八年，还不就混到死了。"1937年，日本侵略军占领北京，他从此就不再演出了。1938年（戊寅年正月十六日），因病逝世，享年六十一岁，可称一代完人。

追忆砚秋同志的艺术生活

程砚秋同志逝世一周年了。正当文艺界在"大跃进"中，风起云涌，气象更新的时候，我们戏曲队伍里失去这样一位思想水平、艺术水平都很高的红色战士，真是令人痛心的事。现在我想就他在艺术上走过的道路和成就来谈一谈，这对于青年一代的戏曲工作者应该是有所启发借鉴的。

砚秋的为人，一向正直、刚强、不怕困难、嫉恶如仇。特别在新中国成立后接受了马克思主义的思想，更使得他立场坚定，爱憎分明，成为一个为广大观众所热爱的人民艺术家。

砚秋在艺术修养上善于继承传统，但不为传统所束缚；善于鉴别精粗美恶，向京剧的前辈和兄弟剧种学习，能够巧妙地吸收他人之长，运用到自己的身上。他反对生搬硬套，机械地模仿，他认为这样做会促使艺术停滞、阻碍发展。他不仅具备了演剧才能，更重要的是刻苦钻研，力争上游，因此他对于音韵、唱腔、身段、表情都下了功夫来琢磨，创造出独特的风格，成为京剧青衣主要流派之一。

我们订交的时候，砚秋才十七岁。那时他刚倒仓，在家休息，罗瘿公先生带他来拜我为师，希望我对他有所帮助，我曾给他说过《虹霓关》《女起解》《玉堂春》等剧。我每天给他留一个座，看我的戏，他每次看过戏后，常常向我提出一些表演艺术上的问题，彼此都收到切磋的功效。这位沉默寡言的青年，在稠人广座中是不喜欢夸夸其谈的；可是我们在对谈时他就能够说出许多有道理的见解，而不是人云亦云，随声附和的。他在谈到旧社会里一些不正常的现象时，往往会有讽刺、谴责的意味，但不是直率地漫骂，而是具有艺术家的幽默感的。

我们两个人在艺术进修的程序和师承方面是差不多的，像陈德霖、王瑶卿、乔蕙兰……几位老先生都是我们学习的对象。由于我们本身条件的不同，所以根据各自的特点向前发展，而收到了异曲同工、殊途同归的效果，砚秋能戏很多，文武昆乱不挡，被他演得很出色的角色类型也不少，但他比较喜欢悲剧角色，演得非常成功。应该指出，这不仅是表演风格问题，更因为他的演戏目的是想把几千年来在封建统治下，被压迫的人民所遭受的苦难，通过舞台艺术的夸张和加工形象地告诉观众。

一个天才演员对生活环境的感受往往能够通过舞台表演发泄出来，使观众受到感动。砚秋生在封建社会末期，幼年父母早亡，家境贫苦，从师学艺后又受到种种折磨，一个人对幼年的遭遇影响是很深的。他把记忆中的情绪发泄在舞台上，恰当地反映了那个时代被压迫者的呼声，所以能引起广大观众的喜爱。现在我着重谈谈他演窦娥这个角色的成就，这是他所创造出很多的生动人物形象中的一个典型。

砚秋在台上扮演的窦娥与关汉卿笔下的窦娥都是那样鲜明、生动、真实。在关氏原作《感天动地窦娥冤》的第一段第一支曲子《仙吕·点绛唇》里："满腹闲愁。数年坐受。常相守，无了无休。朝暮依然有。"这是剧作者在剧中主角刚一出场给她简单地勾出一个素描轮廓。我回忆起有一次在第一舞台我们大家演义务戏，我的戏在后面，前面是砚秋的《六月雪》，他扮好了戏，还没出台，我恰好走进后台，迎面就看见他一副"满腹闲愁"的神气，正走向上场门去。演员具备了这样的修养，走出台去，观众怎能不受感动呢！皮黄老本的《六月雪》，以及砚秋加上结尾的《金锁记》和他最后根据关汉卿原著改编的《窦娥冤》，所有场子和词句虽然和关汉卿原作不同，但剧本的精神、角色的性格在本质上是相同的。关氏原作中法场一折的词句为"啼啼哭哭，烦烦恼恼，怨气冲天。我不分说。不明不暗，负屈衔冤"等等，砚秋在法场一段唱念表情中，把原作中生动简练的语言、内在的情感发挥得淋漓尽致。不但此也，原作公堂受刑和死后做鬼得到昭雪等场子，都是皮黄戏里所没有的（《金锁记》有公堂而未受刑），而砚秋在法场一段，把原作公堂受刑后最有力的台词如"一杖下，一道血，一层皮"，"想青天不可欺，想人心不可欺，冤枉事天地知，争到头竟到底，到如今说甚的……"和做鬼后："万剐了那乔才……"这些唱词的含意，都通过形体动作和内心情感深刻地表现出来了。

砚秋的《六月雪》当窦娥被两个刽子手架着出场，身体的重心完全依靠刽子手的扶持，低着头，拖着缓慢的脚步，到了台中心猛一抬头，紧走几步，抢到大边台口念："上天天无路。"又低下头去，紧走几步，抢到小边台口念："入地地无门。"这几步走和几句简单的念白，配合着痛苦的面部表情，特别是看上去似乎微弱奄奄而实际则强烈有光的眼神，这些传统的表演程式，经过砚秋的再创造，就更加有血有肉地把窦娥当时一刹那复杂的心理状态，真实地表现了出来。

京剧反二黄的词句："没来由，遭刑宪，受此大难。看起来老天爷，不辨愚贤。良善家，为什么，反遭天谴？作恶的，为什么，反增寿年？"这显然是从关氏原作的唱词"为善的受贫穷更命短，造恶的享富贵又寿延。天地也，做得个怕硬欺软，却原来也这般顺水推船。地也，你不分好歹何为地！天也，你错勘贤愚枉做天！"中衍化而来。而砚秋这段反二黄却能够把窦娥心内的负屈含冤、愤怒不平的情绪从哀怨凄厉的唱腔中，委婉曲折地表达出来，发泄得像千尺飞瀑一般。砚秋的脑后音特强，在我们京剧旦角演员中是具有独特风格的，他的唱法充分发挥了天赋条件所有的优越性，而善于避免发音上薄弱的一环，运用偷气、换气，巧妙多样，行腔有时高亢激昂，有时若断若续，如泣如诉，这种音色和这种唱腔演悲剧是具有极大感染力的，所以像窦娥这一类型的角色，砚秋都演得格外动人。《六月雪》这出戏，我也演过不知多少次了，但比起砚秋却自愧弗如。

砚秋针对我说过："我所演的窦娥和关汉卿笔下的窦娥，善良、正直、舍己为人的品质是相同的。所不同的地方是我演的比较端庄含蓄一些，而原作中描写窦娥的性格更泼辣些和外露一些。"我认为对于窦娥的舍己为人的传统美德，砚秋的表演和关氏原著是一致的，这是窦娥这个角色的主要方面，至于表演中窦娥个性的某些方面，演员是可以根据本身的特长，适当加以发挥，这在艺术创造上，也是允许的。但是，无论是正面的倔强，或者深沉的内在感情，仅仅是表示反抗形式的不同，至于反抗的实质却是并无差别的。

砚秋不但演技已达上乘，更值得提出的是他能进入角色，分析人物，把生活环境中自己的体验，总结出重点的材料来，储藏在记忆中，遇到和剧中人有共同点的时候充分发挥出来，就抓住了人物性格的基本特征。这是现实主义的表演法则，也是青年演员们应当向他学习的。

近年来砚秋由于身体发胖，而且多病，所以不能经常演出，但在教学和研究工作上还是非常努力的。他曾在中国戏曲学校担任讲课，并到各地考察戏曲情况，为戏曲界青年们做报告，说身段，讲字音、唱腔，诲人不倦，这可见他对于后一代的培养教育，也是特别关心的。

我怀念砚秋，不由得想起他的拿手好戏《六月雪》，随笔把我的感想写出来，聊当一首感怀词。其实他的保留节目很多，如《文姬归汉》《青霜剑》《鸳鸯冢》《春闺梦》《荒山泪》《锁麟囊》……都是千锤百炼，活在戏曲演员和观众心里。砚秋虽已逝世，他的表演艺术将永久在中国戏曲史上留下重要的一页。

雨中清唱

我这次能够亲身到捍卫远东和平的前哨——英雄的朝鲜进行慰问，把我们的民族艺术贡献给最可爱的人，我感到光荣，感到幸福。

在不少次的慰问演出当中，我接触到广大的朝鲜人民、人民军和中国人民志愿军。他们的爱国主义、国际主义精神，深深地教育了我，在我的艺术生活上增加了新的力量。我现在闭上眼就会想起在赴朝慰问期间许多令人感动的热烈场面，尤其使我感动的是那一晚广场的演出。

有一天晚上，我们在广场招待志愿军。我到了后台化装室，那是一间文娱活动的屋子，里面有书报、棋类、球类等等。当中一张长桌子，是腾出来给我们化装用的。我从化装室走出，来到广场的后台，这个舞台是志愿军用木板木柱花了一夜时间搭架起来的。舞台上面没有顶，只挂着几道幕布，一阵紧一阵的西北风向幕布扑上来，发出呼啸的声音。高高矮矮的电灯架矗立在舞台前面，两万多支烛光的灯光，集中地照着舞台的中心，志愿军的首长正站在扩音器前面向战士们讲话，说明这次慰问演出的意义。我从侧幕的空隙往外面看，只见广场上人山人海，一直挤到戏台的前沿，演员和观众打成一片，几乎没有了距离。有些人坐在小板凳上，有的席地而坐，旁边一座平台上也挤满了人。再往远处望，房顶上也有人蹲在那里看。主持晚会的同志告诉我，参加今天晚会的可以统计的人数是一万两千人左右。后来各地部队得到消息，陆续赶来参加，加上附近的居民，看上去总有两万人以上，真是一个盛大的晚会！

这天的节目有《收关胜》《女起解》《金钱豹》，最后是我和马连良先生的《打渔杀家》。当第一个节目——华东京剧团主演的《收关胜》演出的时候，风刮得更大了。红脸扎靠的关胜出场以后，我看见风吹卷了他的靠旗，吹乱了他的髯口，动作也受了限制。但是风越大，他越抖擞精神,挥舞着大刀,和同场的对手紧凑地开打起来。有些专演文戏的演员们,兴奋地担任了跑龙套的工作。一位演小生的同志,因为对武戏中的快步圆场不习惯,几乎摔倒在台上,但是他们都以最高的情绪,坚持下来了,他们感觉到为最可爱的人演出是无上的光荣,最大的安慰。

《收关胜》演到一半,天下起雨来,先是淅淅沥沥,后来是越下越大,幕布和台毯都打湿了,但是武行同志们仍然是一丝不苟地轮流翻着打着。这时,我的衣服也溅湿了,就退回化装室里。十分钟后,外面锣鼓声突然停止,演出组的负责同志告诉我:"《收关胜》演完了,现在休息。技工组同志们正在舞台的左面支架一座帐篷,好让音乐组的同志们在里面工作(因为乐器受了潮是无法工作下去的)。"我回过头去,看见我的儿子葆玖已经扮好了《女起解》的苏三,红色的罪衣罪裙,穿得齐齐整整地站在镜子面前发愣。我就对他说:"你赶快出去,站在幕后,等候出场。虽然雨下得这么大,但是不能让两万多位志愿军同志坐在雨里等你一个人。"葆玖听我这样讲,就往门外走,正巧两位志愿军的负责干部走进来,把葆玖拦住,教他不要出去,然后对我说:"现在已经九点半,雨下得还是这么大,我们考虑到你们还有许多慰问演出工作,如果把行头淋坏了,影响以后的演出,我们主张今天的戏就不演下去了。刚才向看戏的同志们说明了这个原因,请他们归队,但是全场同志们都不肯走,他们一致要求和梅先生见一见面,对他们讲几句话。"我说:"只是讲几句话,太对不住志愿军同志们。况且他们有从二三百里外赶来的。这样吧,我和马连良先生每人清唱一段,以表示我们的诚意。"马先生很同意我的意见,我们两个人就从化装室出来,走到台口。我站在扩音器面前对志愿军同志们说:"亲爱的同志们,今天我们慰问团的京剧团全体同志抱着十分诚意向诸位做慰问演出,可是不凑巧得很,碰上天下雨,因此不能化装演出,非常抱歉。现在我和马连良先生每人清唱一段。马先生唱他最拿手的《借东风》,我唱《凤还巢》,表示我们对最可爱的人的敬意。最后,我向诸位保证,我们在别处慰问完成后,还要回到此地来再向诸位表演,以补足这一次的遗憾。"讲到这里,台下掀起如雷的掌声和欢呼声,这片巨大的声音盖过了雨声,响彻了整个山谷。两三分钟后,掌声和欢呼声才平息下去,清唱就开始了。马连良先生唱完了《借东风》之后,接着我唱《凤还巢》。我看到

49

地上积满了水，志愿军同志们的衣服都湿透了，但是他们却端坐在急风暴雨中聚精会神地望着我，听我唱。从他们兴奋无比的面部表情上，从他们每当我唱完一句、在过门当中热烈鼓掌的动作上，可以看出他们是多么热爱民族艺术，多么热爱来自祖国的亲人。我不禁感动得流下泪来。雨水从我的帽檐上往下流，和泪水融汇在一起。如果说，在通常的演出场合，观众与演员之间还存在着界线的话，那，这里是没有界线的，也没有观众和演员之分，台上台下都忘掉了寒冷，忘掉了风雨，彼此的心情真正达到了水乳交融的地步。

这一次的雨中清唱，在我数十年的舞台生活中，是没有前例的；也是我在赴朝慰问演出当中最难忘的一件事。

| 梅华吐蕊 |

时装新戏的初试——《一缕麻》

1913年我从上海回来以后，就有了一点新的理解，觉得我们唱的老戏，都是取材于古代的史实。虽然有些戏的内容是有教育意义的，观众看了，也能多少起一点作用。可是，如果直接采取现代的时事，编写新剧，看的人岂不更亲切有味？收效或许比老戏更大。这一种新思潮在我的脑子里转了半年。慢慢地戏馆方面也知道我有这个企图，就在那年7月里，翊文社的管事，带了几个本子来跟我商量，要排一出时装新戏。

有一天，吴震修先生对我说："《时报》馆编的一本《小说时报》，是一种月刊性质的杂志。我在这里面发现一篇包天笑作的短篇小说，名叫《一缕麻》，是叙述一桩指腹为婚的故事，它的后果真惨到不堪设想了。男女婚姻是一辈子的事，应当由当事人自己选择对象，才是最妥善的办法。中国从前的旧式婚姻全凭'父母之命，媒妁之言'，已经是不合理了。讲到指腹为婚，就更是荒谬绝伦。一对未来的夫妻还没有生下来，就先替他们订了婚，做父母的逗一时的高兴，轻举妄动，没想到就断送了自己儿女的一生幸福。现在到了民国，风气虽然开通了一些，但是这类摸彩式的婚姻，社会上还是层见叠出，不以为怪的。应该把这《一缕麻》的悲痛结局表演出来，警告这班残忍无知的爹娘。"说着他就打开一个小纸包取出这本杂志，递给我说："你先带回去看一遍，我们再来研究。"

我带回家来，费了一夜功夫，把它看完了，也觉得确有警世的价值，就决定编成一本时装新戏。先请齐如山先生起草打提纲。他是个急性子，说干就干，第二天已经把提纲架子搭好，拿来让大家斟酌修改。他后来陆续替我编的剧本很多，这出《一缕麻》是他替我起草打提纲的第一炮，也是我们集体编制新戏的第一出。《一缕麻》故事的

大要如下:

　　林知府的女儿许给钱道台的儿子,是指腹为婚。等他们长大成年,敢情钱家的儿子是一个傻子。林小姐那时已经在学堂念书,知识渐渐开通,从她的丫环口中得到这个消息,心里老是郁郁不欢。她有个表兄方居正,学问不错,他们时常互相研究,十分投契。有一天方居正因为快要出国留学,来到林家辞行,看见表妹那种愁闷的样子,就很诚恳地劝她;这反而勾起她的心事,痛哭了一场,被她的父亲看见,还讽刺了女儿几句。

　　林小姐的母亲故去,照当时的习惯,未过门的女婿是应该到女家去吊祭这位死去的丈母娘的。他在灵堂上祭的时候,闹了许多笑话。

　　过了一个时期,钱家挑好日子迎娶林小姐。花轿到门,林小姐不肯上轿,跑到母亲灵前,把她满肚子的委屈诉说一番。经不起她的父亲声泪俱下地把他的苦衷告诉她,她终于牺牲了自己的幸福,嫁到钱家去了。婚礼完毕,新娘就得了严重的白喉症。大家知道这种传染病的危险性,不敢接近她。这位新郎虽然是个傻子,心眼倒不错,始终在房里伺候他的那位刚过门而未同衾的妻子。经过医药上治疗得法,她的病渐渐好了。可是傻姑爷真的传染上了白喉症,并且很快地就死了。等到林小姐病魔退去,清醒过来,看见头上有一缕麻线,问起情由,才晓得她的丈夫因为日夜伺候自己,已经传染白喉而死。她在抱恨、绝望之余,无意生存,也跟着就一死了之。

　　包先生在小说里写的林小姐,是为她死去的丈夫守节的。事实上在旧社会里女子再醮,要算是奇耻大辱。尤其在这班官宦门第的人家,更是要维持他们的虚面子,林小姐根本是不能再嫁的,可是编入戏里,如果这样收场没有交代,就显得松懈了。我们觉得女子守节的归宿,也还是残酷的,所以把它改成林小姐受了这种矛盾而复杂的环境的打击,感到身世凄凉,前途茫茫,毫无生趣,就用剪刀刺破喉管,自尽而亡。拿这个来刺激观众,一来全剧可以收得紧张一些,二来更强调了指腹为婚的恶果,或者更容易起到引起社会上警惕的作用。

　　思想认识随着时代而进步,假如我在后来处理这类题材,剧情方面是会有很大改进的,那时候由于社会条件和思想的局限,只能从朴素的正义感出发给封建礼教一点讽刺罢了。

我扮的林小姐名叫林纫芬，不肯上花轿，先对着母亲的遗像唱了几句二黄。贾洪林扮的林知府出场，把一层层的意思连说带做，简直生动极了。第一层，他用一套三从四德的老话压过来，一个懂得新知识的女子是听不进去的。第二层，只好骗她说新郎的才貌都不错，不要听了旁人的闲话，误了自己的姻缘。说到这里，林纫芬忍不住了，反抗地说："事到如今，还要来骗我！姑爷是个傻子，家里谁都看见过了，就瞒住我一个人。爹爹，你好狠的心肠，想尽法子要把我骗上了轿，送出大门。嫁出的女儿泼出的水，死活由我去受罪，不顾女儿一生的幸福，难道一点父女之情都没有吗？"这一套走不通。第三层，他就拿出父女的情感打动她，也不行，刚才还用话骗她，自然这是不能发生效力的。下面他又逼紧了两层，女儿老是不说话。这时候外面催着上轿，台上的父女二人已成僵局，情势是紧张万分了。最后他说："就算我做父亲的不好，把你许配了一个傻子。可是这门亲是你的母亲她，她，她给定下了的。如今你若是执意不肯上轿，叫为父的为难，倒也罢了，连累你那死去的母亲被人议论，你是于心何忍！你若再不上轿，我也没有脸见人，只能找个深山古庙去躲着，了此余生算了。好女儿，你要仔细地想一想！啊……"他说到这里，竟是声泪俱下，非常沉痛。林纫芬这才决定牺牲自己，上轿去了。由于贾洪林先生的演技逼真，连我这假扮的林小姐听了也感动得心酸难忍。台下的观众，那就更不用说了，一个个掏出手绢儿来擦眼泪。因为前面的场子，看不出他们父女间有什么恶感，相反的，林如智还很疼爱这个独养女儿。就是这一件亲事，是她的父母一时糊涂，竟做出"指腹为婚"的把戏，铸成这样的大错，弄得进退两难，勉强做成，后果是可想而知的。观众明白，当时社会上的风气，退婚有关两家的面子，是不容易做到的，才流下了这同情的眼泪。

我们编演《一缕麻》的用意是要提醒观众，对于儿女婚姻大事，做父母的不能当作儿戏替他们乱作主张。下错一着棋子，满盘就都输了，后悔也来不及了。

北京演过了，又到天津上演，还曾经对一桩婚姻纠纷起过很大的影响。情况是这样的：有住在天津的万、易两家，都是在当时社会上有地位的人。万宗石和易举轩还是通家世好，万家的女儿许给易家的儿子，这也是很寻常的事。谁知道易家的儿子后来得了精神病。有人主张退婚，但是旧礼教的束缚，却使这两家都没有勇气打破这旧社会里那种顽固的风气。有几位热心的朋友看出这门亲事不退，万家的女儿准要牺牲一生的幸福，就从中想尽方法，劝他们解除婚约。朋友奔走的结果，并没有收效，就定了几个座位，请他们来看《一缕麻》，双方的家长带了万小姐都来看戏。万小姐看完回家就大哭一场。她的父亲被她感动了，情愿冒这大不韪，托人出来跟易家交涉退婚。易家当然没有话讲，就协议取消了这个婚约。这两家都是跟我熟识的，我起先也不晓得有这回事。有一次，在朋友的聚餐会上，碰见了万先生，他才原原本本地告诉了我。

我来总结一下。我演出的时装戏，要算《一缕麻》比较好一点，因为这已经是我们演出的第四出新戏了。大家对这种新玩意儿熟练得多，尤其是贾洪林、程继仙（扮演傻姑爷）、路三宝（扮演林家姨奶奶）这三位成熟了的演员，在这出新戏里的演技，有特殊的成就，所以观众对他们的印象都很好。

古装戏的尝试——《嫦娥奔月》

大凡任何一种带有创造性的玩意儿，拿出来让人看了，只要还能过得去，这里面准是煞费经营过的了。古装戏是我创制的新作品，现在各剧种的演员们在舞台上，都常有这种打扮，观众对它好像已经司空见惯，不以为奇。可是在我当年初创的时候，却也不例外地耗尽了许多人的心血，一改再改，才有后来这一点小小的成就。我应该把我们从理想到事实，试探到完成，这当中的甘苦，大略地介绍一下：

民国四年（1915）旧历七月七日，我唱完了《天河配》，又跟几位熟朋友下小馆子。我们志不在吃，随便点过几样菜，各人开了自己的话匣子，照例是讨论关于我的演技和业务。这一天即景生情地就谈到了"应节戏"。李释戡先生说："戏班里五月五日是演《五毒传》《白蛇传》《混元盒》等戏，七月七日是演《天河配》，七月十五日是演《盂兰会》，八月十五日是演《天香庆节》，俗名都叫作应节戏。这里面《白蛇传》和《天河配》是南北普遍流行的。《天香庆节》就徒有戏名，没看见过人演唱的了。我们有一个现成而又理想的嫦娥在此，大可以拿她来编一出中秋佳节的应节新戏。"大家听了一致赞同。我不是说过齐先生是个急性子吗？他就马上接着说："我们要干就得认真地干。今天是七月七日，说话就要到中秋了。在这四十天里面，我们一定要把它完成的。我预备回去就打提纲。我们编这出戏的目的，是为了应节。剧中的主角是嫦娥，这今天都可以确定的了。不过嫦娥的资料太少，题材方面请大家多提意见才好。"李先生说："书上的嫦娥故事，最早只有《淮南子》和《搜神记》里有'羿请不死之药于西王母，嫦娥窃之以奔月'这样两句神话的记载。我们不妨让嫦娥当作后羿的妻子，偷吃了她丈夫的灵药，等后羿向她索讨葫芦里的仙丹，她拿不出来，后羿发怒要打她，她就逃入月宫。重在后面嫦娥要有两个歌舞的场子，再加些兔儿爷、兔儿奶奶的科诨的穿插，我想这出戏是可能把它搞得相当生动有趣的。"

第二天齐先生已经草草打出一个很简单的提纲。由李先生担任编写剧本。大家再细细地把它斟酌修改，戏名决定就用《嫦娥奔月》。这样的忙了几天，居然把这剧本算是写好了。跟着就轮到嫦娥的打扮，又成为我们当时研究的课题了。我的看法，观众理想中的嫦娥，一定是个很美丽的仙女。过去也没有人排演过嫦娥的戏，我们这次把她搬上了舞台，对她的扮相，如果在奔入月宫以后还是用老戏里的服装，处理得不太合适的话，观众看了仿佛不够他们理想中的美丽，他们都会感觉到你扮的不像嫦娥的。那么这出戏就要大大地减色了。所以我的主张，应该别开生面，从画里去找材料。这条路子，我们戏剧界还没有人走过。我下了决心，大着胆子，要来尝试一下。在这原则确定以后，我的那些热心朋友，一个个分头替我或借或买地搜集了许多古画。根据画中仕女的装束，做我们创制古装戏的蓝本。这一段尝试的经过，我把它分为服装和头面两部分来说，比较清楚一点：

服装部分。（一）袖子的做法。从前老戏的服装，都是衣服长，裙子短。画里仕女的装束，相反的是衣服短，裙子长。我自然是照画上的样子，让裁缝做一套短衣长裙。谁知道穿到身上，就发现了一个不太合适的地方。裙子不是做长了吗，当然要往高里系。系到了胸前，就影响这两只袖子的抬肩。让这长裙子高高系紧了，我的两个膀子，不用说还要作舞蹈的身段，就连平时伸屈起来都不灵便了。这是我们初试的失败。我们再动脑筋，把袖子的做法，从肥大的袖口，一路往上窄，窄到抬肩是愈收愈小。把这两只袖子，都做成一个斜角形。这样才解决了袖子的问题。我们先还想用荷包形的袖子。老戏里穿的宫装的袖子，从前倒是荷包的式样。大家嫌它太像日本人穿的和服的袖子，所以决定采用斜角形的方法。（二）水袖的长短。画里仕女的水袖都是很短的。我们仍照老戏的习惯用长的水袖，这一部分服装的设计，舒石父先生、许伯明先生都很在行地帮助了我。

头面部分。画中的仕女，大都画她的正面，或是侧面。所以前面梳头的形状，可以按照画上的样子，加以改革和变化。后面的样子，就无从摸索了。有些画上从正面也能看出她背后梳的头是偏在一边的。我也曾照样试办。谁想到等你转过身来,那真难看极了。我们在台上还是免不了常要转身的,因此我第一次初演《嫦娥奔月》,后面是梳的双髻。我一转身,台下看了,好像时装戏,也不合适。这一点多亏我的前室王明华替我想出了现在的样子。就是把头发散披在后面,分成两条。每一条在靠近颈子的部位加上一个丝线做的"头把"。挨着"头把"下面,有时就用假发打两个如意结。这样才看着顺眼得多了。我初期表演古装戏的假头,韩(佩亭)师傅还梳不上来。每次得请她在家里梳好了,装入一个木盒子里带到馆子临时拿出来现套的。当时外界有这样的误传,说我每演古装戏,我的前室总跟我到后台替我梳头。其实她在家里梳好了交给跟包带去倒是真的。

　　嫦娥的扮相设计完成以后,应该装扮起来,试演一番。这也是在草创的过程中应有的手续。我们就选定了在冯幼伟先生的家里试演。他住在煤渣胡同,是一所四合房。倒座五间,隔成两大间。我们就在三间打通的那个客厅里面,拿两张大的八仙桌子,并拢了放在最里间靠墙的一边,这就算是我们临时搭的戏台了。他们全部坐在靠门的一边,算是临时的看客,屋里的电灯都关黑了,只剩下里间靠近这小戏台的电灯,是开得很亮的。我们把这间客厅草草地变换了一下,也居然像个小戏馆子。而且灯光的配置,像这种"台上要亮,池座要暗"的方法,倒很适合现代化的灯光设备。在当时各戏馆里,还没有采用这样的布置呢。大家看了,都高兴得笑了起来。

　　我穿了第三次改成功的新行头,走上了这小戏台。把我跟齐先生研究好了的许多种舞蹈姿势,一种种地做给他们看。今天的看客,成心是来挑眼的,有不合适的地方,马上就会走到台口来纠正,同时舒先生手里还拿着一把别针,发现我的衣服,哪儿嫌它太宽,或者裙子的尺寸太长,就走过来在我的身上一个个地别满了别针。简直跟做西装的裁缝,给我试样子的情形差不了许多。行头的颜色方面,吴震修先生的意思,认为不宜太深,尤其不能在上面绣花。应该用素花和浅淡的颜色,才合嫦娥的性格。我这次就照这样做的。

　　这几位热心朋友,那一阵早晚见面讨论的,全是嫦娥问题。这样足足忙了一个多月,看看中秋到了,还不敢拿出来见人。又继续研究了一个多月,报上一再把这消息登载出去,好些朋友也知道有这件事,都盼望"嫦娥"早日出现。就在旧历九月二十三日的白天,吉祥园果然贴出了我的《嫦娥奔月》。这一天午饭刚刚吃完,馆子的座儿已经满了。这班观众里面,有的是毫无成见专为赶这新鲜场面来的。有些关心我的朋友,他们没有看见我的新扮相,心里多少替我担上几分忧。怕我一会儿不定变成一个什么古怪的模样了。有些守旧派的观众,根本不赞成任何演员有改革的举动,他们也坐在台下等着看笑话,只有我们集体创造的几位熟朋友,前台、后台、灯光、布景,样样都赶着帮我布置,兴奋得几乎忘记了他们自己的忙乱和疲劳。每个人都怀着一腔愉快的心情,脸上挂了微微的笑容,等着看我从月宫里变出一个舞台上从来没有看到过的画中美人来。

头里凤二爷的《战太平》下了场,台下一阵骚动以后,就静静地等着嫦娥出世了。

第一场,李寿山扮的后羿,是勾红色三块瓦的花脸,跟关胜、姜维的脸谱差不离,上场先打引子,念完定场诗,对于仙丹的交代,有这样的表白:"昨日王母娘娘请我赴瑶池群仙大会,被众仙友灌得醺醺大醉。娘娘赐我仙丹灵药,带回家来,交与我妻嫦娥收下。今日酒醒无事,不免将我妻唤将出来,问她要那丹药吞吃便了。呀嫦娥,嫦娥出来吧!"我扮的嫦娥跟着出场。先念两句诗:"醉中偷吃仙灵药,不觉身轻似燕飞。"那时的扮相,还是穿帔,梳大头,与老戏的扮相无异。这下面两个人的对白很长,我不用细说,无非是一个要索讨仙丹,一个想蒙混了事。结果后羿怒打嫦娥,嫦娥逃跑,后羿追下。

第二场,俞振庭扮的吴刚,穿的是青快衣、青彩裤、薄底靴,还有白绦子、白鸾带、带甩发。他的扮相有点像《白水滩》的十一郎,上场打完引子,有这样的表白:"俺吴刚是也。每日在这月宫之中,修理桂树。昨日王母娘娘传旨说,有下界美人,名唤嫦娥,合来做这月中仙子,执掌宫中一切事宜。今日来临,不免前去,大开桂府宫门,迎接便了!"接唱两句就下场。

第三场,嫦娥先在帘内唱倒板:"凌霄驭气出凡尘。"上唱快板五句:"又见儿夫随后跟,急急忙忙往前进,回看下界雾沉沉。飞来觉得星辰近,不知何处得安身。"此时的身段,一面走圆场,一面唱快板。因为后羿还在后面追来,所以情调相当紧张。这种安排,后来大家排到新戏,是最喜欢采用的场子。嫦娥唱完就下,后羿手拿宝剑追上,唱四句散板,也跟着进了场。

第四场,嫦娥上唱:"飞来飞去无投奔,举目遥遥见太阴。儿夫后面追得紧,将身跳入月宫门。"这一场景是用的画云的片子,当中有一个圆洞,嫦娥唱完了,就跳进洞里。后羿眼看她奔入月宫,只好回去拿了弓箭,再来射她。

第五场,路三宝、朱桂芳、姚玉芙、王丽卿扮的四个仙姑,他们还都是老戏里的扮相呢。上场念完几句,就迎接嫦娥进宫,这些仙姑与嫦娥有下面的一段对白。众仙姑:"吾等奉王母敕旨,言道仙姑今日来临,当作这桂府领袖,执掌月宫。"嫦娥:"众位仙姑说哪里话来,想我乃下界凡女,误入仙宫,有罪不诛,已属万幸,怎么又敢当此重任。"众仙姑:"圣母敕旨,岂能不从,仙姑不必推辞,请上受吾等一拜。"拜完了各念一句进场,以后我要等换好了古装在第十场才有事哪。这里面六、七、八、九四场的穿插,都是为了我换装的缘故。

第六场,李敬山扮的兔儿爷,他勾的是金脸,竖眼睛,三片嘴,外加两只长耳朵。身穿黄靠,后面还背着一个大纛旗。手抱杵臼,上场就唱两句:"道地药材兼饮片,炮制丸散与膏丹。"捣药时又唱四句:"人间到处瞎胡扯,不信真来偏信邪。八月十五中秋节,家家供我兔儿爷。"京戏唱词用的韵脚,是分十三道辙。这里面只有"乜邪"辙用的人最少。这次兔儿爷的词儿,齐先生就试用了一次"乜邪"辙。接着曹二庚的兔儿奶奶穿了宫装扭着出来。两人见了面,有一大段科诨的对白,编得有点意思,很受观众的欢迎。从他们两口子嘴里,互相讲明这兔儿爷和兔儿奶奶根本就都没有这一回事。一个说你这模样哪配成仙,一个说你的扮相也不见得够上资格。最后借用"长耳朵"和"三片嘴"两点来针对当时社会上各界的形形色色有所讽刺。不提防忽然飞进来一支冷箭,兔儿爷要出去观看动静,才结束了这场科诨。

这种科诨的场子在京戏里是少不了的。像这出《嫦娥奔月》是出歌舞剧,时间也不太长,用不用还没有多大关系。完全是为了拖延时间好从容换装。要是演一出几刻钟的本戏,它的情节,总不外乎悲欢离合,种种的曲折。如果演员在台上能够做得紧张,观众在台下必然也看得紧张。这样一路紧张到底,等戏唱完了,做的人固然够累,看的人又何尝不累呢。从前我的观众就常常这样对我说:"我们来听你的戏,有两种目的。一来是喜欢你的艺术,二来是我们有时因为工作太忙,想上戏馆子来舒散一下我们的脑筋的。"现在的观众更不比当年,有几个是有闲阶级的人!真所谓忙里偷闲地来花钱听戏,恐怕多少也有点想来舒散脑筋的意思。所以在剧情进展到过于紧张之后,应该加些科诨,让观众的精神,暂时有一点松弛的机会,同时还不能破坏剧情。这只有由丑行说几句轻松逗趣的话,让台下哄堂一笑,这也是一种调剂的方法。

第七场,后羿跟兔儿爷言语冲突,就动起手来。兔儿爷被打败了,又找他的吴伙计帮忙。吴刚出马,才把后羿打跑。这场开打的时间也不短,凡是兔儿爷这边的打手,都是勾脸而且还都支着两个长耳朵,表示是他们的一族。

第八场,谢宝云扮的王母,上场打完引子,后羿进来向她诉苦。经王母说明赐给他的仙丹,应该是他的妻子嫦娥吃的。劝他不必自寻烦恼。后羿这才念了两句"不该酒醉求灵药,赔了夫人又碰钉",扫兴而去。

第九场,吴刚上念:"百花开放向春风,天上人间自不同。吾吴刚。今日宫主传旨,要亲自来花园,采花酿酒。是我已将花径扫清,远远望见宫主到来,我不免暂时躲避便了。"这时嫦娥已经有四场没有出来。采花一场,又是全剧的一个主要的歌舞场子。对观众是应该先有这样的暗示的。

在吴刚下场,胡琴刚起倒板这一会儿的工夫,前台后台,可以说是整个吉祥园,充满了紧张的气氛。今天的观众是抱着好奇心来的。急于要看月宫里的嫦娥仙子是个什么样子。我呢?集合了许多人的精力,耗费了三个月的时间,就在这一分钟以后,要把我们设计的古装打扮和歌舞姿势,呈现在观众的面前。从种种理想成为事实,这当然是一件很痛快的事情。但是破题儿第一遭的尝试,不免也要抓一把汗。心里哪能不紧张呢?

第十场,我在帘内唱完倒板:"琼楼玉宇是儿家",场上打着"长锤",我手抱花镰,镰后挂了一只花篮,慢慢地走出了场。只听见台下就跟打雷似的一阵彩声过去,马上又静到一点声音都没有了。我又在打的灯光底下,看到台下全场观众的眼睛都冲我上下来回不断地打量。我的打扮，让我再分"服装"与"头面"两部，详细介绍一下：

（一）服装：上穿淡红色的软绸对胸短袄，下系白色软绸长裙。袄子上加绣了花边，裙子系在袄子外面。老戏的服装，总是短裙系在袄子里边。这一点是很显著的不同。腰里围的丝绦，上面编成各种的花纹，还有一条丝带，垂在中间。带上还打一个如意结，两旁垂着些玉佩。

（二）头面：头上正面梳两个髻，上下叠着呈吕字形，右边用一根长长的玉钗，斜插入上面那个髻里，钗头还挂有珠穗，左边再戴一朵翠花。

这场采花的布景，是用花草画的片子布成的野景。同时还打着电光。把电光搬上京戏舞台，这又是我第一次的尝试。那时灯光的设备，自然是非常幼稚的。仅用一道白光，照在我的身上，要让现在的观众看了，有什么稀奇呢。可是三十五年前的观众，就把它看作一桩新鲜的玩意儿了。

我出场接唱的三句慢板是："丹桂飘香透碧纱，翠袖霓裳新换罢，携篮独去采奇花。"观众听戏，有两个目的，对全剧是看内容，对演员是看技术。这一段慢板，唱得比较费力，动作就不宜太多和太快了。同时观众的习惯，听到慢板，又照例是全神贯注着在欣赏演员的"唱"的。

接着念的几句道白，表明采花酿酒是为了中秋佳节，好与众仙庆贺良宵的意思。念完了先把花篮放在正中间的台口，下面就是"花镰舞"了。边唱边舞，做出种种采花的姿势。这儿才是瞧身段的地方。让我把它大致说一说。第一句"卷长袖把花镰轻轻举起"，是先用花镰耍一个花，高高举起。第二句"一霎时惊吓得蜂蝶纷飞。这一枝"，是一手拿花镰，一手把水袖翻起，表示蜂蝶乱飞的意思。第三句"这一枝花盈盈将将委地。那一枝"，是一手背着花镰，一手下指，做一个矮的身段。第四句"那一枝开放得正是当时。最鲜妍"，是一手背花镰，一手反着向上指。第五句"最鲜妍是此株含苞蓓蕾。猛抬头"，是把花镰横放在胸前，两手作童子拜观音状，踏步下蹲。第六句"猛抬头那一枝高与云齐。我这里"，是把花镰举起，做一个高的身段。从第二句到第六句，每句唱完，胡琴停住不拉，场上接打"慢长锤"，在锣鼓里面做身段，最后一锣打下，就亮住了相，等胡琴过门完了再往下接唱。第七句"我这里奉花镰将它来取"，是左手斜背着花镰，右手用双指顺了镰杆往上伸过去、做出高攀花枝采花的姿势。七句唱完，接念一段道白。再把花篮拿起，仍用花镰挑着挂在背后，唱到末句"归途去又只见粉蝶依依"的"依依"二字，就要起步走一个圆场，归到下场门一边，再做一个矮身段，才慢慢下场。

　　当时一班守旧派的观众，看到有人想打破成规，另辟新的途径，总是不赞成的。他们批评我在新戏里常用老戏的身段，不能算是创作。我记得他们还用过这样两句对得很工整的四六体的老文章："嫦娥花镰，抢如虹霓之枪；虞姬宝剑，舞同叔宝之锏。"来形容我的《奔月》和《别姬》，他们的言外之意，就是说我偷用了老身段。这实在一点也没有说错。嫦娥的"花镰舞"，我的确是运用了《虹霓关》的东方氏和王伯党对枪的身段，加以新的组织的。艺术的本身，不会永远站着不动，总是像后浪推前浪似的一个劲儿往前赶的，不过后人的改革和创作，都应该先吸取前辈留给我们的艺术精粹，再配合了自己的功夫和经验，循序进展，这才是改革艺术的一条康庄大道。如果只是靠着自己一点小聪明劲儿，没有什么根据，凭空臆造，原意是想改善，结果恐怕反而离开了艺术。我这四十年来，哪一天不是想在艺术上有所改进呢？而且又何尝不希望一下子就能改得尽善尽美呢？可是事实与经验告诉了我，这里面是天然存在着它的步骤的。就拿古装戏来说，我初演《嫦娥奔月》，跟后排的《天女散花》比较起来，似乎已经是从单纯而进入复杂的境地了。难道说我是成心要先求简单后改复杂的吗？在我初创古装戏的时候，也是用尽了我的智慧能力，把全副精力一齐搬出来认真干的。只是因为经验与学历都不够丰富，所以充其量只能做到那个地步。

　　第十一场，上两个仙女打扫广寒宫殿，邀请众仙姑来庆贺中秋佳节。

　　第十二场，是上四个仙姑应嫦娥召请前去饮宴的一个过场。

　　第十三场，嫦娥与众仙姑在广寒宫里饮宴，庆贺中秋佳节。也是全剧最末的一场。饮罢，众仙姑散去，嫦娥更衣，加上了一件软绸的帔，胸前还佩了一块玉。她看到下界众生，双双成对，庆贺团圆，感到比她独处寒宫，清清冷冷，是胜强百倍，不觉动了凡心。深悔当年不该偷窃灵药。这底下有一段"袖舞"，唱的是南梆子："碧玉阶前莲步移，水晶帘下看端的，人间夫妇多和美，鲜瓜旨酒庆佳期。一家儿对饮谈衷曲，一家儿携手步迟迟。一家儿并坐秋闺里，一家儿同进绣罗帷。想嫦娥闭在寒宫内，清清冷冷有谁知。"唱完了再念两句："当年深悔偷灵药，碧海青天夜夜心。"下场。至此全剧告终。这儿的身段，跟采花一场的性质完全不同。胡琴拉过门的时候，动作不多。一切袖舞的姿态都直接放在唱腔里边。把一家家欢乐的情形，一句句地描摹出来。唱做发生了紧密的联系。这是我从昆曲方面得到的好处。

再度塑造穆桂英

　　1959年是我们中华人民共和国的十周年,为了迎接这个伟大的国庆节目,全国戏曲界掀起了如火如荼的庆祝高潮。各地剧种纷纷排演了精彩节目,有历史戏,也有现代剧,陆续来到首都做预展演出。我已看到许多好戏,有的是成熟的艺人们演的,也有戏曲学校的小学生演的。总起来说,人人鼓足干劲,认真表演,准备在国庆节日大显身手,以满足怀着欢欣鼓舞心情的广大观众的要求。在这百花齐放、万紫千红的光辉气象中,我不例外地也要为国庆献礼而努力。因此把要到西南地区做巡回演出的原定计划放弃了,在北京花了两个月的时间,排演了一出《穆桂英挂帅》。

　　排演新戏,本来是我青年时期的经常课程。我记得工作最紧张的一段,是在1915年4月到1916年9月,这十八个月当中,我曾经上演了十一出没有演过的戏,这里面包括时装新戏《一缕麻》等四出,我创制的古装新戏《嫦娥奔月》等三出,昆曲传统节目《思凡》等四出。事隔四十年来,还是值得回忆的。抗战期间我息影八年。自从抗战胜利后再度出台,一直到1959年,大部分时间重点安排在各地演出和整理剧目方面,尤其是新中国成立后经常去各省市做巡回演出,截至现在已到过十七个省,工作繁忙,更没有时间排演新戏,这出《穆桂英挂帅》是我新中国成立后所排的第一出新戏。

　　北宋时代,有一位著名的边关守将杨业,在戏曲里叫他杨继业,也就是大家熟悉的杨老令公,他在边防上建立丰功伟绩,人民一直在怀念他。因此,民间流传了许多可歌可泣的杨家将故事。相传穆桂英是杨继业的孙媳。当她青年时期,大破天门阵,也曾为宋王朝立过不少汗马功劳。杨家将在抗敌战争中,几乎全家为国牺牲,却得不到朝廷信任,后来穆桂英也随着佘太君辞朝归田,隐居故乡。这出戏的故事发生在她退隐二十多年后，西夏又来寻衅，边关告急，宋王传旨在校场比武，亲选帅才，穆桂英的女儿杨金花、儿子杨文广参加比武，杨文广当场劈死奸臣王强之子王伦，夺取帅印，宋王见他姐弟年幼，就命穆桂英挂帅。姐弟捧印回家，穆桂英见了帅印，触动前情，不愿出征，经过佘太君的劝勉，她才为了保卫祖国，蠲除私愤，慷慨誓师，驰往前线。

穆桂英这个角色，对我来说是不陌生的。早在四十年前，我就演过她青年时代一段恋爱故事的戏——《穆柯寨》《枪挑穆天王》。这虽是写她恋爱故事的戏，但却表现了她的聪明、天真、勇敢而且富有爱国思想，我非常喜爱这个人物，不断演出这两出戏，因而和她结下了深厚的感情。

这个角色在京剧里由刀马旦应行。我们所谓旦行是个总名，里面还分许多类别。我幼年开蒙是学的青衣，后来兼演了闺门旦、花旦和刀马旦。如果要拿文戏武戏来区分的话，前三类纯粹是文戏，后一类就接近武戏了。以上四类角色，各有它的表演方法，可以这样说，闺门旦比较接近青衣，花旦比较接近刀马旦。我学刀马旦，第一出戏就是《穆柯寨》。

我既熟悉穆桂英的人物性格，按说这次排演过程中，应该是驾轻就熟，毫不费力了，可是，实际上事情并不这样简单。过去我只是以刀马旦的姿态塑造了她的青年形象，而这出戏里穆桂英却是从一个饱经忧患、退隐闲居的家庭妇女，一变而为统率三军的大元帅，由思想消极而转到行动积极。从她半百年龄和抑郁心情来讲，在未挂帅以前，应该先以青衣姿态出现。像这样扮演身兼两种截然不同行当的角色，我还是初次尝试。

《穆桂英挂帅》全剧共有八场戏，我只来谈谈穆桂英的三场戏。

第一场（全剧的第二场）《乡居》，是写杨家听到西夏犯境的消息，佘太君虽已多年来不问朝政，不免还要关怀国事，她命杨金花、杨文广进京探听朝廷如何应敌的措置。穆桂英顾虑到奸臣在朝，汴京是非之地，不赞成派这两个年幼不懂事的儿女进京。这里有四句西皮原板，说出她的意见。后经儿女们一再恳求，杨宗保又从旁解说，也就不坚持了。这场戏里穆桂英是梳大头，穿蓝帔，道地的青衣打扮。她的事情虽然不多，但一上场就应该把她二十年来一肚子的不痛快从脸上透露出来，使观众对她的苦闷情绪先有一种感觉，这样做，不但对本场的不赞同派儿女进京有了线索，而且是后面不愿挂帅的根源。

第二场（全剧的第五场）《接印》，是全剧的主要场子，这里面唱得多，动作表情多，思想转折多，有必要把穆桂英随着剧情发展而逐步深入的内心活动，分成几个阶段来详细介绍一下。

她刚出场唱的四句西皮慢板，是说她深恐儿女们在外遭到奸臣的暗算，盼望他们早回。这是"挂念"阶段。跟着儿女们回来，向她叙述他们在汴京校场比武，刀劈王伦，宋王命她挂帅的经过。她一见帅印就勾起痛心的往事，严斥杨文广不该在外闯祸，还抱印回家，一时的激动，使她竟要绑子上殿，交还帅印。这是"愤慨"阶段。下面佘太君出场，问她为何不愿挂帅？她有大段二六，说明宋王朝平日听谗言，把杨家将累代功勋置之脑后，一旦边防紧急，又想起用旧人，实在使她寒心，不如让朝廷另选能人吧。这是"怨诉"阶段。后来接受了佘太君的劝勉，答应挂帅，佘太君很喜欢地下了场，她正准备改换戎装，耳边听到聚将擂鼓之声，立刻振起当年奋勇杀敌的精神。这里唱一段快板描写她情绪高涨。这是"奋发"阶段。

这出戏的主题，是从穆桂英不愿挂帅反映宋王朝的刻薄寡恩，又从她的愿意出征表现本人的爱国精神，剧本这样安排是完全适当的。但是穆桂英刚从不愿出征转变过来，紧跟着就是闻鼓声而振奋，这地方接得太快了，对于角色的情绪还没有培养成熟，这样制造出来的舞台气氛，好像不够饱满。同时，我体会到这位女英雄究竟有二十多年没打过仗了，骤然在她肩上落下这副千斤重担，必定有一些思想活动，这里也有必要给她加一段戏。首先，我想到在送走了佘太君，场上只剩穆桂英一个人的时候，给她的思想里加上一层由决定出征而联系到责任重大，如何作战的事前考虑。但这一思想斗争必须结束得快，慢了又会影响后面的高潮，又因为前面的"怨诉"和后面的"奋发"各有大段唱工，这里不宜唱得太多，大段独白更安不上。这不过是初步计划，如何实现还没有思考成熟。

有一天我看到河北梆子跃进剧团一位青年演员演的《穆桂英挂帅》里《接印》一折，她在穆桂英的思想转变过程中有左右两冲的身段，启发了我，使我很快地就联想到《铁笼山》的姜维观星，《一箭仇》的史文恭战罢回营，都有低着头揉肚子的身段，何不把它运用过来呢？根据这个意图，我大胆地采取了〔九锤半〕的锣鼓套子，用哑剧式表演，纯粹靠舞蹈来说明她考虑些什么。

〔九锤半〕的打法，锣声有时强烈，有时阴沉，一般是在武戏里将领们出战以前，个人在估计敌情，做种种打算时用的，锣声有强有弱，是为了表达思潮的起落，文戏里向来少用，青衣采用则更是初次尝试。

剧本初稿在这里有六句唱词："二十年抛甲胄宝剑生尘，一旦间配鞍马再度出征，为宋王我本当纳还帅印，怎当那老太君慈训谆谆，一家人闻边报争先上阵，穆桂英岂无有为国为民一片忠心。"我上面不是说过这里不宜多唱吗？所以我把它减为这样四句："二十年抛甲胄未临战阵，今日里为保国再度出征，一家人闻边报雄心振奋，穆桂英岂无有为国为民一片忠心。"等到我安排身段的时候，又发现了唱词和表演有了矛盾。我的目的是要把这段哑剧式表演放在第三句后面，才能用第四句结束这段思想过程，如果放在第四句唱完之后，紧接着听到鼓声，就有层次纠缠不清的毛病。因为这两个转折的层次，前者用〔九锤半〕，后者用〔急急风〕，节奏都非常强烈，一定要把它们隔开才对。我原意是想加强"奋发"气氛，像那样叠床架屋，是起不了作用的，而且没有机会让思想考虑得到结束，但正碰上第三句唱词是"一家人闻边报雄心振奋"，这句下面紧接着考虑动作，那就坏了，变成她考虑的是要不要打起精神来保卫祖国的问题，岂不大大损害了这位有爱国思想的女英雄吗？我只好把原词再度改动如下："一家人闻边报雄心振奋，穆桂英为保国再度出征，二十年抛甲胄未临战阵，难道说我无有为国为民一片忠心。"前两句是表明她决定出征的态度。唱完第三句"二十年抛甲胄未临战阵"，哑剧开始，我挥动水袖，迈开青衣罕用的夸大台步，从上场门斜着冲到下场门台口，先做出执戈杀敌的姿势，再用双手在眉边做揽镜自照的样子，暗示年事已长，今非昔比，再从下场门斜着冲到上场门台口，左右各指一下，暗示宿将凋零，缺乏臂助，配合场面上打击乐的强烈节奏，衬托出她在国家安危关头的激昂心情。其实，她所考虑的两个问题根本都得不到结论，所以等我转到台中间，着重念了一个"哎"字，叫起锣鼓来唱第四句"难道说我无有为国为民一片忠心"，把当时的顾虑扭转过来，这句唱是对自己说：何必多虑呢？仗着保国卫民的忠诚去消灭敌人好了。这是我在"怨诉"和"奋发"的中间加的"考虑"阶段。多此一番转折，好让观众先嗅到一点战争气味，为后面的高潮造成有利条件。

按照文气来看，现在的三四两句好像不甚衔接，这是因为我的哑剧里包含着不少无声语言，"哎"字一转，结束上文，下句是可以另起的。

下面，我背着手，脸朝里，听到鼓角齐鸣的声音，先向后退两步，然后冲到上场门口，把双袖一齐扔出去，转过身来，脸上顿时换了一种振奋的神情，仿佛回到了当年大破天门阵百战百胜的境地，走半个圆场到了下场门口，转身搭袖，朝里亮住，这时场面上又加了战马声嘶的效果，更增强了气氛，转身接唱快板后，跨进门，得意扬扬地捧着帅印唱出"我不挂帅谁挂帅，我不领兵谁领兵"的豪语。末两句"叫侍儿快与我把戎装端整，抱帅印到校场指挥三军"，从军字行腔里走一个圆场，回到台的正中，再对着上场门台口上一步，亮住了相，威风凛凛地转身捧印进场。

穆桂英在她的第一场里穿帔，第三场里扎靠，都有成规可循，唯独第二场以后半截最难处理，她还是穿的青衣服装，怎样才能显出英武气概呢？这两种行当和表演方法根本矛盾，的确是个难题。我从哑剧开始一直到捧印进场，一切动作，比青衣放大些，比刀马旦文气些，用这种方法把两类行当融化在一起，还要使观众看了不感到不调和，这只能说是我在摸索中的大胆尝试，做得不够满意，还有待于不断的加工。

我常演的《宇宙锋》里装疯的赵女念到"我要上天""我要入地"两句时，也有左右两冲的身段，表现的是疯子模样，只比一般青衣的步子走得快些，动作放大些。穆桂英是员武将，她的两冲要显出作战精神，我加上了蹉步，走得比赵女更快些，动作也更夸大些。从表面上来看，这两个角色都是夸大青衣的表演，而骨子里有程度深浅的不同，如何做得恰如其分，全靠舞台实践，火候到了，自然就会掌握。

我从前看过孙菊仙老先生演的《浣纱记》。这戏里的伍子胥，头戴高方巾，身穿蓝褶子，是老生扮相，老生应行，因此一般演员都按老生表演，和祢衡、陈宫没有多大差别。孙老先生塑造的伍子胥形象却不是这样，他一出场就把马鞭子扬得高高的，身上的架子，脚下的台步，都放大了老生的动作,加上他那种高亢洪大的嗓子,英武愤激的神态,气派真不小,使人一望而知是那位临潼斗宝的英雄人物。这种塑造人物的方法,对我今天处理第二场的穆桂英是起着借鉴作用的,所不同的地方,他只是放大动作,而文戏的锣鼓节奏没有变动,我这次采用了武戏的锣鼓套子,进一步要具体地做出临阵交锋的姿势,换句话说,文戏打扮,武戏节奏,比他更为费事。

我的老伙伴李春林先生对我说,这场戏的穆桂英,又是青衣,又是刀马旦,京戏里从来没有见过,您安身段,千万注意别"拉山膀"。他的意思是怕我安的身段和服装扮相不调和,这种想法很高明。李先生大我两岁,他过去常陪着杨小楼、余叔岩先生等演戏,见得多,知道得多,有丰富的实践经验,给我把场多年,他在后台常提醒我,哪里身段重复了,哪里部位不够准确,哪里表演不够明显,哪地方多啦,哪地方少啦。三十年来,我得到他的帮助非常之大。我常对青年演员们说,多向老前辈请教,要请他们不客气地指出缺点来,能教的请他们教一教,不能教的请他们谈谈表演经验也是好的。因为我就是从这条道路走过来的。

这场戏里穆桂英上场,最初剧本的规定是,念完两句诗,就上杨金花、杨文广。我感到前一场他们刚在校场比武,打得很热闹,这里有必要使舞台气氛沉静一下;同时,这出戏里没有〔慢板〕唱工,缺乏主曲,总觉得不够完整,我把念两句诗改为唱四句〔西皮慢板〕,说出穆桂英的盼儿心切。唱词用的是人辰辙,好像《汾河湾》的柳迎春在挂念丁山,但柳迎春只是单纯的慈母盼儿心肠,穆桂英却含有两种顾虑,一是急于要知道朝廷如何应敌的消息,二是怕奸臣对小孩们进行迫害。两个人盼望的心情不同,就不能用同样办法来处理。现在,我唱这四句的时候,是按照后一种心情来表演的。

第三场(全场的末场)《发兵》,是写穆桂英在出征以前,检阅队伍和教训儿子的两桩事情。她在幕内唱完〔西皮倒板〕,八个男兵,八个女兵,四个靠将和一个捧印官先在〔急急风〕里快步上场,这地方最初想按一般演法"站门"上,后来考虑到我在队伍当中要唱十句,时间较长,我的活动范围会受到拘束,因此改用了"斜一字"上,分三行在下场门边站齐,然后穆桂英披蟒扎靠,戴帅盔,插翎子,抱着令旗宝剑，背后高举着"穆"字大纛旗，在〔慢长锤〕里扬鞭出场，接唱三句西皮原板，是说军容的整齐。唱完了，队伍又扯到上场门边，同时，杨宗保、杨金花、杨文广全从下场门出场，就站在下场门边，穆桂英转到台的中间，见了丈夫和儿女们一个个全身披挂，雄赳赳，气昂昂，站在前面，立刻使她回忆到少年光景，这里有六句唱词："见夫君气轩昂军前站定，全不减少年时勇冠三军；金花女换戎装婀娜刚劲，好一似当年的穆桂英；小文广雄赳赳执戈待命，此儿任性忒娇生。"我从第二句起改唱了三句〔南梆子〕。〔南梆子〕曲调比较悠扬婉转，容易抒写儿女亲切缠绵的情感，用来表达穆桂英的青春思潮，跟我那时脸上兴奋愉快的神态相结合，是再适宜也没有的了。对杨文广唱的两句，指责他有任性的缺点，那就不能再用这个曲调了，所以又转回〔西皮原板〕，这两种曲调的板眼尺寸本来接近，来回倒着唱，听了是不会感到生硬的。

角色在戏里换调创腔，让观众耳音为之一新，只要不是无原则的编造，不是一味标新立异耍花腔，掌握了腔调里的情感，那是好的。程砚秋同志在祝英台《抗婚》里创造了一个哭头下干唱的新腔，台词是："老爹爹你好狠的心肠。"从声腔里充分地传出了祝英台有说不出来的一肚子怨气。这的确是个深合剧情的好腔。它的特点是刻画封建社会的女儿不敢当面骂父亲，但被顽固的老头儿压迫过甚，逼得她无路可走，终于不能不透露出一点痛苦之声。再说京剧里角色干唱一句，习惯上往往用在遇到左右为难的时候，正合乎祝英台不敢说又不能不说的两难心理，所以砚秋同志不是孤立地创制新腔，妙在既好听，又充满了情感，用的场合更十分恰当，而且还不离开传统法则。近来有些青年演员常常采用这个好腔，我希望大家注意到这一点：如果剧中人不受祝英台那种环境的束缚，而是可以尽量发泄自己的悲痛的场合，也使用了它，恐怕说服力就不大了。

穆桂英进了校场，拜印，坐帐，跟着奉旨犒军的寇准上场，对杨文广大加夸奖，引起了这位杨家小将藐视敌人的言论，穆桂英借此要给儿子一个严厉的儆戒，传令问斩。杨宗保和众将一再求情，全不答应，最后接受寇准的讲情，才饶恕了他。当众将求情时，按照传统表演方法，一般都在〔乱锤〕里掏双翎，两手抖着向两旁将士们看。我这次小有变化，掏着双翎，内外亮住，先不抖双手，用眼偷看寇准，然后抖右手看右边，转过脸来再抖左手看左边。我的意思是说，穆桂英首先想窥探寇准的态度，他究竟识破我的用意没有？等看到寇准若无其事地坐在一旁，知道这位老于世故的寇天官已经懂得我的作用，他必然会来讲情的，那就不妨放开手来做，坚决拒绝众将的请求，加重对儿子的打击。《群英会》周瑜打黄盖时，也有偷看诸葛亮的做派，当年程继仙先生演得最传神，我就拿来借给了穆桂英。同样都是偷看，目的却大相悬殊，周瑜是唯恐诸葛亮识破他的巧计，穆桂英是希望寇准了解她的苦心。

下面，佘太君到校场送行，勉励了后辈们几句话，穆桂英就告别佘太君、寇天官，率领全军，浩浩荡荡地向战地出发，全剧到此结束。

从寇准上场以后，围绕着教育杨文广做戏，虽然也有一些内容，我总觉得不够丰富，但校场里可能发生的事情，无不与军令、军事有关，要穿插些别的故事，并不容易，我们还没有想出更好的办法来，希望大家看了，多给我们出些主意。

关于结尾应否与敌军会阵的问题，我们曾经反复讨论多次，有人认为全剧高潮已过，再加开打场子，只是交代故事，不能增加精彩，况且杨家将成名，人民对它早已抱有百倍信心，此番出征，定然胜算在握，没有必要再用明场细说了。我赞同这个意见。剧名《穆桂英挂帅》，到此为止，也还是名副其实的。

这样演出了十几次，第二场的效果比较好，观众说我在这场戏里的几个捧印姿势，使人看了有雕塑美的感觉。这和我平时喜爱美术多少有点关系。前年我去洛阳演出，看到了当地名迹——龙门石刻。整座山上刻满了无法统计的庄严佛像，尤其是刻在山上奉先寺的几尊大佛，中座一尊身高十几丈，它的一只耳朵的高度比人还高，雕刻得细致，从庄严中透出秀丽之气，真够得上说是壮观了。我去年又到太原演出，游览了晋祠名胜，看见圣母殿里两旁塑着几十个宫廷妇女，经过考据，这还是宋代雕塑家的手笔。这些塑像，有的手拿器具，有的笑容可掬，有的面带愁容，个个都能从当时的现实生活中表现出妩媚生动的姿态，没有一个是同样的。我在它们旁边一再徘徊，感到美不胜收，舍不得离开。这许多优秀的美术作品，对一个演员来说，平日看在眼里，记在心头，在丰富创造生活上是有极大的益处的。我幼年常看三位老艺人合演的一出神话戏《青石山》：李顺亭先生扮关羽，杨小楼先生扮关平，钱金福先生扮周仓。关羽端坐中间，周仓拿着青龙偃月刀，关平捧着印，侍立两旁。这幅壮丽画面，活脱是古庙神龛里的精美塑像，给了我很深的印象。这次恰巧有捧印的表演，我不知不觉地把上面的种种印象运用进来了。你问我究竟像哪一个具体的塑像？我也说不上来，因为我根本没有打算模仿哪一个塑像。我们知道，不论哪一种艺术，都应该广泛地吸取营养来丰富自己，但如果生搬硬套，只知追求形式，不懂得艺术作品的神韵，貌合而神离，那就谈不上真正的艺术了。

《穆桂英挂帅》是豫剧的老剧目，京剧中原来没有。四年前我在上海第一次看到豫剧马金凤同志演的《穆桂英挂帅》，引起了我的注意。因为我虽然和穆桂英做了四十年的朋友，还不知道她的晚年有重新挂帅的故事。她那老当益壮的精神使我深深感动，我们有着情感上的共鸣，因此今年我就决计把这株豫剧名花移植到京剧中来。

我们现在有着三百多个地方剧种，发掘出五万多个传统剧目，这笔丰富多彩的遗产，保存在各剧种里，向来是可以相互移植的，但各剧种的风格不一样，移植的时候，不要忘记了自己的本来面貌。我演的《穆桂英挂帅》，有些变动豫剧的地方，就是为了风格关系。例如，《乡居》一场，豫剧是杨宗保、杨思乡（宗保之弟）、穆桂英先后上场，各唱一段慢二八，穆桂英唱得最多，有二十句唱词，每人进门参见佘太君后默默地坐在一旁，大家见面都没有一句念白。这是豫剧的传统表演方法，着重多唱，并且以唱代白（这三个角色的最末两句唱词里都有问太君好，向太君请安的话）。京剧就不能这样处理了。我们是杨宗保上唱两句，穆桂英上念两句，进门见了佘太君都有对白。《发兵》一场，豫剧的穆桂英出场有几十句唱，台下听得十分痛快，认为是个主要场子。放到京剧里来又不合适了，所以我只唱十句，这并不是说我年纪大了，怕多唱，即使让有嗓子的青年演员来演，也不可能连唱几十句，从上面两个简单例子来看，已经能够说明不同剧种必然会有不同的表演方法。

近年来戏曲界有了一种倾向，道白和锣鼓点喜欢学京剧，旦角的化装和服装喜欢学越剧。学习兄弟剧种的好东西，谁都不会反对，如果因而丢掉了自己的特点，破坏了原有的风格，也是值得考虑的。

现在的越剧旦角除演老剧以外，多数是梳古装头，穿古装衣服。我当年为了演神话戏，创造古装，第一个戏是《嫦娥奔月》。嫦娥的形象是我们从古画里找到一些材料,加以提炼、剪裁而塑造出来的。后来又引申到塑造其他神话里的仙子和红楼人物。这不过是为舞台上添了一种美化古代女子的类型,现在大家又把它的应用范围扩大了,当然是可以的,倘若照这样发展下去,各剧种全拿它来代替梳大头的老扮相,把优良传统的东西抛掉,那我就不敢赞同了。舞台艺术不是讲究多样化的吗?我觉得这两者可以并存,尤其是古老剧种要多加注意,什么戏该用老扮相,什么戏适宜扮古装?最好根据人物性格做恰当的安排,像挂帅的穆桂英年已半百,就不宜于古装打扮,这也是一个例子。

拿我最近排演《穆桂英挂帅》和二十年前排新戏的情况对比一下,工作方法显然是大大改进了。从前一出新戏的出现,经过找题材、打提纲、写总本、抄单本几个阶段以后,每个演员先把单本背熟了,大家凑在一起说一说,再响排几次,就搬上舞台和观众见面了。如何创造角色,全靠演员自己的体会,但他们看不到总本,对剧情不够全面了解,因此体会上就不容易深入。这种老的排戏方法,只有个人的思考,没有集体的研究和总结的效能。现在我们建立了导演制度,起着很大的作用。导演是了解全剧内容的,他可以先对每个演员做一番分析人物性格的工作,这一点已经给了演员不少的帮助。我排新戏有导演,还是第一次。这次的经验告诉我:导演要做全剧的表演设计,应该有他自己的主张,但主观不宜太深,最好是在重视传统、熟悉传统的基础上进行创造,也让演员有发挥本能的机会,发现了问题,及时帮助解决,有时候演员并不按照导演的意思去做而做得很好,导演不妨放弃原有的企图,这样就能形成导演和演员之间的相互启发,集体的力量比个人的智慧大得多。我们得到了中国京剧院导演郑亦秋同志的协助,他是属于熟悉传统表演,又能让演员们发挥本能的导演。

这个剧本是陆静岩、袁韵宜两位同志执笔的,它的内容和豫剧本基本相同,豫剧本只有五场戏——《乡居》《进京》《比武》《接印》《发兵》。京剧本在《乡居》的前面加了一场《报警》,把寇准进宫报告边关危急,宋王和寇准、王强商量御敌策略,决定比武选帅等过程用明场交代;又在《接印》后面加了一场《述旧》,杨宗保在到校场以前,给他儿女们述说当年穆桂英的破敌威风和军令森严,为下面教育杨文广伏一条线索;另外还加一个众将驰赴大营的过场戏——

《听点》。这样，京剧本就成为八场戏。个别场子里比豫剧本也有所增减，例如《进京》一场，杨金花、杨文广到了汴京，作者给他们加了一段戏，让他们找到了昔年杨家故居——天波府，现在已经变成了奸臣王强的府第；姐弟二人就在门前徘徊不已，感愤交加。这个穿插能够反映宋王朝薄待功臣的事实，并且激发了两个杨家小将继承祖先勋业的志气，思想性是好的。

　　还有，徐兰沅先生帮我安腔，田汉同志给我改词，文艺界朋友们提供许多宝贵意见。所有以上种种，都是热爱艺术事业的表现，对我们的演出给了很大的鼓舞，使我们更清楚地认识到群众力量的伟大！

1959年9月

我学戏、改戏和表演的经验

这次我在各地座谈会上，许多演员同志都要我谈谈学戏、改戏和表演的经验。

其实，我学戏的过程，也和大家没有什么两样。我以为，一个演员的成就，第一，要靠"幼工"结实。动作部分应该练好腰腿，唱念部分应该练好发音咬字。这些基本的技术，大家都是内行，也无须我细讲。第二，要靠舞台实践。我的经验是，戏唱得越熟，理解力越强，正如俗语所说"熟能生巧"，这句话是一点都不错的。可是，还应当注意，戏唱熟了，往往会"油"，戏唱油了，是要不得的。第三，是要多看前辈们的表演。什么行当的戏都看，什么剧种的戏都看。但是，看戏必须具备一种鉴别能力，才能分出好坏来。看到好戏，固然能够丰富我们的表演；看到坏戏，也不要失望，这对我们也有益处，因为我们能看出他走错了路，就可以不再犯他同样的错误。这种鉴别能力，也是要经过一番锻炼，才能具备的。只要我们肯多看前辈们好的表演，多听行内行外一些良师益友的经验之谈和正确的意见，再加上自己的琢磨钻研，久而久之，我们的眼睛亮了，耳朵也灵了，心里也明白了。到那时候，我们就能够分清哪是精华，哪是糟粕，那么，在表演方面就一定可以进入角色，自然就会有许多的创造。我就是从这样一条路上走过来的。

二十年前，有一位享有国际声誉的低音大王夏里亚宾先生到上海游历。我们举行了一个茶会欢迎他。席还未终，我向他道歉，因为晚上有演出，要先走。他听了大为惊讶说："怎么？今天你有演出，还来参加这个茶会？"那神情和语气大有责备我的意思。夏里亚宾先生又告诉我说："我的习惯，演出的前夕，就不参加宴会，连说话都尽量减少。这样到了歌唱时，可以保证精神饱满，发音清亮。"这位老友虽已逝世多年，但他的话却给我深刻的印象。我们今天生活在伟大的新中国，我们都有着为人民服务的志愿，并且我们都有了克服困难，坚持工作的习惯，这种精神是好的。但更重要的是：必须保护我们的嗓子。如果自己不小心，把嗓子毁坏了，就失去为人民服务的重要条件，这是追悔莫及而又使群众惋惜的一件事。因此我们在坚持工作之外，还必须养成坚持休息的习惯。据我的经验，多睡是一个最有效的休息方法，尤其像我们已经上了岁数的人，更为需要。

这十几年当中，我没有编演新戏，只是做了些整理、改编的工作，我在这里简单地介绍一些经验：

首先，我觉得文艺工作者和我们戏曲演员合作是重要的。我有几位文艺界的老朋友，同我合作了好多年，他们经常作为观众，在前台听戏，看出了什么问题，譬如某几句台词存在着不好的意思，或者与剧情不能紧密结合，还有在音韵上不够和谐，某一个身段表情的目的性不够明确，或者姿势不够好看，就马上给我提意见。也有我自己发现的问题，和他们一起研究如何解决。总之，我们用的是互相启发的方法，多少年来是收到效果的。有些常演的戏，台词有所变更，唱起来必须格外注意，免得新词与老词互串。有些唱腔是观众向来熟悉的，如果把他们认为好的腔轻易改掉，就不容易被接受，遇到这些地方，我们还得要改字不改腔，所以这也不是一种简单的事情。身段表情的改进，比变更台词更难一些，这要和人物的思想感情结合在一起，不可能一下子就做得恰到好处，必须在一次又一次的实践中积累经验，才能达到越改越好的地步。

上面说的，还是指部分修改而言。如果戏里的主题应该变更，或者人物性格前后不统一，那就需要大拆大改。像《贵妃醉酒》《生死恨》《宇宙锋》等戏，到目前为止，不知经过我们多少次的小修大改。大改的工作，第一步也是跟文艺界的老朋友进行讨论，这时候往往会引起一些争辩；等到意见一致，然后动笔，边写边研究，在拿到台上演出时，还要听取观众的意见，观众认为改得好的，我们保留下去，说改得不好的，我们再往好里改。但我们必须自己心中有数，辨清精粗美恶，慎重做这一工作。倘若东听一句，西听一句，不经过仔细的分析、考虑，就动手更改，结果只有造成混乱，没有什么好处。

我自己整理修改剧目的方法，要分两部分来讲。首先是确定剧本的主题。第二步是如何结合我的表演。我不喜欢把一个流传很久而观众已经熟悉的老戏，一下子就大刀阔斧地改得面目全非，让观众看了不像那出戏。这样做，观众是不容易接受的。我采取逐步修改的方法，等到积累了许多次的修改经验，实际上已跟当年的老样子大不相同了。可是观众呢，在我逐步修改的过程中，无形地也就习惯了。我为什么这样做呢？因为一出戏要把它改好演好，不是一桩容易的事。拿我的经验来讲，改了一个时期，又会看出问题；甚至有时还会改回来，总之，这件工作是需要很细致，很耐心，步步深入的。

《贵妃醉酒》是一出舞蹈性很强的戏，前辈老艺人们给我们留下许多优美的表演。可是其中有部分黄色的东西。如《诓驾》以后，和两个太监调笑当中，有一些暗示性的动作和表情。我改的时候，首先变动了主题。我现在的演法，是通过杨贵妃来描绘古代宫廷贵妇人的抑郁、苦闷心情。主题有了变化，所有全部的表演风格也随着起了变化，剧中人物身份就和从前不同了。后面的唱词，如"安禄山卿家在哪里……"那四句，以及"色不迷人人自迷"，等等，含意都不好，我都把它们改掉了。至于身段部分，经过一再整理，修改的地方很多。就拿"卧鱼"来说吧，最初，我只知道老师怎么教，我就怎么演，它的目的性何在呢？我也说不上来。后来，先确定它的目的性是为了嗅花。嗅花的姿态，我变了好多回，先是单手捧着闻，双手捧着闻，由不露手加上一种露手，由捧着闻又加上折枝的手势。总之，两个卧鱼是对称的。但是小动作里面是有区别的。

《生死恨》里过去没有彻底解决的是韩玉娘和程鹏举两个人物性格不够统一的问题。我最早的演出本，由于程鹏举有了三次告发他的妻子韩玉娘劝他逃回祖国的经历，所以后来程鹏举做了襄阳太守，派家人赵寻访着了韩玉娘要接她到住所，而被她拒绝。这样写法，是对程鹏举的性格大大地有所损害；这就会影响韩玉娘对程鹏举的热爱和她多少年中为他受尽折磨、坚贞不移的精神。我们初步的修改，把三次告发改为两次，随后又改成一次，夫妻之间的误会，就不难经过解释而消除。照这样演了一个时期，我觉得程鹏举的性格是完整了，但韩玉娘在后半部戏里，从她的思想感情中很难看出她希望有破镜重圆的一天。如当她流落在李妈妈家中，在一个深夜里所唱的台词有："我也曾劝郎君高飞远，又谁知一旦间改变心肠，到如今害得我异乡漂荡……"夹白中有："想我韩玉娘，苦劝程郎逃回故国，谁想他反复无常，害得我这般光景！……"这些唱白里，说明韩玉娘对丈夫有多么强烈的怨恨。梦中相会的时候，她的动作表情也全是对丈夫不满的表示，再加上后面拒绝赵寻的迎接，这就显得韩玉娘的性格前后矛盾了。近年来我们针对着上面所说的那些问题，又大改一次。现在我的儿子葆玖常演的《生死恨》，就是修改的本子。

上面不过随便举几个例子，至于唱词、话白、身段、表情，个别修改的地方还很多，这里就不细谈了。

继承着瑶卿先生的精神前进

著名戏剧家、我们的师辈王瑶卿先生的逝世,是全国戏剧界无可补偿的损失。

王老先生在戏剧界工作了将近六十年,他继承了前辈优良的传统表演艺术,而且在这基础上不断地创造和提高。他以诲人不倦、忘我劳动的精神,培养了许许多多的戏剧工作者。他的卓越成就是为全国戏剧界所公认的。

我在四十多年以前就和王老先生相处在一起,共同过着舞台生活。在戏剧的钻研中得到他的启发和教育,使我的舞台艺术获得逐步提高和发展。我今天能有这一点成就,也是和王老先生对我的帮助分不开的。

我向他学习的过程,首先是从观摩他的表演入手的。当年,他和谭鑫培老先生合作演出的时候,我有空就去看他们的戏,受到了深刻的影响。有些戏在不知不觉中就看会了。在我表演这些戏的时候,他还经常不断地指点我许多窍门,把我引导到艺术的深处。另外,二本《虹霓关》的丫环,是他亲自教给我的。通过这一角色的学习,使我领会了如何掌握这一类型的人物性格。后来,我排新戏也得到他的帮助。像《西施》一剧,从剧本、唱腔以及场子的穿插,都经过他细心的整理、编排而后演出的。我记得当这个剧本脱稿以后,拿去请教王老先生,他说:"摆在这里,我给你细细地看一看。"他一连三天,夜以继日地连改带拆地给我把《西施》剧本整理出来。等到排演的时候,他还到我家里,对每一个演员都很耐心地指点了许多窍头。我现在每次演到这出戏,就会想起王老先生对我的好处。

新中国成立后,我和王老先生同时参加了中国戏曲研究院的工作。王老先生担任的是戏曲学校校长的职务。他和青年人有同样的朝气,很愉快地工作着。学生对他的亲敬如对慈父一般;他对学生的爱护也和对自己的儿孙无异。他贡献出他晚年的全部精力，为国家造就人才。最使我感动的是，他在得病的前夕，还在给学生说戏和审查《天河配》的剧本。这种忠于艺术、忠于人民的精神，是值得我们作为典范来学习的。

　　最难忘的一天，是1953年9月14日的下午三点钟，我到北京医院去探望王老先生的病。当我走到他的病床边，我们两个人的眼神刚一接触，眼泪就同时都流了下来。我们紧紧地握着手，他挣扎着想要跟我说话，但是讲不出来，只迸出一点声音。他用眼睛望着我，用手指着他的嘴，接着双手一摊，叹了一口气。那意思说，我一肚子的技艺，从此只能带走了。从他凄怆的神情中，看出他丢不下他亲手培养的学生，丢不下文艺界的许多亲爱的朋友，丢不下花团锦簇的新中国。我看了他这种痛苦的样子，止不住泪流满面，但是找不着一句适当的话来安慰他。最后，我伏在他的身上，在他耳边说："我看您的病不要紧，只要安心静养，是会慢慢好起来的。我走了，过两天再来看您。"他听说我要走了，精神又紧张起来，使劲地抱着我，用手在我背上拍了几下，眼中已经没有眼泪，只是干号了几声。这时候，医生向我使了一个眼色，我只得怀着沉重的心情，慢慢地退出了病房。我问医生究竟王先生能否恢复健康，他说："王先生的病状是语言神经失去控制，左臂不能转动自如，需要长期疗养。"我听了他的话，脑子里就蒙上了一层阴影。

　　我离京以后，接到北京来的信，知道王先生的病已见好转，只是仍旧不能说话。今年6月4日夜间突然接到从北京打来的电话，报告王老先生逝世的噩耗。晴天一声霹雳，使我神经上受到了很大的震动，想不到医院一别竟成永诀。我现在含着眼泪写这篇纪念王老先生的文字，只不过简单地叙述一些我向他学习的过程，和他给我一生不可磨灭的印象。至于他在艺术上的创造和不朽的功绩，仓促间是无法写出来的。

　　王老先生虽然逝世了，他却永远活在全国戏剧界同志们的心里。我们必须继承他的精神，为发扬戏曲艺术和培养下一代的戏曲工作者倍加努力。

初演红楼戏——《黛玉葬花》

我的古装戏，先是为了应节想排《奔月》，等讨论到嫦娥的扮相问题，这才想打古画里找材料。可见得凡事都是一步步发展开来的。有时偶然的几句闲谈，只要肯跟着往深里钻研，就可能产生后来很大的效果。我从《奔月》排出以后，舆论上一致鼓励我再接再厉地多排几出古装戏。我那几位集体合作的热心朋友，少不了又要帮我动脑筋了。这古装戏不比时装戏可以到报上和杂志里去找现实的题材，他们只能先在旧小说里给我找合适的资料。

从前编戏的为什么老离不开小说，因为小说上的人物与故事，早已家喻户晓地深入了民间，一旦演员们在台上把它绘形绘声地搬演出来，他们看了自然觉得格外亲切有趣，容易接受。当年多数观众熟悉诸葛亮、曹操、吕布、貂蝉，都是一部《三国演义》的效果。所以近百年来，京戏剧本的取材，出不了《三国演义》《列国志》《水浒传》《西游记》《西厢记》《白蛇传》《杨家将演义》《封神榜》《隋唐》《说唐》《岳传》《彭公案》《施公案》等书的范围。有些戏的内容，由于根据的小说有问题，不宜演出。可是前辈老艺人在唱做方面倒下过功夫，留下了不少宝贵的演技。我们应该怎样把它改编或者运用到别的戏里来，这是值得大家来研究的一件事。至于有人说小说里的故事，都是作者杜撰的、不可考的，这一点我觉得倒没有多大关系。只要故事生动，合乎情理，能对群众起教育作用，或者虽然没有积极的教育意义，却也并无毒素，又能给观众欣赏上的满足的，这些都可以拿出来上演。一部二十四史有几件事情写得完全可靠，恐怕也还是一个极大的疑问呢！

有一位朋友对我有这样的建议："你们已经创造了嫦娥的形象，何不排演几出红楼的戏呢？"我们听了觉得有理，开始就研究这个问题。说也奇怪，在这许多小说中间，甚至于有些很不合理的情节都编成了戏，唯独对这一部现实主义的著名小说，却从来没有人拿它编戏。这真是令人百思不得其解的一件事，我们就去请教几位前辈。据王大爷昆仲对我说："前清光绪年间北京只有票友们排过红楼戏。那时票房的组织，还没有后来那么普遍发展。著名的有两个票房，一个在西城，叫'翠峰庵'，名角如刘鸿声、金秀山、德君如、汪笑侬、郝寿臣等就都曾经是这票房里的名票。另一个票房，在东城圆恩寺，名叫'遥吟俯唱'，是一班经济宽裕的大爷们组织的。这里面的票友有陈子芳、魏耀亭、韩五、韩六、贵俊卿、王雨田等。我们排过《葬花》和《摔玉》（《红楼梦》宝玉初见黛玉时的一段情节。现在梅花大鼓的段儿里还有这段书）。陈子芳扮黛玉，他的扮相是梳大头穿帔，如同花园赠金一类的小姐的打扮。韩六的宝玉，也是普通小生的扮相。每逢黛玉出场，台下往往起哄，甚至于满堂来个敞笑。观众认为这不是理想的林黛玉。幸亏是堂会，又是票友，还无所谓。可是内行看了这种情形，对于排红楼戏，就有了戒心。恐怕台下起哄，在公开营业的戏馆里面，不敢轻易尝试。这是不演红楼戏的一部分的原因。"

又有一位熟悉戏剧掌故的朋友，听见我想排红楼戏，就来告诉我说："有一本书叫《菊部群英》，专记清同光之间许多名角演唱过的剧目。在令祖的剧目里面有一出《红楼梦》，是扮的史湘云。这戏的情节内容，书上也没有加以说明。"我的几位朋友帮着我把我祖父留下来的几箱子戏本子，彻底整理了一下，并没有找着这个《红楼梦》的本子。他们对我说："乾隆年间蒋心余也作过《红楼梦》的曲子，文字虽妙，不过安上宫谱不很谐律，所以没有人唱过他作的曲子。我们要编的是京戏，更不必在这里面取材了。"

关于我祖父唱过的《红楼梦》剧本，我后来也曾经跟傅先生讨论过。他是最喜欢收藏曲本和小说的。他说："《红楼梦》传奇，就我所知道的有三种。一部是荆石山民作的《红楼梦散套》。他把书上每一桩故事，单独谱成散出，当中并不联系。他已经打好工尺，会唱昆曲的，拿起来就能唱了。还有两种《红楼梦》传奇，一部是嘉庆年间仲云涧作的，一部是道光年间陈钟麟作的。这两部都是头尾贯穿，包括了全部故事的。可只有曲文，并无宫谱。令祖演的《红楼梦》恐怕就是'散套'里的一出。"

根据上面所说的大家研究下来，前人的不排红楼戏，服装的不够理想，恐怕是最大的原因。我们现在服装上大概不成问题了。这样我就又要大胆地尝试一下红楼戏了。

我先计划想按李毓如、余玉琴、迟韵卿……排的《儿女英雄传》的路子，也排一出连台整本的《红楼梦》。可是事实上存在着两种困难：（一）那时各戏班的组织，也还是包括了生旦净末丑各行的角色，花脸一行在红楼戏里，很少有机会安插进去。相反的旦的一行要用的角色，倒又太多了。不能为了我排一出新戏，让别的几行角色闲着不唱，又要添约许多位旦角参加演出。这是关于演员支配上的困难。（二）《红楼梦》在旧小说里是一部名著。对于书中人物的刻画，也极细致生动。可是故事的描写，偏重家常琐碎，儿女私情。编起戏来，场子过于冷静，不像水浒、三国的人物复杂、故事热闹，戏剧性也比较浓厚。大家又经过几度的考虑，就打消排演全本的企图，先拿一桩故事，单排一出小戏。这才决定了试排《黛玉葬花》。

《红楼梦》原书在二十三与二十七两回里面都提到黛玉的花冢。我的朋友都认为过去陈子芳编演的，跟昆曲本子上写的《黛玉葬花》，大半是拿二十七回"埋香冢黛玉泣残红"做题材的。全剧只有三个人，没有别的穿插，场子相当冷静。我们何妨另辟途径，改用二十三回"西厢记妙词通戏语，牡丹亭艳曲警芳心"的故事来编呢？这里面可以利用梨香院听昆曲的场面，比较多一点穿插。再讲到黛玉葬花的事实，本来见于二十三回。二十七回里边，只不过是黛玉对着花冢伤感而已。我把编的场子大略讲一讲：

第一场茗烟上场，讲他买到了曲本《西厢记》。第二场茗烟把《西厢记》，献给宝玉消遣解闷。第三场黛玉上打引子，念完定场诗，就表明她的身世，并说出她在花园起了一座葬花的香冢。今日身体爽快，要去葬花。唤出紫鹃，替她预备好了花帚、花锄、花囊，就出门"叫起"唱倒板："花谢花飞花满天。"一路行来，要唱五句慢板："随风飘荡扑绣帘。手持花帚扫花片，红消香断有谁怜。取过花囊把残花敛，携到香冢葬一番。"接念："来此已是香冢，待我葬花一番便了。"下面一段二六，边唱边做，唱词是："取过了花锄仔细刨，轻松的香土掘一番。回身取过残花片，好将艳骨葬黄泉，怪侬底事泪暗弹，花残容易花开难。一净土把风流掩,莫教飘泊似红颜。质本洁来还洁返,强如污浊陷泥团。荷锄归去把重门掩,冷雨敲窗梦难全。"这儿的身段跟《奔月》的花镰舞,又有不同。因为黛玉是一个瘦弱的女子,动作应该缓慢一点。不像嫦娥是个仙女,可以略微加以夸张。但是表情方面黛玉的葬花,比嫦娥的采花要吃重得多。这段词儿是她借着落花来自况的,演员应该把她寄人篱下的孤苦心情,曲曲表达出来。第四场袭人奉了老太太之命,寻觅宝玉叫他往东府去问大老爷安的一个过场。第五场紫鹃见夕阳西下,想园中渐渐寒冷,带了衣服去找黛玉。

　　第六场是比较吃重而时间也最长的场子,也是全剧最末的一场。宝玉正在沁芳桥上桃林下面看《西厢》,一阵风来,吹得满身都是花片,他怕抖在地上,被人践踏,就抖入桥下的池子里边,看它飘飘荡荡,流出沁芳闸去了。还有吹在地下的花片,他也没有主张了。这时候遇见黛玉,叫他扫起花片,装入花囊,去到花冢埋了。宝玉放下手里的书,径自收拾残花,黛玉向他要过这本书来,看了一会儿,也看出了神。宝玉就用《西厢》原词对黛玉开玩笑地说:"我就是这个多愁多病身,你就是那个倾城倾国貌。"这一下把黛玉惹恼了,宝玉马上又替她赔罪了事。两个人这才把花片扫干净了,葬入花冢。袭人上场传老太太的话,叫宝二爷去往东府问大老爷的病。他们二人下了场,紫鹃上来给黛玉送衣服。她穿好了,让紫鹃先把花具带回。留她一人慢慢地走着,路上唱两句散板:"正行走来至在梨香院外。这歌声与笛韵何处吹来。"这下面就是梨香院门外听曲的穿插了。帘内要唱两段昆曲,分为四节来唱,一段是用的《游园》里的《皂罗袍》:(一)原来姹紫嫣红开遍,似这般都付与断井颓垣。(二)良辰美景奈何天,赏心乐事谁家院。一段是用的《惊梦》里的《山桃红》:(一)则为你如花美眷,似水流年。(二)是答儿闲寻遍,在幽闺自怜。每次听完一节,就照曲词重念一遍。这儿黛玉的神情,真不好处理,听曲的姿态,要有变换,不能老站着傻听,应该把她因为听曲而自伤的心情表达出来才对。这种帘内的唱念,我们内行都叫作"搭架子"。《武家坡》内众大嫂的答话,《霸王别姬》的楚歌,都是属于这一类性质的。唯有《黛玉葬花》的帘内唱的曲子有四节之多,搭这么长的架子,过去还无此先例呢。听完昆曲,坐在台口,念了几句,用"想我黛玉啊",叫起来唱一段反二黄。

这一段反调的唱词是根据书上第五回"贾宝玉神游太虚境，警幻仙曲演红楼梦"的红楼十二支曲子里的第三支《枉凝眉》牌子来改编的。我的几位擅长文学的朋友们说《红楼梦》里的诗、文、词、曲都很在行，比较起来，作者对曲子似乎更有兴趣，下的功夫也更深。红楼十二支曲子，概括了书里面重要人物的一生，所以我们就拿他的原文，改成这样："若说是没奇缘偏偏遇他，说有缘这心事又成虚话，我这里枉嗟呀空劳牵挂，他那里水中月镜里昙花，想眼中那能有多少泪珠儿，怎经得秋流到冬，春流到夏。"这短短的六句词儿，虽然不如原词的丰富，总算能够包括了宝黛的遇合，和他们的悲惨的结局。

最后紫鹃上场，请她回房吃药。黛玉再唱两句散板："病恹恹泪涟涟闲愁难遣。奈何天伤怀日哭损芳年。"就进场了。这出戏的剧中人只有五个，场子冷得可以的，如果再没有一点深刻的表情来衬托着唱腔，那就更容易唱瘟了，简直可以掉到凉水盆里去的。

《红楼梦》是一部伟大的现实主义杰作，反映了封建时代一个官僚地主的大家族，由极盛渐趋灭亡的历史。多少年来已经成为广大人民热爱熟知的作品。观众里面有不少人是熟读《红楼梦》的，如果演员不能把剧中人物的性格和内心活动作适当的描写，他们是不会满意的。

黛玉的扮相与嫦娥小有不同，（一）服装：葬花时上穿大襟软绸的短袄，下系软绸的长裙，腰里加上一条用软纱做的短的围裙，是临上装的时候，把它折叠成的。外系丝带，两边还有玉佩。回房时外加软绸素帔，用五彩绣成八个团花，缀在帔上。（二）头面：头上正面梳三个髻，上下叠成"品"字形，旁边戴着翠花或珠花。姜六爷的宝玉。身上是穿褶子，外加长坎肩，下面还带穗子，头上是用孩儿发加"垛子头"。就跟《岳家庄》的岳云头上的打扮一样的。

我们把剧本、服装、道具、布景、电光都安排妥当，在演过《奔月》约莫两个来月以后，我新排的《黛玉葬花》又在吉祥贴出了。除了我跟姜六爷分扮黛玉和宝玉之外，姚玉芙扮的紫鹃，诸茹香扮的袭人，他们都是梳大头、穿裙袄、加坎肩、系腰带，还按着老戏里的大丫环扮的。李敬山扮的茗烟。帘内的四节曲子，是请我的昆曲老师乔蕙兰先生唱的。他的年纪虽然老了，那条嗓子，还是那么甜润有味。馆子方面还在报上登出"特烦乔蕙兰唱曲"的广告，观众对这位老艺人也知道他不可能再上台来现身说法，借这个机会，隔着一层守旧，欣赏到他的清歌妙曲，也是一种意外的收获。后来姜妙香、姚玉芙、俞振飞都在帘内唱过的。

布景是用在第三、第六两场。第三场黛玉房里是布的一个闺房景。等到她拿着花具要去葬花，跨出房门，就换了彩画的园林景了。第六场梨香院前听曲的布景是园林片子前面加摆一座假山石。两边还点缀着几棵桃、柳树，这地方是打电光的。当时为做这点简单的布景，也费了不少事，花了好些钱。但是我总觉着不大合适。特别是第三场，从闺房到花园，当场换布景，那时的技术既不高明，不免要耽误较多的时间。我在幕外好别扭哪。所以不久先把闺房景取消，后来就连园林景也不用了。还有那时北京的各班社都是在各戏馆轮流演出，布景搬动，相当费事，这也是事实上的困难。

关于我的《葬花》的剧本，有种种的误传。曾经有些人说是朱素云和李敬山的旧本子，又有人说是易实甫先生替我新编的。其实仍旧是齐先生打提纲，李释戡先生编唱词，罗瘿公先生也参加了不少的意见，再经过几位老朋友斟酌修改，集体编成的。李敬山不过参加演出。易先生则在我演出之后，做了几首葬花诗，倒是真的。至于朱素云跟这出戏那就一点儿都没有关系了。

这出《葬花》，是我排红楼戏的第一炮。观众过去从来没有看见过在舞台上的林黛玉和贾宝玉，都想来看一下。因此叫座能力是相当够理想的。我不是说过，一出戏是否受观众欢迎，只要看它在每一期里面演出的次数，就可以知道台下的反应了吗？我在民国五年（1916）的冬季，应许少卿的邀请，第三次到上海来，在天蟾舞台唱了四十几天。《奔月》演过七次，《葬花》演了五次。这两出戏演出的次数，要占到那一期全部的四分之一。而且每次都卖满堂。许少卿承认在这两出戏上给他赚了不少的钱。每天总是露出一副笑脸来陪我说话。有些在旁边看了眼红而妒忌他的，还跟他开过这样的一个玩笑呢：天蟾舞台的经理室挂了一张许少卿的十二寸的大照片，有人在那张照片上面的两个太阳穴的部位上画出了两条线。左边写着"嫦娥奔月"，右边写着"黛玉葬花"。挖苦他的脑子里，只记得这两出戏。其实上海的观众，也还不是为了古装扮相和红楼新戏两种新鲜玩意儿，才哄起来的吗？我自己每演

《葬花》，总感觉戏是编得够细致的，可惜场子太瘟了。

我从上海唱完回去，有一家电影公司跟我商量，想把我的古装戏拍入电影。那个时代不用说，自然还是无声的。我在艺术上，向来喜欢做种种的尝试，就接受了他们的要求，借用冯幼伟先生的家里，拍了一段《黛玉葬花》的身段。他那时刚搬到东四九条，院子很大，院里也有一点花木之胜，我们就利用这天然的布景，在白天拍的。纯粹是一种友谊和试验的性质，我并不收受酬报，所以拍好了，公司方面也没有在电影院正式公映。这已经是我第二次上镜头，在先已经拍过一段《春香闹学》了。

戏曲漫谈

中国京剧的表演艺术

京剧并不是在北京土生土长的戏曲，它的主流是由安徽、湖北几种地方戏，到北京来演出受到观众的欢迎，有了基础，站住了脚，同时吸收了昆曲、高腔、梆子等剧种的精华，然后发展成长起来的。它是一种比较突出的综合性的戏曲艺术。它不仅是一般地综合了音乐、舞蹈、美术、文学等因素的戏剧形式，而且是把歌唱、舞蹈、诗文、念白、武打、音乐伴奏以及人物造型（如扮相、穿着等）、砌末道具等紧密地、巧妙地综合在一起的特殊的戏剧形式。这种综合性的特点主要是通过演员体现出来的，因而京剧舞台艺术中以演员为中心的特点，更加突出。

由于剧中人物的性别、年龄、性格、身份的不同，就产生了所谓角色的分行。京剧的角色过去分得很细，后来简化为生、旦、净、丑四门。每一门还包括各种类型的人物：如生角中又分老生、小生、武生、武老生、红生；武生中又分长靠武生、短打武生等。生、旦是净脸，净、丑则有脸谱。其唱腔、念白、动作和服装、扮相、道具都有严密的组织和特点。京剧的表演艺术，是高度集中、夸张的；它以表演艺术为中心，具有强烈节奏感的唱腔、音乐伴奏、宽大的服装、水袖、长胡子、厚底靴、脸谱以及象征性的马鞭、船桨等道具，彼此都有密切的有机联系，而且是自成体系的。京剧上下场的分场方法和虚拟手法，使演员的表演可以减少时间、空间的限制，这给剧作者、导演和演员以很大便利。他们可以选择最能表现人物和戏剧矛盾的环境，可以用大场子，也可以用小的"过场"，使演员能充分运用歌唱、念白、舞蹈等各种因素创造角色。记得一九三五年我第一次到苏联演出，聂米洛维奇·丹钦科同志对我说："我看了中国戏，感觉到合乎'舞台经济'的原则。"他所指的"舞台经济"是包括全部表演艺术的时间、空间和服装、道具等等在内的。他的话恰好道出中国戏曲——尤其是京剧的特点。

京剧剧本的故事内容过去以表现古代历史生活为主，剧目相当多。有正面描写政治斗争的戏，有表现民间生活的戏；有悲剧，也有喜剧。其中除掉少数是封建统治阶级宣扬宿命、封建法统和迎合低级趣味的剧本，大多数是劳动人民和前辈艺人们所创造的。它们具有爱国主义，歌颂人民劳动、善良、智慧、勇敢等各种优良品质的内容，表现了人民强烈的爱憎，尤其是现实主义与浪漫主义的结合，一向为广大人民所喜见乐闻。新中国成立以来，在"百花齐放、推陈出新"的方针下，京剧也得到灌溉和扶植。

目前随着中国的社会主义革命和建设的深入开展，进一步发展社会主义内容的新戏曲的客观需要和趋势看来越来越明显了。运用京剧形式来表现现代生活，也有了一些新的成就。今后的京剧既能表现历史生活，也可继续进行表现现代生活的尝试，但表现现代生活要进一步运用、继承和发展戏曲艺术的传统形式和技巧。所以我今天主要还是谈京剧的传统艺术。

京剧剧本的结构以往都是分场的。分场的好处是把故事、人物集中，概括地加以描写，排除了烦琐的、不必要的叙述过程，集中表现最主要的东西。上下场的形式又是多种多样的。主要还是由于剧本的不同主题，不同的剧情，不同的人物和不同的环境来决定的。场子与场子间的衔接能同时表现情景和人物，使写情、写景和写人物一致。

京剧剧本的台词是以概括、简练的诗歌，具有音乐节奏、适合朗诵的语言组成的。这种语言的特点也是多样化的。有抒发剧中人思想感情，或介绍剧情、经历的独唱、独白，也有表现人物日常生活中对话式的对白，更有"背供"。（"背供"是表现剧中人在独自思考问题，自言自语地说出心里的话，表现形式往往是抬手举袖，与同台的剧中人表示隔开，他们是互相听不见的。这在外国戏中也有，果戈里《钦差大臣》剧中，有一幕描写市长向假钦差纳贿时，市长说："这笔钱如果他收下了，以后的事就好办了。"这句话就是在假钦差身旁，但又不作为对话说的。这种情形和中国戏的"背供"很相似。）

唱腔和音乐

中国戏曲的歌唱、念白根据单字发音,中国文字是一字一音的,除用鼻音时外,一般听不见字后的子音:如"猫"就念 mao,不像英文 cat。每个字都有严格的音韵规律,并且都具有音乐性,而唱念的时候,却又是整体结合起来的。比如京剧《捉放曹》中两句唱词,"秋风吹动桂花香,路上行人马蹄忙"。每句虽是七个字,但唱时,则作"秋风——吹动——桂花香",实际上只分成三节。一般来说,腔不能打破节拍,节也不能把句子打乱。京剧唱词以七字句、十字句最多,尽管有长达十几个字一句的唱词,仍不脱离二——二——三或三——三——四的基本格式。多余的字,等于衬字。念白除"京白"比较接近生活语言一些外,一般韵白都比较整齐,偶数句较多,念起来抑扬顿挫,很有节奏,好的念白也和唱词一样,要精练集中,套言不叙。李笠翁讲宾白要"意多字少为贵",是极有经验的见解。传统剧目中往往有一两句震荡人心的句子,足以点清主题,出色地刻画人物。如《狮子楼》,武松向县官控告西门庆,县官不准,反将他杖责,他念到"我兄长的冤仇无日得报了",士兵忽插入一句白:"二爷,那西门庆难道说还胜似那景阳冈的猛虎不成!"这一句话震动了武松,也震动了整个的戏,使武松下定决心去杀西门庆,多么有力量!

京剧的音乐,整个乐队不超过十个人,每个人都须兼掌一种以上的乐器。乐器分管弦乐与打击乐两部分。管弦乐有胡琴、二胡、月琴、弦子、笛、笙、唢呐、海笛,以伴奏歌唱为主,但也有时用来衬托表演动作,如有时剧中人在打击乐声中出场,锣鼓停了,衬上一个胡琴"过门",表示人物内心在思索一件事,或是看见一件什么事物,然后再继续接上打击乐器。也有时用来代表效果,如马嘶、鸟鸣、鸦叫、儿啼……如《霸王别姬》中乌骓嘶叫,《醉酒》中雁声。有时还合奏一套乐曲,烘托表演动作。如《别姬》舞剑时所伴奏的[夜深沉],《醉酒》中种种无言动作时所奏的柳摇金各种曲牌。管弦乐以胡琴、笛子为主要乐器。

打击乐有板、单皮鼓、堂鼓、大锣、小锣、铙钹、齐钹、撞钟、云锣、镲锅、梆子等。它们主要用来衬托演员的舞蹈动作，包括起止、进退、旋转等，特别是能烘托、渲染武打战斗时的气氛。有时也用来代表效果：如表现时间早晚的更鼓、更锣和风声、雷声、水声等等。其中以板和单皮鼓、大锣、小锣为主要乐器。

特别要提出来的是板和单皮鼓，它是整个舞台上乐队的指挥。它从开幕到终场，都掌握着管弦乐和打击乐的进行。它一方面要紧密配合演员的动作，指挥乐队伴奏，一方面还要在演员歌唱、念白时做节奏的调节和衬托。

服装和化装

中国的历史悠久，京剧舞台上所表现的故事至少包括三千年以来的各个朝代，不可能每个戏都按照当时各个时代的服装原来样式来制作，因此从积累的经验中，集中选择了一种戏曲通用的服饰来做艺术的概括性的设计。这种服饰基本是以时代较近的明代服饰为基础，又参酌了唐、宋、元、清四个朝代的服制加以创造和丰富，为了适应表演的要求，不分朝代、地域和季节，只从式样、色彩、图案上来区别剧中人的性别、身份、性格和年龄。下面我简单地举几个例子：

蟒袍——代表统治阶级的礼服。样子是圆领，大襟带水袖，质料用缎子，手工绣花，图案是团龙或虎，下摆绣海水、江涯。皇帝穿正黄色，王爵、太子穿杏黄色，元老穿香色或白色，侯爵穿红色，此外还有蓝色、紫色、绿色、黑色的。服装的基色，除身份、地位，和人物的性格、脸色也有关系：如正直的人常穿红色或绿色。粗鲁的人或奸猾的人，则穿黑色：像《霸王别姬》的项羽，《宇宙锋》的赵高都穿黑蟒。前者表现他的性情粗豪，后者表现他的阴险奸猾。女子穿蟒的，有皇后、公主、将相的夫人等。样式与男蟒相同，图案用飞凤、团凤。但尺寸稍短，只过膝盖，上身加"云层"，下面系裙。我在《醉酒》扮杨贵妃第一场里就穿红蟒，第二场改穿宫衣。宫衣一般也用缎地绣飞凤，色彩都较复杂，周身缀有五色绣花飘带，用金银线及五色丝线绣成。这种服装特别容易发挥舞蹈的性能。

铠靠——军中最庄严的战斗服装,作战时用之,唯当朝贺及阅兵、凯旋等典礼时,外边须穿蟒,即成为武将的大礼服。有功老将穿黄铠,青年将官穿白铠或粉红铠,粗鲁人穿黑铠。铠靠的样式乃仿照中国古代铠甲制成,缎地绣图案,腹部和两肩多绣虎头。女铠式样与男铠相同,唯下身全缀飘带,图案花样亦较为绚丽。

靠旗——将官身背之令旗。古代军事长官在阵上传令,即用一面令旗,作为凭证,因此在作战时都腰插几面令旗,以备应用。现在剧中将官背上所扎之靠旗,亦即此意,唯每背四面,则已夸张加大成为装饰品了。靠旗系三尖式,缎地绣花,颜色与铠靠相同。《挑滑车》的高宠,《雁荡山》的孟海公均扎男靠。《穆柯寨》中的穆桂英,《抗金兵》的梁红玉均扎女靠。

官衣——中级官员的礼服,式样与蟒相同,但用素色缎制成,胸前缀方形补子,从颜色上区别官级的高低,红最高,蓝次之,黑最低。

玉带——穿蟒或官衣时,腰间围玉带,男女都一样。这是明代以前就流行的服制。制作方法用硬带镶玉若干块,与真的玉带差不多。

帔——常礼服性质的服装,男女都用,式样是大领、对襟带水袖,缎地绣各种图案,如团龙、团鹤、团凤、花鸟……也有素帔,老年人穿香色,或蓝色,中年人穿红色、蓝色,少年人穿红色、粉色,女子的帔,大致相同,唯尺寸稍短小,只过膝而已,《奇双会》的赵宠、桂枝均穿帔。

开氅——武官的常礼服,有时大臣也穿,其颜色的区别与铠靠大致相同。式样是大领、大襟带水袖,缎地绣图案,《将相和》廉颇,《宇宙锋》赵高均穿开氅。

箭衣——轻便的战斗服装,有时皇帝或武将在行军中也穿。式样是小领、大襟、纽袢、窄袖带马蹄袖,有缎地绣花,也有素色。常外加马褂,这和古代所谓"胡服骑射"的服装有渊源关系。

褶子——一般男女的便服,有绣花或素色的区别,大领、大襟带水袖。《秦香莲》中的秦香莲穿素褶,《游园惊梦》的杜丽娘穿花褶,《拾玉镯》的傅朋穿花褶,《金山寺》的许仙则穿素褶子。

斗篷——在军中或行路时御寒用的服装,小领,绕身一围,无袖,男子多用大红素缎，女子则可用各种颜色，上绣图案，如《别姬》中虞姬，《游园惊梦》的杜丽娘所穿。

八卦衣——是道教中的服装，和古代文人所穿的鹤氅也相近。黑缎底上面绣太极图、八卦，周围镶宽边，腰间围有绣带，且有两根绣带下垂。这种衣服是象征着穿的人具有法术，又为诸葛亮专用的服装。诸葛亮是三国时代辅佐蜀主刘备的丞相，他是有名的政治家、战略家，分析事理，有远见，又懂得天文、地理和各种学问，在作战时善用心理战术，因此小说中把他描写成为有道术的人，戏里也把他打扮成为有道术的人，他无论在任何场合都穿八卦衣。以后戏里凡属军师（即高级参谋人物）出场，都穿八卦衣。

茶衣和老斗衣——古代劳动人民所穿的衣服，前者是短衣，后者是长衣。样子是大领、大襟带水袖。质料用布质或绸质，不绣花，茶衣一般颜色是蓝色、褐色、米色，腰里系腰包。老斗衣是米黄色，别有一种淳朴、简洁之美。

袄裤——原是清代中叶流行的服装，这种服装很适合花旦这一门角色的表演，就被采用做戏装。立领、大襟、纽袢、秃袖（无水袖露手），颜色图案各种都有区别，也不甚严格。式样常常因时代变化，吸收当时社会妇女服装，予以加工。《拾玉镯》中孙玉姣即穿袄裤。

古装——是我编演《嫦娥奔月》《天女散花》《别姬》《太真外传》等新戏时，参考古代绘画、雕塑中适合上述各剧中人的身份和特点来创制的，当时称它做古装，以别于一般通用的戏装。这种古装与其他戏装的区别是，头上的发髻在头顶，不在脑后。上衣较短，略如褶子，有时亦加云肩，有有水袖及无水袖两种，水袖也比普通戏衣较长。裙子系在上衣的外面，有时加飘带。这种古装是为了在舞台上发挥古代歌舞特点设计的。

盔头靴鞋

盔——皇帝、王爵及武官所戴。《将相和》秦王戴平天冠，《宇宙锋》秦二世在《金殿》一场戴王帽，《霸王别姬》韩信戴帅盔。夫子盔系关羽专用。还有中军专用之中军盔，一般战士的倒缨盔等。

纱帽——文官的礼帽。文官上朝或庆吊、宴会时所戴，圆形，前矮后高，黑色硬体，两旁有翅。品级最高的是用细长翅（帽形较方），次为长椭圆翅，再次为圆翅，另有是尖圆翅，叫奸纱，象征人物的奸恶。

巾——便帽。上面所说盔、帽都是硬体，巾是软胎。种类甚多，式样亦有不同。如老人巾、文生巾、武生巾、皇帝巾、穷生巾、员外巾、宰相巾等，凡是戏中的软帽都叫作巾。

凤冠——女子的大礼冠。皇后、妃、贵族、官员眷属所戴。《醉酒》中杨贵妃即戴凤冠，软顶有翠鸟羽毛扎成的三只凤，满缀珠翠，两旁有大珠穗，额前亦有小珠穗，这种凤冠与明代的凤冠的式样大致相同。

雉尾——冠上所插的两根长的翎子，最初用来表示外国的武将，后来因为美观，而且具有一种英武气象，戏中不少将官亦有插用者，如《群英会》中周瑜、《穆柯寨》中穆桂英都戴翎子。

靴——有厚底靴，生、净角色通用，这是结合表演艺术，经过夸张而设计的。有朝靴（较厚底略薄），这种靴与明代官员所穿的相近，但戏里则用来表现丑角扮演的官阶较低的人物，或反面人物。如汤勤、蒋干、门官、驿丞。薄底靴，短打武生所用，便于跳跃翻打，这是满族人带进关来的式样，如《三岔口》中任堂惠等所穿。以上三种靴，均黑缎帮，粉底。厚底靴、薄底靴亦有白地绣花，绿地绣花的。

鞋——式样与目前所用之鞋，较有出入，质料制作要看剧中人的环境而定，系一般小市民及穷苦的读书人、劳动人民（也有穿草鞋的）所穿。《白蛇传》许仙穿云头履，《秋江》的艄翁穿草鞋。女子除武将穿绣花薄底靴，余均穿绣花鞋，鞋头缀丝穗，颜色浓淡根据剧中人的身份、年龄稍有区别。女鞋的丝穗，常能衬托足部舞蹈，显得轻巧生动。

胡　须

中国古代人大多喜留长髯，以为美观，戏中的胡子则更予以艺术的夸张，用马尾系在半圆的铁丝上，挂在耳朵边顶住上嘴唇，为的是表演时不致脱落。胡须的颜色约分四种，黑色、苍色、白色、红色，这是区别年龄和性格的。式样甚多，大约有二十几种，现在简单介绍几种：

满髯——地位较高的人或性格较凝重的人所带；也表示体力雄壮充实，生活优裕。净角大半用之。胡子厚，尺寸亦较长，《将相和》廉颇挂白满，《别姬》项羽挂黑满。

三髯——胡子分为三缕，文官和知识分子戴用，分三色，没有红色，遮口。

吊搭髯——中国人留须，往往将口上之须剪短，下头留长。吊搭是将胡子分成上下两部，多露口，上边短、下边长，迎风荡漾，颇有情趣。丑角扮演知识分子时所用。如蒋干、汤勤所戴。

扎髯——须之中央剪去一绺，露口，耳旁衬上两撮"耳毛子"，构成一个更性格化的形象。戴扎的人，往往属于架子花脸，大半为性情粗豪而风趣的人，如牛皋、张飞、李逵、焦赞……另有红色扎髯，表示粗豪而耿直的好汉，如窦尔墩、孟良、马武、单雄信等人。

八字、二挑髯——这种胡子，比较接近生活，下垂的名"八字"，向上的叫"二挑"。文丑带八字，武丑带二挑，显示一种轻捷的姿态。

关公髯——小说中描写关羽的形象为五绺长髯，故戏箱中专备有这种胡子，为关羽所用，这种胡子一般不用马尾，而用头发做成。

脸　谱

脸谱是京戏净、丑面部化装的一种更夸张和具有象征意味的造型艺术，这种化装方法和净、丑角色的表演形式是分不开的；它和生、旦角色的面部化装，有着明显的区别。角色一出场，脸谱就给观众一个明确的人品概念——正直的，或奸佞的，善良的，或丑恶的，一望而知。它长时期被中国广大观众和国外朋友所熟悉、感受。它充分发挥了戏剧性能，但有时也掺杂着一些隐晦的含义。

脸谱的来源相当早，形成的因素也比较多。它可能起源于面具，如上古的傩舞面具、战争面具、歌舞面具等。北齐兰陵王勇猛善战，但因为面目秀美，作战时敌人不甚畏惧，于是他就制作了一个形象威猛的面具戴上，此后临阵，增加了威势，战无不胜。当时他的部下士兵把他的战绩编成歌谣，在军中普遍流行，名为《兰陵王入阵曲》，以后又发展为《兰陵王破阵舞》，是戴着面具舞蹈的。脸谱可能就是从面具演变而来的。京戏的一些神话戏里，如雷公、魁星、土地、加官等也都戴面具，还保留着这个遗迹。

我藏有明代、清初一直到最近的脸谱，从这些资料里，可以看出脸谱的发展情况是由简而繁，由粗而细。在勾画方面，据净角老演员说：最初不过画眉，后来加勾眼窝、鼻窝、嘴角，又添勾脸纹，逐渐力求工致，演变到图案化。

颜色，最早只有红、紫、黑、蓝、黄五种，施彩单纯，后来又添出金、银、绿、白、粉红、灰等颜色，颜色有表示剧中人性格和品质的作用，代表人民对历史人物的爱憎。现在举几个例子：

红色脸——大半表现有血性、忠勇耿直的人，如三国戏中关羽、姜维。

紫色脸——是表现有血性而较为沉着的人，如《二进宫》徐延昭、《刺王僚》的专诸。

黑色脸——是表现粗豪有武力的人，如张飞、牛皋、项羽，黑白相间、眉梢眼角，另具有一种妩媚或肃庄的形态。至于《秦香莲》中包拯脸，则因居官严肃正直，不苟言笑，令人望而生畏，故满勾黑色脸表示他的铁面无私。

蓝色脸——比黑色脸更凶猛有心计，且有一种不受羁勒的刚强性格，如窦尔墩、马武等。

黄色脸——代表一种内工心计或勇猛沉着的性格，如《鱼藏剑》的王僚、《战宛城》的典韦。

白色脸——大白粉脸，是表现工于心计，而近于阴险诡诈的性格。粉脸的勾法是，在脸上薄施铅粉，表示惨淡无血性的神气。我听见前辈说：各色脸谱，都是就一个人的本来眉目加以夸张的，而粉脸则形容这个人的虚伪程度已掩盖了他的真面目，如曹操、司马懿、严嵩、费无极……另外还有一种油白脸，如《空城计》的马谡，《别姬》的项伯等，虽不是阴险的坏人，和大白脸有区别，但也是一种刚愎或动摇的人物。

这种脸谱除了施彩以外，最主要的是眉毛、眼睛的勾法，粗细、浓淡要刻画出善恶、忠奸的性格来。总之各种白色脸（包括净角与丑角两门）大部分是代表反派人物或被批判的人物。如严嵩的儿子严世蕃勾半白粉脸，因为他的年龄和地位比严嵩差一些，眉毛上仍露出本来肉色。曹操在早期刺董卓时，也画半白粉脸，说明他当时地位不高，而在反董卓起义时，还有被肯定的成分。到后来地位高了，做坏事的范围也大了，就发展为大白粉脸了。

三白粉脸——如《西施》中的太宰伯，脸上的白粉块两旁只画到脸骨以外，这因为太宰伯不但是卖国奸臣，而且为人更卑鄙无耻，轻佻可笑！这种脸谱是属于净角而又含有丑角意味的反面人物。

小花脸——是丑角的脸谱，所勾的白粉块，比三白粉脸范围更小，只在鼻眼间涂一小方块，不得过脸骨，所以名曰"小花验"。如蒋干、汤勤……这一种人地位低，行为比较猥琐，性格也不是爽朗的。至于有的书童和一般群众，也有在鼻间抹一点白粉的，是表示他的幽默、滑稽的性格，使观众觉得有风趣。

小尖粉脸——是武丑的专用脸谱，如水浒戏中的阮小五、阮小七，《九龙杯》中的杨香武，只在鼻尖上勾画出小枣核形的白块，表示精明干练、机智灵巧，并不代表坏人。（武丑也有画花脸的，如《巴骆和》的胡理，《盗甲》的时迁。）

神话戏中人物多勾脸谱，有种种的鸟形脸、兽形脸和其他一些象征式的，如大鹏雕、孙悟空、金钱豹等。太乙真人脑门画太极图，雷神脑门画雷鼓和金火焰，这都富有图腾的意味。采用符号来显示人物的形貌特征，也是一种艺术夸张手法，不过，其中还应当予以细致的分析，不能毫无区别地一律采用。旧戏里这种脸谱有的也夹有一种宿命味道。如赵匡胤过去的脸谱，眉心画红色跑龙，表示他是帝王之相，这就值得批判。

生角如老生、小生、武生、穷生都是本色脸；根据年龄、品质、性格和地位进行化装，但必须吊起眉毛。

旦角一般是梳大头，贴片子（即鬓角），古代妇女讲究留鬓发，这样在化装上可以根据每个人的面形加以变化。譬如圆脸的贴直一点，就可以使脸型变得长一些；长脸的贴弯一点，就可以使脸型显得圆一些。

拿我个人说，在达五十年的舞台生活中，仅化装一门，就有很大的变化，如眼窝、眉毛的画法，彩色的运用，都是逐渐改进的，近年从粉彩改用油彩后，又有更大的变化。我认为化装术是每个演员极其重要的科目，净角和丑角的化装，是一种更专门的技术。需要从脸谱上突出剧中人的性格，为表演艺术提供烘托的条件。

道 具

中国戏的一切服装、道具、布景等都是为演员表演艺术服务的，因此舞台上所用的物件、器具总尽量避免用真的实物。式样、质料、轻重、大小、长短都要比生活中的实物有所不同。有的予以夸张、放大（如酒杯、印盒等），有的则予以缩小（如城、轿、车等），甚至以鞭代马，以桨代船。目的都是为了适应演员各种各样的表演动作，为不受时间、空间限制的虚拟环境提供条件，以符合舞台经济的原则。我也简单地谈几个例子：

马鞭——代表一匹马。一根短藤棍，上缀几截丝穗，样式很简单，但当演员挥起马鞭，做出上马、下马、牵马、系马，以及种种骑马、跃马的动作时，就使人产生一种人在马上的真实感。因此这许多马上的表演技术都有规定的姿势，如上马多扬鞭，下马则鞭梢向下等。

船桨——样子同真桨一样，尺寸稍小一些，演员用这支船桨，要表现出整只船的部位和活动。如抛锚、解缆以及船行进中的风浪波涛。配合这支船桨，也有许多表演技术，如《打渔杀家》中萧恩和女儿桂英，《秋江》中艄翁和陈妙常都有表演行船的许多舞蹈、动作，使人好像真感觉到人在船上一样。

扇子——有折扇、团扇、羽扇……生、旦、净、丑都使用它，它不仅仅是作为纳凉之用，而是通过扇子来发挥多样舞蹈动作，借以表现人物的思想感情。因此不同人物，使用不同的扇子，做出极丰富的身段来。我在《醉酒》中就通过折扇，来表现杨贵妃醉前、醉后的内心世界。

车旗——用两块四方黄布或黄缎，上画车轮，或绣车轮，代表一辆车子。舞台上男角除诸葛亮等两人外，很少乘车（诸葛亮是因为历史小说上描写他喜欢坐四轮车，舞台剧就根据这种说法处理的）。女子大半乘车，一人手持两块车旗，乘车者上下车，均有一定的姿势。《别姬》霸王出战时，虞姬随军乘车。《长坂坡》逃难的场面，甘、糜二夫人乘车，用两面车旗覆在"倒椅"两旁。这是说明她们露宿时睡在车上。

轿——官员上下轿，均系无实物的虚拟动作，在前面的两个侍役虚拟做出掀轿帘的样子，官员做俯身入轿姿势，二侍役做放下轿帘的身段，即乘轿去了。官员必须居中，四人分站两旁，从队形上使人感觉到是长方形的轿子。另有一种用实物代表的轿子，是女子所用的，系用竹竿，缀两片绣花红缎，一人举起，剧中的女子就掀开绣花轿帘走进去，表示深藏不露的意思，常作为花轿之用。

拂尘——古人用鹿尾系在木杆上，用来拂拭尘土，文人清谈时也常拿在手中。戏里是用马尾制的，凡隐士、和尚、尼姑、道士、神仙、妖怪出场往往都拿拂尘。丫环亦有用来打扫窗几。这是重要的舞蹈工具，我所演的《洛神》《尼姑思凡》都用拂尘来美化姿势。

桌子——桌子的用途很广，如饮茶时当茶几；摆上酒杯，便是饭桌；陈列笔砚，变成书案；放上印匣，便是公案；摆出香炉，又是供桌香案；只摆一个香炉，是皇帝临朝的御案。登高、上山、上楼、跳墙……也用桌子来代表实物和环境的。

椅子——凡戏里的各种席位，皆以椅子替代，但有不同的摆法，如皇帝坐朝，官员升堂，以及写字、办公等事，就将椅子摆在桌子后面，这叫内场椅。另外如共同议事，接待宾客，家庭闲谈……就将椅子排列在桌子前面，这都叫外场椅。一人独坐时，大半都按照剧情摆正面或旁边，如表演中有坐土台、石块……就要将椅子放倒（名叫倒椅），说明这是非正常的临时座位，还有监狱门（如《窦娥冤》）、窑洞（如《汾河湾》）也有用椅子代表门户的，形容这些地方的低矮狭窄。剧中人过墙、登高、汲水……也有用椅子来分别代表墙、垣、井台等。京戏里向不置备床榻，因其尺寸太大搬动不方便，人躺在上面，也不美观。剧中必须表演睡卧时，就用几张椅子接连一起，铺一斗篷或绣花床毯代表床榻。摆椅子的部位极其重要，因为和演员的表演艺术，以及利用观众的想象力，是有密切关系的。

大帐子——大帐子即纺花幔帐，它不是单纯的幔帐，也和桌子、椅子一样，代表许多环境，例如在《凤还巢》洞房里代表程雪娥的新房，《彩楼配》里代表王宝钏抛球的彩楼，《四郎探母》里代表萧太后的银安殿，《玉堂春》三堂会审里代表王金龙的法庭，《阳平关》里代表曹操的中军帐。另外又有小帐子，比大帐子的尺寸略小，往往用桌子垫高，代表将台，如《挑滑车》中的岳飞、《抗金兵》中的梁红玉，均登高台点将。

兵器——在戏里凡古代作战用的刀、枪、剑、戟、弓箭、藤牌……都是按照真的式样仿做的，尺寸比真的较小，质料不用金属钢铁而用木、藤、竹制成，涂上金银彩色，为的使用时轻便美观，有利于舞蹈。

布　景

过去传统剧目里，用"砌末"（即道具）时较多，大半都不用布景，有时在神话戏或时装戏里，偶然一用，但也都避免写实，这因为京剧的虚拟动作和写实的布景，是有一定矛盾的，不必要的布景，或单纯追求生活真实的堆积，形成庞大臃肿的现状，最容易限制演员的表演动作。一九五六年夏我参加中国访日京剧代表团在东京演出，那一次，我们除了《人面桃花》《天女散花》等戏以外，都不用布景。有一天在我的《醉酒》以前，另外两个演员演《秋江》短剧，用电光打出江景，第二天，我们和日本戏剧界的朋友开座谈会，他们说："《秋江》的江景，和前边的摇橹、行舟的动作不调和，反显得这些动作虚伪无力。"五年前，川剧在北京演《秋江》，我也曾请一位亲戚——老太太去看戏，回来后，我问她："《秋江》好不好？"她说："很好，就是看了有点头晕，因为我有晕船的毛病，我看出了神，仿佛自己也坐在船上了，不知不觉的头晕起来。"那一次是在素幕前面表演的，所以效果很好。这不过是两个例子，却已经说明京剧的表演艺术因为是在没有布景的舞台上发展起来的，它充分借助于观众的想象力把舞蹈发展为不仅能抒情，而

105

且还能表现人在各种不同环境——室内、室外、水上、陆地等的特殊动作，并且能表现人的内心世界，我们要给它增加新的东西，主要先要考虑它和表演体系有无矛盾，用布景不是完全不好，而要和表演特点做到调和。

我在四十年前创作新戏时，大部分使用了布景，在这几十年的摸索过程中，感觉到在某些戏里，布景对表演是起了辅佐烘托的作用的，但一般的使用布景，或者堆砌过多，反而会缩小表演区域，影响动作。我排《太真外传》（杨贵妃全部故事）杨玉环舞盘的场面里，我站在一张特制的能够转动的圆桌上歌唱舞蹈，下面还有许多扮着梨园子弟的群众和我同舞。这场戏就很突出。这个戏我已经有二十年没有演出了。现在我还使用布景的戏，只有一出《洛神》。这出戏，离开了布景就无法演，因为在编剧时就设计了布景，它与表演艺术是密切结合着的。

表演艺术

中国的观众除去要看剧中的故事内容而外，更着重看表演。这因为故事内容是要通过人来表现的。《将相和》《空城计》《秦香莲》《拾玉镯》《白蛇传》《闹天宫》等传统剧目，在全国各地都普遍演出，群众的爱好程度，往往决定于演员的技术。演员不但要从幼年受到正规训练，掌握所担任的角色的全部技术——程式——达到准确灵活的程度，还必须根据剧本所规定的情节，充分表达剧中人的思想、感情，以引起观众的共鸣。

中国戏的角色，前面简单说过，分为生、旦、净、丑四门，四门当中又分出各种类型的人物，每种角色都有一定的表演法则，大致可分为五类。口、眼、手、步、身。

口——唱和说白，都要求清晰准确，包含丰富的感情和音乐性。

眼——是传达思想感情的主帅。演员出台后，观众首先看到的是演员的面部，面部当中，必先接触到眼光，一个有本领的演员往往能使全场几千只眼睛随着自己的眼睛转动。

手——运用手的姿势，表达喜、怒、哀、乐的复杂感情和各种生活动作，而成为优美的舞式。

步——戏曲界称走台步为百炼之祖，是练习身段最基本的功夫，动作的好看与否，决定于步法的是否稳重、准确。

身——包括腰、腿、肩、肘等部分，腰、腿尤为重要，凡是一个演员都知道形体的锻炼，要求肌肉松弛，但这句话极容易误解为松懈不使劲，好像一件衣服挂在衣架上那样的松弛就糟了。中国戏的形体锻炼，要求劲头在全身各部畅通无阻，能提能放。有经验的表演家常说不能使"劲""拙劲"，而要用"巧劲"，因此，必须把全身的肌肉、关节都锻炼到能够灵活操纵，具有松紧自如的弹性，才能随心所欲地、变化无穷地发挥巧妙的劲头。

以上这五项基本功夫，是每种角色都必须经过严格的锻炼，在表演时，配合音乐节奏，使全身的动作与发音，成为一个整体的东西，以准确地表达剧中人不同的思想感情，但又不是机械地拼凑，而是有机地联系起来，结合着不同的角色进行创造。

生、净、丑、旦的分行，也是中国戏曲舞台艺术传统的特点之一。

生——可以分作三类：老生、小生、武生。老生是带胡子的，演的是中年和老年人，这类角色在过去剧本里大多数代表正面人物。从劳动人民一直到王侯将相，各阶层的人都有，如萧恩、宋江、诸葛亮、伍子胥、文天祥、李白、宋士杰、赵匡胤。唱腔念白、台步、动作比"净"较为收敛，另有一种飘洒和凝重的气派。老生以唱工为主，从京剧奠基人程长庚先生开始，涌现出许多优秀的名演员，如张二奎、余三胜、汪桂芬、谭鑫培、杨月楼、孙菊仙、汪笑侬先生等，创造了各种流派。现在还有一种做工老生，专以念白和表情见长，与我同岁的周信芳先生演《四进士》的宋士杰，他充分地运用了念白和表情的技巧，刻画出一个久经世故而具有正义感的老人。还有一种文武老生，如《定军山》的黄忠、《战太平》的花云，他们在唱念以外更着重兵器舞蹈，一招一式都要讲究气派。与武生的专以勇猛、矫健见长，又有所不同。前辈名老生谭鑫培先生，他是文武昆乱不挡，全面发展的，他演《定军山》的黄忠，能够在紧张的战斗中，从容不迫地，举重若轻地显出久战沙场的名将风度。

小生代表青年人。分巾生、穷生、雉尾生、官生等几种，发音时真假音闪用，动作较潇洒而带有轻快的意味。巾生是带软巾的小生，如《西厢记》的张君瑞，《玉簪记》的潘必正，《牡丹亭》的柳梦梅，《拾玉镯》的傅朋，要表现出风流潇洒的风度。穷生如《鸿鸾禧》的莫稽，《破窑记》的吕蒙正，表现落魄的知识分子，身段要于寒酸中露出斯文之态。雉尾生则是青年将官以及年龄较轻的武士，如周瑜、吕布、杨宗保，《八大锤》的陆文龙和《白兔记》中的咬脐郎……他们的身段要从英武中带有顾盼自喜的神情，与专以武打见长的武生不同。还有戴纱帽穿官衣的青年官吏称为官生。动作、表情都要端重一些。我看过前辈名小生王楞仙先生的戏，他从《八大锤》的陆文龙一直到《奇双会》的官生赵宠，无不精工，扮谁就像谁，给后辈留下许多典型的艺术形象。

武生代表有武艺的人物，分长靠与短打两种。长靠如三国戏中的马超、赵云。短打如水浒戏里的武松、《三岔口》的任堂惠等，他们都必须具备真实的武功。通过交锋或翻跌来表现人物的勇武。工架的夸张程度仅次于净角，比老生、小生都要威武开阔。老艺人盖叫天先生就有"活武松"的称号，他的勤学苦练的精神，成为后辈的模范。更有一种以说白、表情刻画英雄气概的。已故名武生杨小楼先生，就有"活赵云"的称号。同时他对长靠短打也是兼长的。另外武生又兼演猴戏。既要突出孙悟空的机智和反抗的性格，又要表现猴王的气度，这是一种特殊的表演艺术。

净——这是在前面脸谱一节所说的各种类型的人物。表演程式是中国戏里最夸张的，其夸张的程度，要根据身份、年龄、性格以及剧本的具体情况有所不同。例如《二进宫》的徐延昭是以歌唱为主的，要表现出凝重忠诚，稳如磐石的态度，动作简练含蓄，不许轻举妄动。《秦香莲》的包拯，为了处理一件冤狱，同公主、太后、驸马作不调和的斗争，在唱念动作方面，要根据剧情的发展，时而平静，时而激动，时而沉思，时而愤怒，层次分明地表达出包拯当时的困难处境和思想斗争的过程，这里蟒袍的水袖起了很大的作用。至于眼神的运用，台步的快慢都要配合唱腔节奏，给观众以强烈的感染。《将相和》的廉颇，在悔悟后的内心表演，和前面向蔺相如挡道时的神气是要有强烈的对照的，同时要注意到廉颇是一个掌握兵权的武将，他的工架和徐延昭、包拯又是不同的。《霸王别姬》

里的项羽，则要表达他的元首而兼统帅的身份，刚愎粗豪的性格，以及儿女情长的复杂感情。可是项羽在武打的场面里，却主要只显示他力敌万夫的气概，而不是去具体表现他的矫健、灵动，这和三国戏里关羽临阵的情况相似。净角中还有以工架为主的架子花脸，如张飞、牛皋、李逵、窦尔墩……有的是军中大将，有的是绿林英雄，在戏里是更富有性格的，他们刚强中带有机智，威猛中含有妩媚，因此，表演方面也是繁重而细致的。净行中，还可以表现反面人物，如前面介绍的曹操、董卓、司马懿、伯嚭等都属于这一类。要刻画他们的阴险、奸诈、狠毒、反复的性格和行为。这类角色，除了在脸谱上显示他们的性格特征以外，还必须通过唱念做表现他们的全部行动。

前辈名净何桂山先生演《醉打山门》的鲁智深，鲁莽、豪迈、风趣，刻画出一个英雄人物为了暂避封建统治的迫害，隐蔽在寺院，借着喝酒发泄出来的抑郁不平的心情。素有"活曹操"称誉的黄润甫先生，我和他同台很久，曾看过他演《连环套》的窦尔墩，他活生生地描绘出一个倔强、耿直、好胜而心胸善良的绿林好汉，让观众喜爱这个人物，同时更感觉到迫害他的黄天霸是那样奸诈、卑鄙、渺小。

丑——分文丑、武丑和一般的三种。有的扮演反面人物，如汤勤、蒋干……要表现斯文中的阴险和自作聪明，《窦娥冤》中的张驴儿也是坏人，《刺梁》的万家春、《棒打》的金松却是正面人物。他们的语言流利、幽默，兼会各种地方方言，行动中时露轻快和滑稽。

武丑则代表具有武艺的人物，擅长跳跃，性格多表现风趣和机警，语言轻快，动作敏捷。像水浒戏里的时迁、阮小二，《三岔口》的刘利华等。武丑也可以兼演猴戏。

丑角除了上述的特点以外，在戏里还有一种特殊的讽刺和揭露的作用，譬如《打棍出箱》的樵夫，他就告诉范仲禹当地恶霸葛登云抢了范的老婆，老虎衔去范的儿子，并且指出恶霸的地址。《审头刺汤》的汤勤有两句独白："只要她心似我心，人头是假也是真。"这两句话充分揭露了汤勤本人想占取雪艳的阴谋和奸险丑恶的内心世界。

丑角和观众之间的关系最为密切，他们用生动、尖锐的语言，对剧中人物进行批判、讽刺、表扬，引起观众的共鸣，例如和我合作多年的萧长华先生演《审头刺汤》的汤勤，当汤勤被雪艳刺死后，突然又以剧外人的身份站起来诙谐地对台下说："这一下诸位可出了气吧！"

中国丑角有时可以"抓哏"（抓哏就是即景生情，抓住一桩事，借题发挥），但不能脱离剧情。

旦——分老旦、青衣、花旦、武旦、刀马旦几种。

老旦代表老年的妇女，如窦娥的婆母，《杨家将》的佘太君，唱念近似老生，动作则比生角带有女性特点。前辈名老旦龚云甫先生，在《钓金龟》里扮演年老贫穷的康氏，《杨家将》里扮演一个调度军事的佘太君，他能够很细致地表现这两个不同的身份和性格。

青衣代表少年和中年的妇女。她们以穿黑色褶子为主，所以叫青衣；有时也扮演贵族，穿蟒或穿帔，性格多半是庄重和善良的。唱工多于做工。她们在戏里，大半是正面人物，和老生的性格相似，如秦香莲是被丈夫遗弃的悲剧人物。王宝钏是相府千金，抛弃了优越的生活，选中了一个有志气的穷书生做她的丈夫。《二进宫》的李艳妃，为了挽救幼子的王位，与两位正直的大臣定计，粉碎了奸臣的阴谋。

青衣著名演员，前辈有胡喜禄、时小福、余紫云、陈德霖、王瑶卿先生等，百年来创造了无数优美的唱腔和凝练的身段，我继承了他们的艺术，根据本身的条件有了新的变化。

花旦代表性格比较活泼、天真或泼辣的幼年和青年的妇女，她们的服装以穿袄裤为主，表演方面着重念白和动作，这类角色可以表演善良或邪恶等不同人物。例如《西厢记》的红娘是一个热情、机智、风趣的少女，她一手促成了张君瑞和莺莺的好事，对顽固的老夫人做斗争，以辛辣、尖锐的语言，使老夫人啼笑皆非，终于屈服。《拾玉镯》的孙玉姣，对陌生的傅朋，一见钟情，没有通过她母亲，就委托刘媒婆说媒。《坐楼杀惜》的阎惜姣，为了热恋张文远，抓住一封梁山的密信，要陷害宋江，终于被宋江刺死。我祖父梅巧玲先生是早期演花旦的典范，他所创造的艺术形象，至今犹为同行所推重。现在于连泉先生掌握了花旦的表演艺术，能够细致地、深刻地刻画出各种不同性格的人物，他继承并总结了前辈的艺术而自成一派。

刀马旦是代表有武艺的妇女，以扎靠为主，动作要在英勇中表现婀娜的姿态，性格应该爽朗、热情、勇敢，富有反抗意志。例如《穆柯寨》的穆桂英，她在交战时擒住宋朝青年将官杨宗保，她爱上了他，就用团结起来、共同反抗外来侵略的恳切语言，说服了杨宗保，结为夫妇。最后她抛弃了家庭，投奔宋营，救了丈夫的性命，共同打退了敌人。《抗金兵》的梁红玉，为了抵抗侵略，亲自到金山顶上擂鼓助战，帮助她丈夫韩世忠击退了金人。我从早年就喜爱穆桂英这个人物，在不断演出中更和这个角色结下了深厚的感情。七七事变后，我为了反对日本侵略曾演出《抗金兵》的梁红玉，当我擂完鼓，下山与金兵交锋时，我仿佛到了抗日战线的前哨，为保卫祖国而投入火热的斗争。

武旦和刀马旦基本上差不多，不过不注重唱念，扎靠时也较少，专门以武打见长，在神话戏里更需要"打出手"，能将各种兵器抛起来，再用种种姿势来接住，或踢回去，如同穿花的蝴蝶一样，这是京剧表演艺术中的特技。如《无底洞》的玉鼠精，《泗州城》的水母。过去有名的武旦有阎岚秋、朱桂芳先生。

已故前辈王瑶卿先生和我感到以往青衣和花旦的分工过于严格，局限了人物的性格和表演艺术的发展，因此，根据剧情需要，尝试着将青衣、花旦的表演界限的成规打破，使青衣也兼重做工，花旦也较重唱工，更吸收了刀马旦的表演技术，创造了一种角色——花衫，使他们能更多地表现不同的妇女性格。比如，我演《宇宙锋》的赵女、《凤还巢》的程雪娥，《别姬》的虞姬，以及《醉酒》的杨贵妃，就是一种兼合众长的表演方法。后来京剧的演员们也都这样做了。

京剧里的各种身段，既然是从生活中提炼而来，当然有一定的含意，但是不能孤立地或机械地要求解释每个身段动作。有的身段可以单独表现出是什么意义，譬如上桥、下楼、开门……可以有层次地表达出来。但有的身段必须连接起来才能说明内容。有时候同样的身段在一定的情景中，可以单独说明为什么，但在另一地方就必须成为一组，才能看出所表达的思想感情。例如"转身"这个动作，本来是戏里常见的动作，在《醉酒》里，杨贵妃换了宫装，走着"醉步"倒退着出来，到了台的中心，往左转身，面向前台。这个转身的用意，为的就是转过身来才能看见左边摆的花。下面在将要走向台口假设有花盆的地方时，左手搭袖，右手翻袖，一面转身，一面随搭随翻随放下，连转两个身，就到了台口，下面才是用"卧鱼"的身段来嗅花。这两个"转身"又有什么含意呢？为什么已经看见了花又要转两个身呢？这个转身就不能孤立地去要求解释，它是从看见花开始，到蹲下身去嗅花这一组身段中的一个组成部分。这个动作的作用是为了表达角色全部的内心感情。这两个转身，也是嗅花的前奏动作，经过这种夸张的动作，就把观众的视线吸引到这一表演区域里来，以便更集中地表现全部动作。这就不能割裂式强加注解。乌兰诺娃同志有两句话最能说明这个道理，她谈到芭蕾舞时说："譬如一个字母，有什么含意呢？当然没有，但是几个字母拼成，就能够说明很多不同的意思。"

中国剧的舞台调度也是非常重要的，像《醉酒》除杨贵妃以外有八个宫女和两个太监，一共十一个人，当杨贵妃出来的时候，他们站立两旁，留出很宽的道路，当杨贵妃在中间进行表演活动时，他们必须很匀整地站在适当的地位，不能挡住观众对主要剧中人的视线，而又须随着杨贵妃台步，随时变换队形。杨贵妃坐定之后，如果在桌子前面外场椅，他们就站在两旁，坐进桌子里面，又须排成扇子形，这时只看主角的活动，他们是不能轻举妄动的。但应该和主要剧中人保持一定程度的关心，如杨贵妃走出桌子，一时失足，几乎摔倒，大家都要弯腰俯身，做出要搀扶的样子，而她却睁开醉眼，对大家摇摇头，表示没有喝醉。杨贵妃这一场下场时，宫女、太监要站立成一条胡同的样子，杨贵妃颤动手里的扇子倒退着从夹道中下去。当两个太监，怕她酒醉失态诓骗她说皇帝来了，她果然从醉梦中惊醒过来跪接皇帝，十一个人则排成一字形，像一条绳索，或一扇大屏风。

战争场面的武打与此相同，如陆战冲锋破阵，水战翻江倒海，在紧张剧烈的动作中，队形一点不能紊乱，打击乐一停，满台的人都要在适当地位，亮出稳如雕塑的形象。

《二进宫》里一个妃子、两个大臣，一坐两站，成三角形，这是一出唱工戏，动作比较少，站在固定地位的人，要整齐严肃，但又不能像两块大石头一样，必须使全身的肌肉灵活松弛，使观众没有僵硬拘束的感觉，这就要靠内心活动来操纵全身的各个部分的肌肉了。

《拾玉镯》里孙玉姣的表演区域，大部分居中，傅朋则靠左边，必须有刘媒婆在右边窥视的衬托，否则，就显得右边空虚了。

一个人或集体在台上的位置和队形，主要依靠对称，譬如《醉酒》的卧鱼、衔杯，左边做了，还必须到右边来重复表演一次，倘使只做一面，就会感觉到另一边单调空虚，好像完整的舞台面，有一个缺口似的。但我在表演中尽量避免雷同、刻板，例如前面所讲的两个嗅花的动作，除了部位相同之外，从形体动作到思想感情，都是不同的。这是经过群众所提的意见，结合我本身的创造，不断修改、整理而渐渐达到生活和艺术的融洽地步。

《霸王别姬》的舞剑的位置，是环绕在四个犄角和中央，成为一朵梅花式的图案，假使你的舞蹈步法不够准确和严整，就会给观众一种残缺支离的感觉。

中国传统演出，后面的背景，过去用刺绣图案，新中国成立后用素幕，目的都是使它和舞蹈动作调和相称。假使后面用了立体布景，或者接近写实的软片，舞台的位置和队形就必然起了变化，这些对称的身段就会感到不协调。

这样讲，是不是京剧舞蹈对称，就是简单地重复表演呢？不是的。这里面的变化是多种多样的，往往也以繁和简对称，或分高低、大小、远近来做对称，比如《打棍出箱·问樵》一场，描写一个和妻子、儿子失散的读书人，向一个樵夫打听他们的下落。樵夫和这读书人的全部身段动作，几乎都是对称的，但有高有低，有远有近，并不是刻板的重复。这和中国其他艺术也是相同的，特别是民族形式的绘画艺术。

今天所讲的，只是概括地介绍了一些京剧表演艺术的特点，但是不够系统，也不够全面。希望各位同志在观摩中国戏曲时，对我们提出宝贵的意见，我们戏曲界从来就是欢迎任何国际朋友的批评，我们正在大规模进行文化革命的时候，京剧表演艺术亦将担负起时代的使命，为社会主义文化建设事业，开出美丽的花朵。

1958年1月24日、2月18日于友谊宾馆

关于表演艺术的讲话

同志们：

今天我要说的是我在戏曲表演方面的一点经验。大家都知道我不善于讲话。很久以前，我曾经在北京国剧学会讲过课，一晃已经三十多年了，我今天重新站在讲台上，简直有点发怵，诸位别见笑，我不怕上戏台，怕上讲台。在座的各位，都是各剧种的成熟演员，其中还有许多位著名演员，你们的经验很丰富，知道的东西不会比我少，我现在用漫谈方式，想到哪里就说到哪里，有说得不对的地方，希望大家不客气地指出来！

一、戏曲是综合性的艺术

中国戏曲是一种综合性的艺术，包含着剧本、音乐、化装、服装、道具、布景等等因素。这些都要通过演员的表演，才能成为一出完整的好戏。这里面究竟哪一门是最重要的呢？我以为全部都重要。

写剧本的常说剧本重要，可是没有好演员，就不容易把剧本的精彩发挥出来。演员们往往强调表演重要，这也不对，好演员拿到坏剧本，请问你能演出好戏来吗？而且，有毒素的剧本，越是演得到家，毒素越大。

再说音乐吧，在戏里起的作用就很大。拿我的经验来说，一个很好的身段，或是一句很好的唱腔，只要在腰子里给你下一"箭手"，什么都完了。胡琴、笛子和唱的关系更密切，就是演员不唱的时候，唢呐、笛子吹个牌子，或者胡琴拉个牌子，也能马上造成舞台上的一种新的气氛。从这些方面可以看出音乐在戏里的重要性。

　　谈到化装，我们在舞台上要塑造出各种各样角色的面部形貌，全靠化装的技巧，不但要化得像，而且要美观。化装的妙用，能够改变本来面目。一个人的五官，总不免有缺点，通过化装，就可以补救你的缺点。拿旦角说，譬如，脸太大了，嘴太大了，眼睛太小了，都有法子补救。

　　多年以来，常有人问我化装的秘诀。其实，化装并没有什么秘诀，只要认清自己脸上的缺点，对着镜子一再试验，总会找到合适的化法，重要的是依靠自己找，自己试。如果人人都认为我梅兰芳的化装不错，全按照我的化法来做，由于各人的脸型不同，有些人就要上当了。我的脸型比较圆、比较大，眼睛也比较大，假定有一位脸型又长又小、眼睛也小的演员，也照我的方法化装，你们想想会好看吗？

　　谈到服装，从前有一句老话：＂宁穿破，不穿错。＂这不是说要大家穿了破衣服上台，而是说明历来舞台上对服装的考究，因为服装跟剧中人的身份、年龄、性格和生活环境都有密切关系。你们看，《将相和》的廉颇，当虞卿到他家来劝他的时候，他穿的是开氅，这是舞台上给武将规定的一种家居便服，假如他因为开氅旧了，改穿一件新的帔，也跟文官家居的蔺相如一样，那就算错了。不但服装不能穿错，就连服装的颜色、花样，也应该同样被重视。例如，《宇宙锋》的《修本》一场，赵女穿的衣服，颜色就该深，花纹就该素，跟前面几场完全不同，才能显出赵女满腹幽怨的心情和刚死丈夫的悲哀，好让赵高相信匡扶是真的被杀了，免得再去捉拿。又如，《游园惊梦》里出身宦门的杜丽娘，是一个美丽的少女，她的衣服当然应该漂亮，同时她又是一个才女，所以在漂亮之中，颜色还要淡雅，才能衬托出这位能诗能画的杜丽娘。

　　说到道具，在戏里的作用也是很大的。《醉酒》里没有扇子，表演就没法进行。再说，如果这把描金彩扇和《打店》里孙二娘手里的小黑油纸扇对换一下，那么，两个人的身份性格就满拧了。此外，道具和实际生活里的用具也是有一定的距离的。《思凡》里如果就拿真的拂尘上场，准会显得柄太轻麈尾太短，做出来的身段是不会好看的。

　　我小时候演戏，北京还没有布景，用布景上海最早，后来北京也用了。我从排演古装新戏时开始用布景，最初也很简单，经过逐步发展，范围越搞越大，但不是每场都有的，我总觉得布景有局限性，有时候堆砌得过多，限制了演员的活动，我始终搞得不够满意。新中国成立后，我演的戏里，只有《洛神》的末场还用布景，别的戏都没用。我看到其他剧团用的布景，经过一再改进，近年来搞得很好，看上去又简练又美观，今天的布景已经在戏里起了好的作用，估价很高。

从以上所谈的，可以看出，一出好戏在舞台上出现，不是单靠某一部门的力量，而是要各部门一齐努力的，因此，我们戏曲工作者应该大力发挥集体主义精神，把所有各部门的艺术质量同时提高，才能做出超过前人的成绩，更好地为光辉灿烂的社会主义事业服务！

二、几种同类型角色的分析和创造

每个戏都有它的故事，每个故事都离不开人物，每个人物，不论男女，都有身份、年龄、性格和生活环境的不同。我们演员首先要把戏里故事的历史背景了解清楚，然后再根据上面所说的四项，把自己所扮演的人物仔细分析，深入体会。提到体会，就必须联系到演员的思想认识和政治修养。我们演的角色，究竟是好人还是坏人，他做的事情是好事还是坏事，这些虽然已经由剧本规定好了，但是我们如何体验剧本，用什么表演方法把它恰当地刻画出来？这要看你的政治修养怎样了，你的思想水平越提高，刻画出来的人物越生动，对观众的教育作用越大，这个工作不简单，只有不断地加强学习，才能够做好。

京戏里角色的行当，总的来说，有生、旦、净、丑四种，每一种里面还分着许多类别，这是根据什么来划分的呢？也就是根据前面所讲的四项东西。总之，先有了这类人物，才有这种行当，譬如，一出戏里需要小孩儿开口唱，这就产生了"娃娃生"的名目。今天新社会里出现了许许多多的新的英雄人物，这些人物形象是前所未有的，有时候我们就不要过于受老行当的拘束，大可以在舞台上创造出新的类型。例如"白毛女"这个人物，我们既不能用青衣、闺门旦来表演她，也不能用花旦来表演她,像现在舞台上出现的"白毛女",就是一个很好的创造。

我是演旦行的,但只演了其中的四个类型——青衣、闺门旦、花旦、刀马旦。前几天我演的《游园惊梦》,杜丽娘就是闺门旦。我先谈谈"闺门旦":

闺门旦从字面上看,就可以知道它是表演旧社会里没有出嫁的少女和出嫁不久的少妇。像《游园惊梦》的杜丽娘,《三击掌》的王宝钏,同样叫作闺门旦,而演法不同。杜丽娘和王宝钏,她们都是为了自己的婚姻问题向封建礼教做斗争的,但杜丽娘只是思想上的斗争,王宝钏的斗争已经由思想进入行动了,所以不能用同样的手段来刻画她们。王宝钏已经接触了恋爱的对象,经过一系列的事实发展,最后对她父亲的压迫公然反抗了,我们就可以把她的斗争,用慷慨激昂的形态表现出来。杜丽娘是一个封建社会中老关在屋里的小姐,并没有接触过真正对象,她只能停留在思想反抗上,没有机会让她进入行动阶段,所以我们描写她的满腹幽怨,和王宝钏对比起来,完全是两样的:一个是含蓄在心里的,一个是发泄在外面的。从表演来讲,含蓄比发泄,好像难一点,我们要把一个封建时代的少女满肚子难以告人的心事表演出来,同时还要掌握分寸,不能让它过头,把少女的伤春演成少妇的思春,你想,这是不是一种比较细致的工作呢?

昆曲是个古老剧种,它的唱腔和做派,都是丰富优美的,但唱词却比较深奥,表演者如果不深刻理解唱词的意思,就无法体会角色的人物性格。拿我来说,这出《游园惊梦》是乔蕙兰老先生教的,陈德霖老先生又常给我指正。最初也是先生怎么教我怎么唱,对唱词的含义,并没有很好的理解,后来经过好几位精通诗词的老朋友给我一再详细讲解,对我的帮助真不小。可是,我在学习的过程中,却也费了很大的事,因为我从小就学戏,没有古典文学根底。明白了词义以后,进而深入体会人物性格,也不是短时期能够做到的。我这几十年来,对这出戏唱的次数真不算少,唱一次研究一次,一直到去年拍电影的时候,我又重新把全部唱词和几位老朋友一字一句地细细钻研,自己觉得似乎又有了新的理解,因此,在表现杜丽娘的性格方面,和过去有所不同。有句老话:"做到老学到老",这真是经验之谈,甭瞧我年纪比你们大,我还是跟你们一样,有鼓足干劲、力争上游的勇气,要把表演质量不断提高。

上面谈的是闺门旦，现在我再谈"青衣"：

我最初开蒙是学青衣，早期在舞台上演的青衣戏比较多，我觉得，同样是青衣戏，表演的方法并不能完全一样。例如，《武家坡》的王宝钏和《汾河湾》的柳迎春，都是青衣应行，扮相大致相同，剧情也差不多，她两个人的丈夫都是出外从军，离家一十八载，又回家团圆，虽然《汾河湾》里多了一只鞋子的曲折，大体上看来，是大同小异的。过去有些演员，往往把这两个角色演成一个模样，这是不对的。王宝钏乃丞相之女，柳迎春是员外的女儿，两个人的家庭环境不同，演王宝钏的一切动作都该比较庄重，演柳迎春就要比较洒脱。

怎样才显出庄重和洒脱的不同呢？我来举几个例：

老派青衣为了表现剧中人的庄重，很少露手，我们演柳迎春，就可以常常露手。当年时小福老先生演《汾河湾》的柳迎春最拿手，他也常露手，当时有人管他叫"露手青衣"。柳迎春在这出戏里，有许多做派要露出手来，时老先生这样做，是合乎剧情的。一般偏重保守的人给他起了这个带讽刺性的外号，是完全不对的。我没有赶上看时老先生的表演，我常看的是王瑶卿先生的柳迎春，他也演得很好，这出戏他学的是时老先生，我又学他。

手以外，脸上表情也有分别，王宝钏不能常带笑容，柳迎春就不受这个拘束。

在动作方面，柳迎春在说明了一只鞋子的误会以后，拿起剑来就要抹脖子，坐在地下哭着说："我再也不敢养儿子了。"这些做派是不能安在王宝钏身上的，就因为她们两人的家庭环境不同的缘故。只要看王宝钏一见薛平贵的"宝"，就认识这是一颗王侯印信；到了柳迎春，就把薛仁贵的虎头金印说成是块生黄铜，要拿去换柴米，这虽然是句逗哏的话，也附带说明了柳迎春没有鉴别印信的常识。

《汾河湾》是一出生、旦对儿戏，过去我常陪几位老先生演唱，他们各有长处，这里面当然要推谭鑫培老先生最为传神。闹窑一段，夫妻们久别重逢，柳迎春急于要知道薛仁贵做了什么官，而薛仁贵一上来偏不说实话，从马头军引起了马头山、凤凰山等等的争辩，这在薛仁贵完全是一种逗趣的举动，故意造成曲折，再说出真话，好让柳迎春格外高兴。谭老先生在这段戏里演得非常轻松，这是很合乎剧中人物的心情的。薛、柳二人有两次吵嘴，薛仁贵先是假吵，后是真闹，如果头里的假吵做过了头，就和后面的真闹没有多大区别了。谭老先生的表演是把前后两个不同性质的吵闹分得很清楚的，柳迎春在这两次吵嘴里，也有两种性质，正和薛仁贵相反，先是真吵，后是假闹，我陪谭老先生演过以后，得到启发，在鞋子矛盾当中，假闹的时候，我也采用了轻松的表演手法。

我还跟谭老先生演过《探母》，在《坐宫》一场公主猜心事的时候，在我的大段唱工里，坐在对面的四郎，一般都不做戏，因为做了戏，就容易妨害公主的演唱，谭老先生也不大做戏，只是有时候用眼望望我，或者理理髯口，可是我总感觉到他好像有一种精神打过来，和我的演唱联系在一起。这并不是说，陪老前辈演戏，起了心理作用，实在是因为他虽然表面上戏不多，而他的内心里老是注意着我，始终没有离开戏，所以有精神打过来。像这种精神感染，后来我和杨小楼老先生合演时也是常有的。

我和杨小楼老先生演《霸王别姬》，舞剑一场，虞姬说完"献丑了"，就要进场拿出剑来舞，这时我往后退一步，他就向前挤我一步，瞪着两眼看我，他的意思是说，霸王知道大势已去，在这生离死别的关头，他既爱虞姬，多看一眼也是好的，他当时那种神态，感动得我心酸难忍，真可以哭得出来，我在快进场前一回头，有个显示悲痛的表情，那时候我还是真悲痛，这就是精神感染的缘故。我跟别位唱这出戏，有些演霸王的在这地方不向前挤，反而往后退一步，这样做，就把这两个人之间的又悲惨又相爱的精神打散了。

上面所举的谭、杨两个例子，一个是在做戏，一个是表面上没有做戏，而同样给了我精神感染。所以我感到，陪老辈好演员演戏，真有好处，他对人物性格的体会深，在表演上发挥出来的力量大，陪他演戏，你发出来的力量，也必然要比寻常的表演增加。我跟谭、杨两位老先生合演，每演一次得到一次的提高，这就是他们给我的精神感染起了带动作用。

下面谈"花旦"：

花旦这一行，包括许多不同类型的角色，我只演过这里面的一种——丫环。《闹学》里的春香和《拷红》里的红娘，这两个角色，看起来同样是丫环，而她们的年龄、性格就不一样。写剧本的给春香规定为十三四岁的小丫环，她只是陪伴着小姐念念书、逛逛花园，所以演春香的，只要把她的天真活泼演出来就行了；红娘的事就多了，她在莺莺和张生的恋爱过程中起了推动作用，这是一个有热情、有勇气、有智谋的人物，单拿天真活泼来表现她，是不够的，要重点描写她的聪明伶俐、爽快、老练。这两出戏，最初也是乔老先生教的。在我准备演出以前，有人推荐李寿山老先生替我再排一下，他在我的剧团里演花脸。大花脸会教小春香，我听了很觉得奇怪，那位推荐人对我说，李先生最早在科班里（他是三庆班的学生），花旦是他本行，后来才改唱花脸的。他的老功底真结实，隔了多少年，拿起来地方还是准。他本人个头高大，大家叫他"大个李七"，可是那天在我家里排戏，你瞧他掐着腰出场，才走了几步，从他的眼神、手脚来看，完全变成一个天真活泼的小丫环了。一出戏排完了，把屋里看排戏的内外行朋友们，都看出了神。这可以说明，一个演员的幼年功夫结实不结实，关系极大。

我演"刀马旦"，是在上海开始的，头一出戏是《枪挑穆天王》的穆桂英，后来我还演过《穆柯寨》《破洪州》《延安关》《赶三关》《银空山》《头本虹霓关》《抗金兵》。

《穆柯寨》里的穆桂英与《抗金兵》里的梁红玉，同样是刀马旦，扮相差不多，都戴七星额子，插翎子，披蟒扎靠，但表演不一样。穆桂英是一个山寨大王的女儿，年纪又轻，阵前碰到了一位很满意的对象，双方就发生了一段恋爱故事，所以要描写她的天真、活泼、聪明、勇敢；梁红玉是一个抵抗外敌、保卫祖国的统兵女元帅，一出场，她的身份就和穆桂英不同，除了要刻画她的忠诚、英勇、智谋之外，尤其要着重形容她的稳重、老练，才能合乎这位女元帅的身份。

她们不都是有掏翎子的身段吗？我们就可以从这个身段里分出两个不同的人物性格来。穆桂英应该掏得快些，姿态流动些，显出她的年轻活泼；梁红玉就要掏得慢些，动作沉着些，表示她的稳如泰山。还有，像鹞子翻身那样的身段，在一位女元帅身上是使不得的。

上次在座谈会上，听到诸位同志对我最近演的几出戏，做了很细致的分析，有些地方连表演人自己说起来还不能像这样清楚，这不但给了我很大的鼓舞，而且给了我不少的启发，我应该向你们表示感谢。但是，你们都在说我的优点，而我所希望的是想知道自己的一些缺点。同志们！不要认为我是个老演员，就不好意思指出我的缺点，不对我提意见。要知道，艺术是无止境的，好了还要更好，提高了还要更提高。我过去就欢迎观众们、朋友们、同行们的意见，特别是新中国成立以后，广大观众给我的支援、帮助，使我在艺术上的收获，远远超过了前几十年的成就，凡是给我提意见的，不论是口头也好，书面也好，我向来是先把它仔细研究一下，然后尽量接受，哪怕是只有部分对的，也使我得到帮助。总之，多给我提一次意见，就使我多一次钻研的机会，这不是照例的客套，完全是我的真心话！

那天，陈伯华同志说我扮的杜丽娘，刚出场的时候显得胖，等脱了斗篷，就不觉得胖了。这两句话对我大有用处，说实话，我近年来是比过去胖些，为什么伯华同志在我脱斗篷的前后有两种不同的感觉呢？这问题恐怕是在我的服装上。老路子，杜丽娘出场，内穿褶子，外披斗篷，梳妆时脱去斗篷，加穿一件帔。我一向也是这样演的。一九五〇年，葆玖学会了春香，陪我唱《游园》，那时他才十几岁，当场让他给我穿帔，如果穿慢了，做得不合适，不但影响了舞台形象，而且会搅乱了杜丽娘唱词里的做派。因此，我就穿着帔出场，免得当场再换，这不过是一种权宜办法，跟春香上场念的"云髻罢梳还对镜，罗衣欲换更添香"，究竟是有抵触的。伯华同志说了我一个胖字，使我得到启发，今后决定恢复老路子，我想斗篷里少穿一件帔，总可以减轻臃肿的模样。马师曾、俞振飞两位同志对我说，杜丽娘的斗篷，颜色宜于淡雅，这个意见也很对，我已经准备另做一件新的斗篷。

前天，徐凌云先生和俞振飞同志给我看了一篇文章，是俞平伯先生前几年写的有关《游园惊梦》的几个问题，说得很有道理，其中对杜丽娘换衣服的问题，他也不赞同穿帔上场，这一点我已在前面谈过了。还有，游完园回房的动机，汤显祖原著规定是由杜丽娘发起的，后来的流行曲谱给春香加了一句念白："留些余兴明日再来耍子吧。"就变成春香的主动了。他认为这一改动对剧情有损害，春香没有逛够，不会主张回去，杜丽娘游园伤感，意兴阑珊，才无心留恋。这个说法我同意，以后再演，我准备在念完了"提它怎么"之后，加念："回去罢。"删去下面春香加的那句念白，接唱尾声曲子，这就看出谁是回去的主动者。

他还说,"遍青山啼红了杜鹃",本来是一句,不应该把它割开来做戏。这话很对,今后我要把这句的身段都改在下场台角做。

这次研究班里,把各地区、各剧种的成熟演员聚在一起,济济一堂,各人都能把自己的经验介绍给别人,同时也吸取了别人的经验,在互相学习,共同提高之下,我想,诸位同志的收获必然很大。像这种研究方式,在旧社会里是绝对不会有的。旧社会里,要学人家的一点玩意儿,真是千难万难,那时候,谁有一出拿手好戏,除非你去看他的戏,暗地里去"偷",明着请他教,他是不会轻易答应的。由于自私自利的个人主义在作怪,所以学戏很难,有好些宝贵的传统东西就这样失传了。

今天大大不同了,大家都懂得艺术是为人民服务的,谁都肯把自己的心得毫不保留地教给别人。拿这次研究班说,里面有几位老先生,各有他们的拿手好戏,你想学哪一出都行。像这种大公无私的表现,今天已经成为普遍的风气,也只有在毛泽东时代,才能够实现出来。

上面谈的还只是艺术方面,诸位这次也不是单纯地专为艺术而来的,还有比这个更重要的,就是政治学习。诸位在这里经过快三个月的学习,在思想认识和政治修养方面当然更进了一大步,我希望大家把学习到的东西贯彻到工作上去,这也就是毛主席教导我们理论要跟实践相结合的真理。

漫谈戏曲画

中国的戏曲艺术和绘画艺术，品种多样，流派繁衍，表现了中国人民的智慧和天才，千百年来深入人心，为广大群众所喜闻乐见，这两种艺术形式的表现方法虽不同，而互相影响、促进的关系却是息息相通的。

我们看到故宫博物院所藏宋人画的南宋杂剧《眼药酸》等册页两幅，山西洪赵县广胜寺明应王殿的彩绘元剧壁画，元明以来传奇刊本中的木刻插画，明清两代画家所绘有关戏曲的作品——脸谱、戏像、身段谱，还有把戏曲画在纱灯、走马灯、瓷器、鼻烟壶等用具、玩具上的（我曾藏有马少宣画的鼻烟壶，画有谭鑫培先生的《定军山》《卖马》，细如针尖，神采奕奕），以及新中国成立后繁荣发展的舞台速写，这些都说明了戏曲和绘画这两种艺术，一向是亲如手足，紧密联系着的。

在清代同治光绪年间，沈蓉圃画了许多的戏像，我收藏他的作品不少，如《十三绝》、《群英会》（程长庚、徐小香、卢胜奎）、《虹霓关》（时小福、陈楚卿和我祖父梅巧玲）、《探亲》（刘赶三）、《思志诚》（这是群戏，图写同光间许多名伶）等。沈先生是以画真容的方法来描绘的，每个人的面貌神情，以及服装、头饰、化装的式样、色彩、图案等非常准确逼真。譬如《群英会》中，程长庚、卢胜奎两位前辈所扮的鲁肃、诸葛亮，在化装方面，基本上看不出粉彩的痕迹，而所戴"髯口"里面，还隐约看到短短的真胡子，徐小香先生扮的周瑜，脸上也只有淡淡的粉彩。鲁肃的官衣，诸葛亮的八卦衣，周瑜的褶子上的"水袖"，都是短而窄的，这和今天舞台上川剧服装的袖子是极其相似的。何以称为"水袖"？早年舞台上，演员扎扮登场，不论哪一行当的角色，必须内衬一件"水衣"，"水衣"的袖子露出一段在蟒、帔、官衣、褶子以外，故称"水袖"，后来"水袖"放长加宽，脱离"水衣"，就缀在每一件行头的袖子上了。

当摄影艺术在中国尚未普遍流行的岁月里，沈先生画的戏像，的确对舞台艺术保存了可贵的文献资料，使我们得以看到当时的舞台面貌。

我还看到咸同以来，描绘昆曲的画册，这里可分为两类，一类是职业画家如胡三桥、吴友如……画法虽和沈蓉圃的工笔细描不同，但比较接近舞台实况。另一类是文人写意之作，他们不甚追求服饰部位等的准确，但却着重在刻画剧中人物的神情意态。《夜雨秋灯录》的作者宣鼎就画过《三十六声粉铎题咏》。我曾访求他的原作多年，未能如愿，最近才从藏家处看到晚清画家莲溪和尚《粉铎题咏》的摹本，沈谦照录文字题咏。从这里看到宣鼎原作的全貌，他描写了三十六出昆曲，大半以丑和花旦为主，例如《拾金》《狗洞》《活捉》《下山》《借靴》《访鼠》《扫秦》《刺汤》《盗甲》《势僧》《滚灯》《陈仲子》《大小骗》《教歌》……每出戏像上都有诗歌词曲的题咏，只是作者受到时代局限，思想离不开劝善惩恶，果报唯心。但画法的生动传神，却从摹本中可见一斑。我们再把吴友如在《飞影阁丛画》中发表的昆戏二十页和《粉铎题咏》核对一下，除了《借茶》《刘唐》《败兵》几出而外，内容基本相同。宣鼎的画册写于同治癸酉，而吴友如的画刊发行于光绪辛卯间，可能是渊源于宣鼎的《粉铎题咏》。

辛亥革命后，上海方面画报之风盛行，大半都插有戏曲画。民国元年（1912）发刊的《国剧画报》主要内容是舞台速写，由沈伯诚执笔，如谭鑫培、金秀山的《捉放曹》、孙菊仙的《逍遥津》、龚云甫的《钓金龟》、刘鸿声的《敲骨求金》、盖叫天的《武松打店》以及潘月樵、小子和、毛韵珂、小达子、贾璧云、吕月樵、小杨月楼、林步青……都是描绘的对象。另外由钱病鹤用滑稽漫画形式描绘租界内形形色色的怪现状，称为"共和新剧""社会活剧"。我们可以从这种画报资料中看到已故名演员的神情体态和当时社会的畸形。

还有戏曲年画，我幼年常买来贴在墙上。现在回想这些年画的画法，约有两种。一种是白地无景，只有戏台上应有的道具，扮相大致不差，但不够准确，可是都很有神气，能够吸引儿童。另一种是有真景的，类似故事画，但扮相姿势采自舞台人物形象。这两种年画，一般是粉连纸印刷，后敷色，非常鲜明可爱。近年来戏曲年画也有了发展，以带真景的更为流行。

四十年前有专画戏像的日本画家到北京来，他们以看戏写照为主，性质与沈蓉圃相似，当时的演员如杨小楼、龚云甫、刘鸿声、余叔岩、高庆奎、马连良、王长林、裘桂仙、钱金福、郝寿臣、侯喜瑞、朱素云、程继仙、陈德霖、王瑶卿、程砚秋、尚小云、荀慧生、小翠花、韩世昌和我都是他们描写的对象。

有一位日本画家福地信士，擅长舞台速写，他曾送我一册《中国戏像画》，其中包括我和其他名演员的舞台相，可惜在迁徙中散失了。一九五六年我到日本时，"前进座"的画师鸟居清言送我一幅他手绘的《劝进帐》，工笔设色，纸墨都很讲究。据他告诉我，这门艺术是专业，代代相承，源远流长的。

新中国成立以来，舞台速写画大为发展，此中能手如叶浅予、张光宇、郁风、阿老、张正宇、李克瑜同志等都以简练准确的寥寥几笔，描绘出每一个角色的精神面貌和特征，描写的对象也极为广泛，中国戏剧、民族舞蹈、杂技而外，各国来华访问演出的歌剧、话剧、芭蕾舞、印度舞、朝鲜舞、歌舞伎以及各种各样的表演艺术，古今中外，无所不包，各有擅长，蔚成风气。

叶浅予同志曾为我画过《穆桂英挂帅》的速写。我在排演这出戏的时候，当穆桂英经过思想斗争，决定接印挂帅后，有捧印的亮相姿势。我对这场戏很下了功夫来琢磨，从许多式样中选择了几个。而叶浅予同志所画的一个正面捧印的亮相，凝练准确，静中有动，却正是最能表现穆桂英对杀敌致果有了信心后的乐观情绪。

1960年春，我看过日本"前进座"带来的四出好戏后，曾在《文汇报》写了感想，张正宇同志所画的俊宽，就把中村玩右卫门同志扮演这个孤愤热肠的老人，那种舍己救人的内在心情画了出来；而河原崎长十郎同志所扮恶僧鸣神，当受骗后愧悔嗒丧的神情，也随着画家的笔锋，跃于纸上。我记得舞台上表演到这里，大快人心，而没看过戏的读者，也能从文字图画中想到恶人引火自焚的狼狈形象。我们知道张正宇同志擅长舞台设计，速写画是兴到之作，而其兄张光宇同志的舞台速写，既夸张，又遒练，突出了人物的特点，并且富有民间风格。在百花园中棠棣争妍，可称佳话。

我曾参观过关良同志的戏曲人物水墨画展，他的画在表现方法上继承了国画的优良传统而自成一派，重神似而不追形似，与前面所说文人画的昆曲戏像，有异曲同工之妙。有人评关良同志的画：既无"市气"，亦无"霸气"，用简练的线条淡淡描出，近于天籁，有稚拙气，但并非软弱无力，更没有做作的痕迹。这些评价是恰当的。

在新中国的艺苑中，舞台速写艺术得到健康的成长和发展，这是由于党和毛主席"百花齐放、百家争鸣"方针的正确指导，使舞台艺术在各剧种、各方面得到空前繁荣，丰富了人民的艺术生活，使画家拓展了广大的用武之地。

绘画和舞台艺术

我记得王梦白先生第一次到我家里来，我正在书房里画画。王先生落座之后，我请他指教，他就指着我那张没有画完的画稿，一边看一边说："你出笔不俗，对于绘画一道是接近的。拿这张花卉来说，只是有些地方还差一点。"说到这里，他就在画稿上比画起来说："这个出枝的姿势不够生动，还得补点东西；这里的叶子，你画反了，同那一面的叶子不相陪衬；这朵花，应当这样摆，同那朵花才配合得好看。"我正在凝神领会，他提起笔来，照着他说的，把那些不合适的地方，矫正了过来，然后又补了一对蝴蝶。我看他连勾带抹，一会儿工夫，已经画完了。我再一看，这幅花卉果然是花叶相称，浓淡合宜，同原先比较起来，已经迥然不同了。1924年，几位画家合作赠我三十岁生日的那张画，白石先生最后虽然只是画了一只蜜蜂，可是布局变了，整幅画的意境也随着变了，那几位画家画的繁复的花鸟和他画的小蜜蜂，构成了强烈的对称，这种大和小、简和繁的对称，与戏曲舞台上讲究对称的表现手法也是有相通之处的。画是静止的，戏是活动的；画有章法、布局，戏有部位、结构；画家对山水人物、翎毛花卉的观察，在一张平面的白纸上展才能，演员则是在戏剧的规定情境里，在那有空间的舞台上立体地显本领。艺术形式虽不同，但都有一个布局、构图的问题。中国画里那种虚与实、简与繁、疏与密的关系，和戏曲舞台的构图是有密切联系的，这是我们民族对美的一种艺术趣味和欣赏习惯。正因为这样，我们从事戏曲工作的人，钻研绘画，可以提高自己的艺术修养，提升气质，从画中去吸取养料，将其运用到戏曲舞台艺术中去。

戏曲演员，当扎扮好了，走到舞台上的时候，他已经不是普通的人，而变成一件"艺术品"了，和画家收入笔端的形象是有同等价值的。画家和演员表现一个同类题材，虽然手段不同，却能给人一种"异曲同工"的效果。当年，杨小楼先生在《青石山》里扮演关平，他扎着一身金光灿烂的白靠，盔头上一个神火焰，两条红彩绸压着两道下垂的黑水纱，鼻梁上勾一点金。他那一副天神气概，配合着四边静牌子的身段，借用一句赞美绘画的成语，真有"破壁飞去"的意境。我举这个例子，并不是说杨先生这个扮相是从绘画里搬过来的，每个演关平的演员也都是这种扮相，但是他却把天神的神态、气度体现得很成功，我们看了就会联想到唐宋名画里面的天王像、八部天龙像。这个人物扮相固然重要，但更重要的是要从神态气度中给人一种对神的幻想，否则就只有"形似"而没有"神似"了。

  凡是名画家作品，他总是能够从一个人千变万化的神情姿态中，在顷刻间抓住那最鲜明的一刹那，收入笔端，画人最讲"传神"，画法以"气韵生动"为第一。所谓"传神""气韵生动"，都指的是像真。因为古典戏曲里出现的人物，所有服饰、用具都和现在大不相同，我们从古画里去揣摩古人的生活是能够得到好处的。宋人洪迈的《容斋随笔》里有这么几句话："江山登临之美，泉石赏玩之胜，世间佳境也，观者必曰如画，故有江山如画，天开图画……之语。至于丹青之妙，好事君子嗟叹之不足者，则又以逼真目之，如老杜'人间又见真乘黄'……之句是也。"最美丽的山水风景，明明是真的，但却说是像画；画上的马当然是假马，可又说它像真的，由此可见，凡是最好的东西都和艺术有关系。白石老人说："太似则媚俗，不似则欺世。"正好说明这个道理。

  我们从绘画中可以学到不少东西，但是不可以依样画葫芦地生搬硬套，因为画家能表现的，有许多是演员在舞台上演不出来的；我们能演出来的，有的也是画家画不出来的。我们只能略师其意，不能舍己之长。我演《生死恨》韩玉娘《夜诉》一场，只用了几件简单的道具，一架纺车、两把椅子、一张桌子（椅帔、桌围用深蓝色的素缎）、油灯一盏。凄清的电光打到韩玉娘身上的"富贵衣"上（富贵衣是剧中贫苦人所穿的褴褛衣服。它是各色零碎绸子贴在青褶上做成的。当初只有穷生用它，旦角向来是不用的），显出她身世凄凉的环境。这堂景，是我从一张旧画《寒灯课子图》的意境中琢磨出来的。又如《天女散花》里有许多亮相，是我从画中和塑像中模拟出来的。但画中的飞天有很多是双足向上，身体斜飞着，试问这个身段能直接模仿吗？我们只能从飞天的舞姿上吸取她飞翔凌空的神态，而无法直接照摹，因为当作亮相的架子，一定要选择能够静止的或暂时停顿的姿态，才能站得住。画的特点是能够把进行着的动作停留在纸面上，使你看着很生动。戏曲的特点，是从开幕到闭幕，只见川流不息的人物活动，所以必须要有优美的亮相来调节观众的视觉。有些火炽热闹的场子，最后的亮相是非常重要的，往往在那一刹那的静止状态中，来结束这一场的高潮。

凡是一个艺术工作者，都有提高自己水平的愿望，这就要去接触那最好的艺术品。年轻的时候，我要通过许多朋友关系，才看到一些私人收藏的珍贵藏品。今天人民掌握了政权，有了组织完备的国家博物馆和出版社，我们能很方便地看到许多最著名的艺术作品和复制品。由于交通便利，我们还能亲自到云冈、龙门、敦煌去观摩千年以上的绘画雕窟雕像。1957年冬，我到洛阳就看到了著名的龙门石刻，从它的造型、敷彩、刀法、部位、线条、比例……可以看到时代的变迁，像北魏初期造像的衣纹、莲台的式样，可以看出这些制作工匠从遥远的西域来到中原的痕迹，因为衣纹线条的棱角比较厚重，有毡呢质料的感觉。接着又去奉仙寺（武则天时修建的），就感到衣纹线条比北魏时有了发展，服饰色彩方面，也给我们一种丝绸绫缎的感觉，已经是中原文化的代表作了。

1958年5月，我在太原巡回演出，游览了晋祠。晋祠一向被称作山西的小江南。著名的古代桥梁"鱼沼飞梁"和圣母殿都是宋代建筑的典型。难老泉（明代书法家傅青主题字）、齐年柏（周代古木）和宋塑宫女群像为晋祠三绝。

宋塑群像中主像是周武王的王后邑姜，两廊排列着侍从像四十二个，邑姜戴凤冠，穿蟒，凝神端坐，在戏里一定是用青衣来扮演的。侍从像中有女官六个，都是男人打扮，和故宫博物院所藏张萱画的《虢国夫人游春图》手卷上的女官非常相似。另外太监三个，两个是年轻的，一个是年老的，这个老太监塑得惟妙惟肖，因为太监的特征是带有女性的婆婆妈妈的意味，塑造者把他的鞠躬唯谨的神气刻画出来，我们同游的五十岁以上的人都看见过太监，由不得连声叫绝。还有三十三个都是宫女的打扮，头上的发髻、身上的衣服、站立的形态，都是不同的。其中三个年岁较长的，露出抑郁苦闷的神情，其余的宫女大都正在青春妙龄，有"闺中少女不知愁"的感觉，一种愉快的样子，从各种不同的姿态中透露出她们的热情和希望。这一群塑像生动、准确地表现了古代宫廷妇女的日常生活和内心感情，这些立体的雕塑可以看四面，比平面的绘画对我们更有启发，甚至可以把她们的塑形直接运用到身段舞姿中去。我离开太原时写了一篇四言韵文的《晋祠颂》，送给晋祠管理局作为纪念，内中有四句是描写宫女神态的："宋塑群像，体态轻盈，一颦一笑，似诉生平。"

关于服装的样式和色彩，从绘画中也只得到一些参考启发，不能生搬硬套，正如前面所说，戏曲与绘画各有自己的特点，在运用时必须考虑如何加工，才能收到实际的艺术效果。近来，戏曲界设计了不少新的扮相，可以看出，其中不少是从画中吸取来的，但有的并没有很好地加以选择就搬用到舞台上，使人看了不舒服。也有一些是经过熔化提炼，从而丰富了舞台形象，提高了形象的表现能力。当年我设计古装头，就是根据这种原则来设计的。过去旦角的发髻——旧的大头，在尺寸和样式上已经为观众所熟悉，为了适应舞台的需要，所以在画上看到古装头以后，我首先想到舞台上需要的是什么：贴片子是要保留的，头顶上的髻也应当保持与大头相等的高度，后面披着的长发就代替了"线尾子"。这样才会让观众看了顺眼。这个道理很明显，我们进行艺术改革，首先必须考虑到戏曲传统风格的问题。前年，川剧演员阳友鹤同志告诉我说："穆桂英扎着靠，戴着七星额子，后面披着古装散发，梅先生，您想想看，这成什么样子？"我想，照他说的样子，观众是不会欢迎的，因为整体风格太不协调了。

戏曲行头的图案色彩是由戏衣庄在制作时，根据传统的规格搭配绣制。当年我感到图案的变化不多，因此在和画家们交往后，就常出些题目，请他们把花鸟草虫画成图案；有时我自己也琢磨出一些花样，预备绣在行头上。于是，大家经常根据新设计的图案研究：什么戏，哪个角色的服装，应该用哪种图案；什么花或什么鸟，颜色应当怎样搭配；什么身份用浓艳，什么身份要淡雅；远看怎样，近看如何。从这里又想到用什么颜色的台帐才能把服装烘托出来。经过这样的研究，做出来的服装比行头铺里的花样自然是美得多了。传统戏里的人物，什么身份，穿什么服装，用哪种颜色，都要安排得很调和，像《白蛇传》的《断桥》中的白蛇穿白，青蛇穿蓝，许仙穿紫，而且都是素的。《二进宫》里面，李艳妃穿黄帔，徐延昭穿紫蟒，杨波穿白蟒，都是平金的（李艳妃是绣凤的），配得很好。所以，我们虽然在图案和颜色上有所变更，但是还是根据这种基本原则来发展的。违反了这种原则，脱离了传统的规范，就显得不谐调，就会产生风格不统一的现象。

学习绘画对于我的化装术的进步，也有关系。因为绘画时，首先要注意敷色深浅浓淡，眉样、眼角的是否传神，久而久之，就提高了美的欣赏观念。一直到现在，我在化装上还在不断改进，就是从这些方面得到启发的。

舞台上一切装饰，是衬托戏的内容，加强艺术效果的。因此，图案的色调不可相差太大，线条组织也不宜过于强烈；所以桌围、椅帔、后幕等舞台装饰，如直接搬用敦煌壁画以及出土汉画像石刻等，有时也显得与剧中人的服装不能调和。我从前使用的门帘台帐，上面不论什么内容，都是偏于繁缛细碎的图案，这正是用细锦地托出主题的手法，对于突出台上的角色是比较有利的。以上是我个人的一些经验，希望大家在吸收绘画遗产来丰富戏曲艺术的时候，要注意这些问题。

新中国成立后舞台上采用素幕，是比以前的绣幕好得多，因为素幕好比一张素纸素绢，更能有突出人物的效果。中国古典戏里所用的服装，大半是手工刺绣，彩色图案都是精细复杂的，绣幕的图案色彩比服装更夸张，就会减少服装的光彩。三十年前有一位研究美术的朋友曾对我说："中国舞台上应改用素幕，更能集中突出表演艺术。"当时我认为他的话很有道理，但因彩绣幕布相沿已久，便未骤然变动。直到新中国成立后，素幕运用到戏曲舞台上来，才证明了它的好处。

我从学画佛像、美人以后，注意到各种图画中，有许多形象可以运用到戏剧里面去，于是我就试着来摸索。一步一步研究的结果，居然从理想慢慢地走到了实验，像《嫦娥奔月》《黛玉葬花》两出戏里服装和扮相的创造，就是脱胎于这些形象。演出以后，一般观众还能够接受。这一下给了我很大的鼓舞，接着我又编演了《天女散花》。

编写抗敌剧目

我跟杨老板（小楼）前后合作过两次；这次在桐馨社，我们俩都是搭班性质。我搭的时间很短，除了我在那里排过两出新戏——《木兰从军》和《春秋配》——之外，别的事情也想不出有什么可说的。我先来说排演《木兰从军》的经过吧。

《木兰从军》

（一）排演的动机：我演《木兰从军》的动机有两点。（1）在这以前，我已经陆续演出了好些新戏，前面也曾分别介绍过了。我总觉得这些戏的情节，虽说多少含有一点醒世的意义，但是在大体上讲，套来套去，总离不了家庭琐碎，男女私情，这一套老的故事。木兰是一位古代传说中的女英雄，我想如果把她那种尚武的精神和用行动来表现的爱国思想在台上活生生地搬演出来，这对当时的社会，不敢说一定能起多大的作用，总该是有益无损的。（2）那时我正跟朱四爷（素云）学了一出《辕门射戟》，常常在家里连唱带做地练着玩，兴趣十分浓厚。木兰不是要改扮男装的吗？我就利用这一点，可以拿小生的姿态，出现在观众的眼前。这又是我在台上的一种新的尝试了。正巧教育研究会编订了一个《花木兰》的剧本，我们把它重新加以整理，在适合舞台上种种技巧的原则之下，加强了不少抵抗侵略的气氛。同时也把戏名改为《木兰从军》。王大爷（瑶卿）也曾演过头二本《花木兰》，分两天演完。我只看过他的头本，这里面的台词、场子和各种穿插，跟我改编的本子是不一样的。

（二）故事的根据：这桩英雄故事，早就很普遍地传播在民间了。你要查它的出处，古乐府有一首《木兰辞》，就是它唯一的根据。这首词里描写那些有关人物，真称得起是"情文并茂，声容宛在"。可惜作者没有把他的名姓留下来，我们至今还只能说它是无名氏的佳作。

（三）故事的考证：《木兰辞》里描写的人物，并不算少，却只留下了一个主角——木兰——的名字。至于她的姓氏、籍贯和故事发生的时代，都没有交代清楚。经过好些人考证的结果，又弄得各执一词，无所适从。姓氏方面，就有姓朱、姓魏、姓花三种不同的说法。籍贯方面更是传说纷纭，有七种不同的考证：（1）湖北的黄州黄冈；（2）河南的光州光山；（3）直隶的保定；（4）安徽的亳州；（5）河南的归德商丘；（6）甘肃的凉州武威；（7）陕西的延安。时代方面也有梁、北魏、隋三种不同的推测。以上这些说法，其实都不足为凭的。木兰的名字，别的书上根本全不提起，是很难考证的。我在改编剧本的时候，对于以上三个问题，是这样解决的：（1）民间的习惯上大家叫她花木兰，我们仍旧采用"花"姓。（2）地理上陕西位于西北，距离胡人较近，我们就采用延安府。（3）时代是用的北魏。因为何承天做的《姓苑》里面已经提到木兰。何承天是隋唐以前的人，所以无论如何木兰总不会是隋时人了。还有《木兰辞》的诗句里用了两个"可汗"，有些人就说木兰是个蒙古人，这种推测之辞是不足为据的。原辞里还连用了两个"天子"，蒙古人难道有这种称呼的吗？我不是因为这段故事轰轰烈烈的有面子，硬要把她拉到汉人的身上来。根据前人的考证和民间的流传，一千多年来，早就认为她是中国古代女英雄了。所以我们编剧的时候，尽可以把"可汗"一层不提，决不能标新立异地改为蒙古人的故事。

（四）剧情的提要：突厥作乱，入寇中原。魏主派贺廷玉为帅，四路征兵，准备抵抗。陕西延安府的尚义村有位老者名叫花弧，幼年也是行伍出身，后来解甲归田，务农为生。娶妻安氏，生下一男二女。第二个女儿名唤木兰，娴熟武艺，勤于纺织。有一天花弧大病初愈，正与家人闲话，忽然奉到征兵的命令。这位老者爱国心切，即刻就要登程，木兰想到父亲的病刚好，恐怕受不了这场辛苦，就向花弧表示愿意替父从军。当时就遭到她的母亲和姐姐的阻止，说她是个女子，哪能上阵打仗。她就举出几位古代女子带兵杀敌的故事,说服了大家,立刻置办鞍马,穿了花弧当年的旧军装,扮成一个军人的模样。花弧还教了她许多军营中的规矩,就此辞别爹娘姐弟,连夜登程。一路之上,风餐露宿,戴月披星,离了黄河,直奔贺廷玉的大营而来。中途碰见几位也是去投军的同乡们,她又用正义来鼓励他们。说话之间,忽听金鼓齐鸣,情知前方正与敌人交战,大家就此催马加鞭迎上前去。突厥王的大兵越过边界,攻打头关来了。贺廷玉先到关上,察看敌情以后,就派张、李二将前去迎敌,败阵而归。贺元帅亲自上阵,也被番将战败,跌下马来。正在危急之际,木兰一马赶到,奋勇打退番兵,救回了贺元帅。

两军相持了十二年,突厥王因为劳师在外,久而无功,意欲退回他的本土,再图后举。有一个部将献策,何不乘敌不备,前去偷营劫寨。大家同意了就照计而行。此时木兰已授职将军,奉命巡营瞭哨。忽见飞鸟自北而瞭来,她预料番兵必有夜袭的阴谋,即刻回营报告贺元帅。元帅听得这个情报,急忙调集众将,就在营外四面埋伏。等那突厥王领兵夜袭,扑了一座空营。伏兵四起,杀得他们大败而归,从此不敢再来侵犯中国的边界了。

贺元帅班师还朝,带了木兰面奏魏主,少不得要有一番封赏的。木兰坚辞不受尚书郎,一定要回家侍奉双亲。她说:"我的从军,原为保卫国家,决不是为了贪功受赏而来的。"魏主看她辞意坚决,只得依她。

花弧听说番兵败退,大军奏凯还朝,计算他的女儿也快回来了。他把这消息告诉家里的人,让他们快快打扫木兰住的屋子。自己走到大路边上等候。木兰远远望见一位老者,坐在道旁,好像是她的父亲。下马认明白了,父女重逢,悲喜交集。回家见过母亲和姐姐、弟弟,大家都不相识了。

贺廷玉奉命押解金银彩缎来到尚义村,慰劳花将军。花弧只得唤出木兰。此时这位平乱有功的花将军已经脱去战时袍,穿上旧时装。贺廷玉看见是个女子,大吃一惊。后经木兰说明原委,才揭穿这十二年的改装秘密。用喜剧的形式结束全剧。

《抗金兵》

"九一八"以后，我从北京举家南迁，先还没有找到住宅，暂时寄居在沧州饭店。好些位老朋友都来看我，我们正计划着想编一出有抗敌意义的新戏。可巧叶玉甫先生也来闲谈，听到我们的计划，他说："你想刺激观众，大可以编梁红玉的故事，这对当前的时事，再切合也没有了。"我让他提醒了，想起老戏里本来有一出娘子军，不过情节简单，只演梁红玉擂鼓战金山的一段。我们不妨根据这个事实，扩充了写一出比较完整的新戏。叶先生并且主张将来的戏名就叫《抗金兵》。大家一致赞同他的意见，先请他搜集资料。过了三个来月，这出《抗金兵》就在集体编写的原则下脱稿了。它是从金兀术设计攻打润州说起，斩了刘豫、杜充终场的。剧情的提要是这样的：

金兀术兴兵犯境，张邦昌卖国求荣。周大夫出都避难，朱义士弃店从军。折群雄一言定计，御外患四镇同心。破苏州人民涂炭，探金山兀术泛舟。扮渔夫阮良报信，奉父命二子擒酋。誓牺牲后堂训子，激将士月夜巡营。投金营朱贵诈降，献地图兀术入彀。女丈夫登坛点将，众英豪分路进兵。战金山夫人擂鼓，退江北兀术丧师。解军粮牛皋立功，祭忠魂刘杜伏法。

初次上演是在上海天蟾舞台。林树森的韩世忠，姜妙香的周邦彦，金少山的牛皋，萧长华的朱贵，刘连荣的金兀术，朱桂芳与高雪樵分饰韩世忠的两个儿子尚德和彦直，王少亭的岳飞，阵容相当整齐。尤其是林树森的扮相魁梧，嗓音亢亮，很受观众的欢迎。巡营一场的二黄原板，他能翻高了唱，那可真不是容易的。还有牛皋这个角色，在《抗金兵》里是无足轻重的，硬是为金少山而设的。他出场是在水战之后。经过了这样热闹的场面，要不是他的嗓子高亮好听，谁也压不住这全堂的观众了。

这出戏用的武行实在太多了，宋营与金兵双方都是八个扎靠的将官，梁红玉带着十六个女兵，连打下手的在内，全剧登场的演员，总在六十人以上。天蟾的台大，还施展得开。后来我在香港的利舞台也演过《抗金兵》，因为它的台小，就显得局促拥挤，好像没有回旋的余地了。这是我前期排演的情形。

这次重演《抗金兵》，是我在北京决定的。我把修改的几点，写在下面：

（一）黄炳奴屠杀苏州城，从前是暗场，现在把它改为明场。说明金人侵华的残酷。

（二）从前周邦彦跟朱贵酒楼相会一场，有很多的对白。由他们嘴里叙说当时君昏臣庸，朝政日非，种种失败的缘故，和人民颠沛流离的情况。我记得姜、萧二位分扮周、朱两角，虽然费了好大劲，才念熟这大段的台词，无奈词句太典雅了，场子也太冷静了，台下的观众不是全能了解的。这次我决定删去周邦彦一角，改上四个义民，也到朱贵的酒店喝酒；同时他们商议如何投军抗敌，报效国家。朱贵误为奸细，就报告韩尚德前来逮捕他们。后经义民说明身份，都是梁山后代，朱贵问起来都晓得的，总算消除了这场误会。韩、朱二人陪他们去见韩元帅，韩就派他们在江心与江岸上分别活动。后面兀术窥探金山的时候，他们都能建功报国。

（三）从前三镇同到韩营会议一场，梁红玉要等他们说僵了，才出场用大义说服张俊、刘锜，同心破金的。现在改为韩、梁同时上场迎接三镇，道白的层次也有了变动。

（四）训子和巡营，从前是一场戏，未免太紧促了，现在我把它改为两场。还有梁红玉的登台点将，应该受韩世忠的委托才对，因为韩是主帅地位。我是这样改的，先由梁问："明日与金兵交战，诸事可曾齐备？"韩答："俱已齐备，本帅明日带领尚德、彦直身先士卒，直冲敌阵。就请夫人登台点将，统率三军随后接应。"

（五）朱贵混入金营一节从前是用假投降的方式，太近乎公式化了。所以改成朱贵伪装一个熟悉地理的老百姓，由哈迷蚩（金兀术的军师）找来替他们充当向导的。

（六）因为训子和巡营分成两场，巡营一场又用的是"营片"的布景，所以我在幕外加了一个过场。上来四个巡更守夜的小兵，说明他们都是具有爱国抗敌的决心的。我的旧本子里这四个小兵，要等韩、梁巡营唱完大段二黄以后才出来的。过去舞台上的习惯，小兵上场，为了便于插科打诨，往往是用小丑的扮相。现在我把他们的台词，既然改得严肃，那么他们脸上也应该改为俊扮了。

以上是我们在北京修改的几点。到了汉口，我又邀请当地负责戏改和爱好戏剧的同志们开了一次关于《抗金兵》的座谈会，把改完的剧本从头到尾朗诵一遍，请大家提供意见。经过大家反复讨论的结果，又搜集了两点很有价值的提议：

（一）剧中人物的删节：大家认为岳飞站在抗金的立场上，是一贯主张抗战的人物。如果把他放在三镇会商时，与张俊、刘锜混在一起，那就好像他也没有起什么作用了。应该另加一场，通过韩、岳二人的对白，表示他的积极主战。这一点我是非常同意的。当初编写的时候，我就觉得岳飞和韩世忠的地位、扮相，尤其是在主战的政见上，无不相同。这出戏里我们把他跟着张、刘二镇出场，露了一面，又不起什么作用，这样地处理一位当时主战最积极的名将，似乎不很合适。我这次决计接受他们的提议，根本取消了岳飞的出场，改由韩世忠嘴里说出岳飞是赞同他的抗金政策的。

（二）剧中地点的变更：历史上说金兵屠杀我苏州的人民，是其几次南犯当中罪行最大的一桩。我们当初采用进来，是因为它有真实性的缘故。现在由暗场要改为明场，苏州离开镇江较远，以地形论，容易引起观众的怀疑。这一点似乎值得提出来讨论的。座中有人主张改苏州为扬州。我觉得扬、镇毗连，剧情的穿插是比较合理，不过扬州是否曾经遭到金兵的屠杀，我们客居在外，手边没有参考的史料可查。多承龚啸岚同志替我们查出金人在宋建炎三年（1129）的二月，确有火焚扬州的事实。金山战事是发生在建炎四年（1130）的四月，时间相隔不远，可以引用，我们决定就这样改了。

《抗金兵》的内容，经过北京和汉口的几次商讨，删掉了一些不必要的场子，最后的决定是这样演出的。

（一）剧情的提要：金兀术入寇长江，黄炳奴屠杀扬州。众义民酒楼聚议，韩尚德引见参军。韩世忠决心抗敌兵，梁红玉正义说张、刘。金兀术夜探金山，阮义士活擒炳奴。振风纪兄弟听训，鼓军心夫妻巡营。朱义士暗做内应，梁都督登坛点将。两军对阵惊天动地，金山擂鼓士气凌云。娘子军水战逞威风，朱义士诱敌入绝地。黄天荡兀术被围，抗金兵千古留名。

（二）演员的支配：梅兰芳的梁红玉，高盛麟的韩世忠，萧长华的朱贵，刘连荣的金兀术，姜妙香的韩尚德，杨盛春的韩彦直，王少亭的刘锜，郭元汾的张俊，董少峰的黄炳奴，程仲德的何黑闼，潘洪奎的哈迷蚩；梁红玉船上摇桨的是魏莲芳，拿大纛旗的是冀韵兰，四位投军报国的义民是韦三奎的费保，朱洪良的高青，高世泰的阮良，陈少泉的狄成，四位巡更守夜的兵丁是由李庆山、张啸庄、董少臣、赵如川分扮的。

全剧的第十九场是朱贵报告金兀术兵败，已被他诓入黄天荡去了。韩、梁闻报，立即发令围住黄天荡，捉拿兀术。全剧至此，告一段落。我们对于末场的处理，跟许多位朋友再三斟酌，都认为剧情发展到兀术兵败黄天荡，已经是最高潮了，不宜再往下演了。

我从早年就喜爱穆桂英这个人物，在不断演出中更和这个角色结下了深厚的感情。"七七"事变后，我为了反对日本侵略曾演出《抗金兵》的梁红玉，当我擂完鼓，下山与金兵交锋时，我仿佛到了抗日战线的前哨，为保卫祖国而投入火热的斗争。

我演"刀马旦"，是在上海开始的，头一出戏是《枪挑穆天王》的穆桂英，后来我还演过《穆柯寨》《破洪州》《延安关》《赶三关》《银空山》《本头虹霓关》《抗金兵》。

《穆柯寨》里的穆桂英与《抗金兵》里的梁红玉，同样是刀马旦，扮相差不多，都戴七星额子，插翎子，披蟒扎靠，但表演不一样。穆桂英是一个山寨大王的女儿，年纪又轻，阵前碰到了一位很满意的对象，双方就发生了一段恋爱故事，所以要描写她的天真、活泼、聪明、勇敢；梁红玉是一个抵抗外寇、保卫祖国的统兵女元帅，一出场，她的身份就和穆桂英不同，除了要刻画她的忠诚、英勇、智谋之外，尤其要着重形容她的稳重、老练，才能合乎这位女元帅的身份。

她们不都是有掏翎子的身段吗？我们就可以从这个身段里分出两个不同的人物性格来。穆桂英应该掏得快些，姿态流动些，显出她的年轻活泼；梁红玉就要掏得慢些，动作沉着些，表示她的稳如泰山。还有，像鹞子翻身那样的身段，在一位女元帅身上是使不得的。

《生死恨》

"九一八"事变后，日本帝国主义对中国进行了疯狂的侵略，我当时以无比愤怒的心情编演了《抗金兵》和《生死恨》两个戏。这两个戏，是以反抗侵略、鼓舞人心为主题的，在各地公演，得到观众的热烈支持，可以反映出当时人民民族意识的高涨，人民给我的教育和鼓舞是极其深刻的。

《生死恨》这出戏的初稿是齐如山根据明代董应翰所写《易鞋记》传奇改编的，剧名仍叫《易鞋记》，原稿三十九场。"九一八"后我移家上海，找出这个本子，打算上演，大家琢磨了一下，感觉冗长落套，就删节了不必要的场子，并且由大团圆改为悲剧。我们的意思想要通过这个戏来说明被敌人俘虏的悲惨遭遇，借此刺激一般醉生梦死、苟且偷安的人，所以变更了大团圆的套子，改名《生死恨》。我们大家出主意改编，由许姬传执笔整理，精简为二十一场，从"夜诉"起，完全是添写的场子，原本是 没有的……我们改编的办法，先想场子，然后再研究唱西皮还是二黄，用什么板，最后才编词、安腔。"夜诉"一场是徐兰沅先生设计的。他主张韩玉娘在前幕内起叫头接唱"倒板""摇板"，拉开幕来唱"回龙""慢板""原板"……大家认为这种场子新颖别致，在舞台上还没有人用过，都表示赞成，由执笔的人编词。唱腔是徐兰沅、王少卿琢磨安排的。韩玉娘临死时，少卿主张用"四平调"，有人认为这种调子不适宜于悲剧，曾引起争执。少卿说："我有办法把它唱得很悲，但唱词最好长短参差，才能出好腔。"结果，这段"四平调"很能表达韩玉娘垂危时见到程鹏举诉说往事、悲喜交集的复杂心情……多少年来，我们在讨论研究剧本和表演时，人人有发言权，有时因为见解不同，往往引起争论，面红耳赤、唇枪舌剑地互相辩驳，最后从反复推敲中得出结论，彼此心里是不存芥蒂的。

这出戏于1936年2月26日在上海天蟾舞台与观众见面。

1937年秋，日本帝国主义占领了上海以后，租界已成孤岛。正巧香港利舞台约我去演戏，我便于1938年末携带家眷从上海乘邮船到香港。在利舞台演了二十天戏，然后把剧团的同人送回北京，我就按照预定计划，留居香港。

漫谈运用戏曲资料与培养下一代

戏曲表演艺术的记录材料，包括照相、唱片、录音、影片、文字……对培养下一代、培养师资是有很大作用的，我就想到的谈一下。

戏曲照片

戏曲照相在一刹那间把一个最好的神情姿态照下来，需要照相者和被照者双方很好地合作，配合在一起，才能照出演员有代表性的表演艺术。例如谭鑫培先生是一代宗师，而遗留的照片也不是每张都够理想的，我最欣赏《南天门》和《汾河湾》两张。《南天门》是谭老唱完"处处楼阁……"后，拉着扮演曹玉莲的王瑶卿先生的手，在锣鼓声中的一个相；《汾河湾》是两次漫头之后，柳迎春、薛仁贵已经逼近，表现薛仁贵举剑不肯下手的神气。这两张相片，眼神、身段等都和台上一样，丝毫不打折扣，使人一看便想到剧中情景，气韵生动而富有节奏感。

这一类典型的照片，对后学的用处，不是说将来在台上演《南天门》《汾河湾》时，要摆出和他们一模一样的相。舞台上的好相，如同写一笔好字，是天才结合功夫写出来的，不是可以照样描出来的，但初学乍练，确有一个阶段，要老师掰着手来摆相。因为自己还没有"适度"与否的感觉，经过这个阶段，等有了能够调整身上劲头的注意力的时候，就能够随时随地做出最顺适的身段。话又说回来，肯下功夫，练得纯熟，但未见过好的蓝本，这等于终身伏案作画而从未见过名迹，到了一定程度就很难提高了。当然，向名师学艺，看名演员的戏，与老前辈合演，都是提高水平的主要方面，而揣摩已故名老艺人的照片，也能从中得到不少启发。

谭老《定军山》的照片，比起前两张，似乎板一点，不像他在台上那样生龙活虎，八面威风。而另一张与杨小楼先生合摄的《阳平关》就很生动。

俞菊笙老先生的《长坂坡》赵云的照片，是大战一场后，曹洪"问名"时一个相。这张照片把俞老在台上重如泰山的分量完全显示出来。另外和陈德霖先生合照的一张《长坂坡》"掩井"一场，赵云站的方向，应该稍偏向糜夫人，眼睛注视的焦点应该是阿斗，而俞老站的是正相，眼睛看着照相机，这幅照片就不能代表他在台上的样子。但这张不够好的照片，还是很可贵的资料，从伸出来的手掌，可以看出俞老贯串在手上的劲头。陈老夫子的糜夫人手抱阿斗，眼看着赵云，体态庄重，脸上有戏，是青衣标准的蓝本。陈老夫子还有个《雁门关》的照片也很好，虽然是坐在桌子后面，只露上半身，但从胸脯、脖子、肩膀三部分给后学提示了这类角色端坐的姿势。右边坐着钱金福先生扮的韩昌，全身的姿势也很凝重威猛，看出架子花脸的标准坐相，左边坐着王楞仙先生的杨八郎，照得臃肿无神，但在另一幅《牡丹亭·拾花画》里王先生扮柳梦梅的照片上，则完全看出他在舞台上的精湛表演。从他手拿画轴的姿势和明如秋水的双眸，以及浑身衣纹飘动的劲头，都集中表达出柳梦梅得画后心花怒放的情绪。

还有何九（桂山）先生的《五鬼闹判》、余叔岩先生的《洗浮山》、许德义先生的《金沙滩》……都是性格鲜明、姿势生动的好照片。

在前辈中，杨小楼先生遗留的照片数量较多，我首先推荐他盛年时在《青石山》中扮的关平，这出戏他曾经照过好几张，常见的是和钱金福先生合照的"周仓看刀"一张，但我认为最好的一张是左手提下甲，右手持青龙刀的一个相，一副天神气概，看起来和唐宋名画家的天王像可以媲美，身上严整灵透，从头到脚挑不出毛病来，是扎靠武生的一个最好的蓝本。

杨老晚年时有一张《长坂坡》中赵云的照片，是刘备正在唱〔原板〕，赵云假寐时的一个半身近影。面部表情是闭目，双眉微皱，表现出赵云在假寐休息中，仍然警惕着敌人的来袭。这说明了优秀演员在舞台上没有动作的时候，还是有充分的贯串情绪的。

杨老的照片，也有不够好的，例如《莲花湖》韩秀持刀的一张，身上就有"僵劲"，这张照片就不能代表他的表演艺术。

在一些我们认为不够满意的照片中，也都有一定的参考价值。例如前辈名演员朱文英、张淇林合照的《青龙棍》，照得很不好，不能表现他们在台上的优点，但从这张照片中可以说明一个问题，就是张淇林先生拉山膀的高度，代表我外祖杨隆寿先生一派。我曾听见杨老先生的徒弟茹莱卿、迟月亭先生说过，短打武生的山膀、云手要亮出胳肢窝才好看，不然很容易"料"（就是松懈的意思），亮胳肢窝当然膀子要举得高，这张照片说明了一个身段的具体要求。

我的戏装照片比较多，但有好有坏，例如早期《穆柯寨》左手持枪的照片，就上下身不合，浑身是病；但两张昆曲《盗盒》（红线）的持棍、足心摆盒的姿势部位就都熨帖稳练。周信芳同志的好照片多得很，前年在《戏剧报》发表的《义责王魁》的照片（见《戏剧报》1959年第15期插页），手眼身法步的贯串，准确灵活，是衰派老生的蓝本。但最近在《戏剧报》刊载的《战长沙》中的黄忠（见《戏剧报》1961年第11、12期合刊插页），就不能代表信芳同志在台上的优点。我记得他有一张《斩经堂》扎靠的照片十分精彩。以上所举不够好的照片例子，大半是照相者和被照者没有很好地合作，没有配合在一起的缘故。

从不同时期的照片中，还可以了解化装、服装的演变。由于六十年来舞台光线的由暗到亮，旦角的化装、发髻、服装、图案、式样……对"美"的要求就比其他角色更为迫切，我在这方面也下了不少功夫，拿我各个时期所照的《金山寺》中白娘子的照片来看，从头上的大额子改为软额子，片子的贴法，眼窝的画法……就不难看出这种变化。关于水袖的演变：看老照片似乎太短，不甚美观，而我的古装戏照片就放长了，成为风气。可是现在一般服装的水袖都特别加长，又嫌过长了，我感到对表演没有什么好处。

关于扎靠，我们参考谭老《定军山》的照片，头上扎巾打得非常边式好看（按从前黄忠戴大额子，谭老的面形瘦长，改打扎巾，更为相称），但靠旗小、靠肚子大，杨小楼先生的扎靠照片则靠肚较小、靠旗较大，当时是受了上海方面的影响，同时他的个子魁梧高大，这样，比例上显得匀称好看。近年来靠旗变得太大了，不但比例显着不太匀称，而且由于靠旗过大，旗杆势必加粗，分量自然就加重了，背在身上不太稳妥，不是前扑，就是后仰。我前年演《穆桂英挂帅》，新做的一身大红靠，就是这个毛病，这是值得注意的事。（参看《戏剧报》1959年第12期插页）我的看法，靠旗不宜过大，比现在流行的尺寸要小点，最好在近靠鞍处露出二寸左右的旗杆还更美观。

在旧照片中还可以说明有些管箱的手艺非常出色。在杨老的照片中，可以看到盔头、靠旗部位的合适，靠肚的端正下垂等"美"的条件，这就不能不想起给杨老勒头扎靠的靳师傅、杜师傅的手艺。当年我和杨老合组"崇林社"的时期，每逢我演《穆柯寨》一类扎靠的戏，给我扮戏的韩师傅梳完头，我总是烦靳、杜两位老伙计给我戴七星额子、扎靠。额子戴得高矮合适，感觉紧凑得劲，却不勒得难过，靠绳扎得并不太紧，但靠旗绝无松动之忧，并且靠鞍部位扎的地方恰当，所以腰上的劲头很容易使到靠旗上去，对表演很有帮助。看旧照片顺便想到扮戏问题，这确是舞台工作优良传统之一，应该继承的。

戏曲照相，在旧中国时代，多半是演员们根据自己的经济力量和兴趣自发地搞起来的（我除了照戏相之外，自己在摄影机、胶片……方面，也消耗了不少钱），所以遗留下来的照片不多。新中国成立后大力展开这项工作，从报刊上发表的作品，已经可以看出这项事业和从前有本质上的不同。今年，文化部举办出国的戏曲展览，其中图片是主要的表现形式，图片内容包括了戏曲事业中有代表性的文献和各种活动，有系统，有特点，这个展览对戏曲照相事业有很大的启示。但这次在数量不少的照片中，能选入展览的还感到不算多，因此今后对照相工作，有进一步提高质量的必要。

戏曲照相的目的，除了宣传之外，主要还是当作研究资料，所以应该分为两种方式进行。一是在剧院现场照相；一是在台下化装或"素身"（便装表演，术语叫作"素身"）照相。在剧院现场照相，据我个人的经验，提出下列六忌：

（一）忌正相偏照。就是说，这个亮相本来是给观众看正面的，假使从侧面照出来，就不会好看。

（二）忌侧相正照。这个相本来是侧面亮给观众看的，假使从旁边照，当然照的是正面，我有一张《洛神》"拾翠羽"的照片，就是侧相正照，给人的感觉就好像夹着膀子似的。

（三）忌照未完成的亮相。我有一张《抗金兵》——梁红玉和金兀术水战的照片，我左手正在"掏翎子"，脚底下正在"垫步"，这个相还没有亮出，就照下来了，这如同写字缺了末一笔，说一段话、写一节文章，有前提，无结果，看了就觉得别扭。这一类武打身段，尺寸并不快（走马锣鼓），摄影师如果熟悉表演是可以照得好的，当梁红玉和金兀术都在台中心的时候，可以先把部位找好，对准距离，等掏完翎子，脚步落下和亮相的"底锤锣"（一个亮相完成时的节奏声音）同时按"快门"，一定会照得很精彩。

（四）忌仰镜头。在台下照台上的演员，当然镜头角度是有些上仰的，但远而小仰无妨，近而大仰则不可。当演员正在台口，距离最近，仰起镜头就会把人照成上小下大的宝塔样子，面部也就走了形。

（五）忌照开口音。演员正在唱的时候，不是不能照，但要选闭口音，因为演员唱的时候观众注意力主要是听，虽然有时口张得大一点，也很快地就过去了，但照下相来就看着不舒服了。

（六）忌照不合节奏的相。凡是唱的时候，面部表情（包括头、颈的动转，眼睛注视方向的移动），身上动作（包括指指点点等小动作），都是随着唱的节奏进行的。演员正在舞台部位较为固定时唱着，照相应该说问题不大，但这类照片的好坏，往往决定于是否抓住节奏。最好在一个腔完成时，和鼓板尺寸同时按"快门"，照出来就必定是一个完整的相。

上面提出的要求，比较严格，而摄影师在观众席上不能任意活动、选择角度，进行工作时受到很大的限制，所以我觉得公开演出和照相是有矛盾的。

照素身相，主要为了作教材。素身相的好处是可以看清动作和部位的真相。一个演员对动作和部位的真相，是必须明白的。去年天津市京剧团的青年演员张芝兰到梅剧团来学习《挂帅》，学会以后在吉祥戏院彩排了一次，这个小青年是一个好坯子，但在看我演戏时，有些动作没有看清楚。例如第五场，穆桂英转身向后听鼓角声的身段，是双手反搭袖，向身后一背，她也是这样做的，但是劲头使得太大了。我当时就叫人告诉她：这个动作，全靠腰上一点寸劲，把它使在节骨眼儿上，用不着使大劲把手紧紧贴在背后，手与腰之间，要有个小距离，如果贴紧了，身段就不够大了。还有在第一声鼓响的同时要"长"（音掌）身，可是在台下学习的人，很容易错觉为用力把手臂紧贴在背后来表示力量，而效果适得其反。

这不过举例而言，实际舞台上一般为宽大衣服及饰物所掩盖而看不出动作真相的地方很多，所以有计划有系统地照素身相，对教学是有帮助的。照素身相和舞台现场的要求不同，前面谈的一、二、三忌，在这里不但不忌，而且一个身段或亮相必须前后左右照几面，未完成的身段和正在"起范"（即准备动作），都需要照。舞台相看效果，素身相看方法，二者作用不同，都是我们的参考资料。遇有不懂的地方，必须请前辈指点解释，因为身段的姿势是千变万化的，往往毫厘之别，谬以千里。

戏曲唱片

戏曲唱片，除供一般欣赏外，还可以从这里研究名演员的念字、发音、气口。在剧场里和在唱片中听同一演员的唱，有不同的作用。听唱片时，如果为了研究，可以把转率减慢一点，把耳朵凑近唱机，这样，就能很清楚地听到念字的口法，唇齿舌鼻喉的发音，换气的巧妙，操纵板槽的方法等等。有的人讽刺专听唱片而没有从师学习的人为"留学生"，当然唱片有它的局限性，但拿来作为参考研究，还是能够收到一定的效果的，尤其是研究已故名演员的唱法，更需要依靠唱片。

谭鑫培先生的唱片，我听过的有百代公司发行的《卖马》（二面）、《洪羊洞》（一面）、《打渔杀家》（一面）、《战太平》（一面）、《碰碑》（二面）、《乌盆记》（二面）、《桑园寄子》（二面）、《捉放》（二面）、《探母》（二面）。这十五面中，最有代表性的是《卖马》《洪羊洞》。这三面不但唱得最完整，而且场面也好。名鼓师李五先生打鼓，我伯父梅雨田操琴，节奏鲜明，衬托严密，使谭老的唱一气呵成，圆转如意。其余的唱片是他儿子谭二先生操琴，在技巧上就比较差一些，打鼓的是何斌奎先生，何是内廷供奉，后来替我打鼓多年，还稳当，但不如李五，所以唱的方面，受了一定的影响。孙佐臣、徐兰沅先生都为谭老操过琴，名鼓师刘顺先生曾为谭老打鼓，可惜都没有灌过唱片，徐、刘二位都和我合作过（刘专替我打昆曲），我知道他们的"道行"。

前几年，名琴师王少卿在我家听谭老的《卖马》《洪羊洞》唱片，他说："有些老唱片的胡琴，在垫补补托的技巧上，今天听起来就不免感到单调，但这三面清圆流丽和唱腔严丝合缝，丝毫没有过时的感觉。"我同意他的说法。其余十二面，虽然不如这三面，但还是我们学习的可贵的资料。

总之，这十五面包括九出戏的片段，都从唱腔中表达了不同的人物性格和情绪。《卖马》"店主东带过了黄骠马"一句中就把秦琼当时没奈何的心情唱得十足。《洪羊洞》一开头"自那日朝罢归身染重病"，听出这是一个病人在临危前提住气郑重地向问病的人叙说自己的病情。《桑园寄子》表现一个"悲"字，《战太平》表现一个"愤"字，《乌盆记》表现一个"冤"字，《打渔杀家》从懒散的唱腔中透露出萧恩满肚子的闷郁和隐忧。在《寄子》里面，还听到谭老的念白，伯俭的"俭"字，高峭而没有使劲上拔的痕迹，这就是善于使用"立音"的特点。

当然，老唱片还有技术上的局限性，例如，《捉放》第二面"又谁知此贼……"本应归板，因为开头拉了过门，不得不改腔；"真个潇洒"也因为突然要结束，下意识地改了腔，谭老在台上从来没有这样唱过。

学习旧唱片，首先是要下功夫来鉴定。例如"谋得利""乌利文"等洋行发行的谭鑫培唱片都是假的，其中大部分是那些洋行买办从中捣鬼，冒名顶替。他们为了自己的利益，一方面欺骗听众，一方面损害演员的名誉，真是卑鄙可恨。

新中国成立后，中央人民广播电台选播的旧唱片，受到听众的欢迎，这是一件好事。但有时候也真伪相杂，鱼目混珠。我就听到"假谭"唱片《黄金台》《空城计》，电台还在播送之前具体介绍谭的革新创造等等优点，我曾用电话和书面向电台说明这是伪造的，但以后我又两次听见冒充谭鑫培的《空城计》《黄金台》，我希望电台方面重视鉴定工作。

宗谭而自成一派的余叔岩先生，我们曾合作过一个时期，以后他自己组班后，我们在堂会和义演时还不断合演《打渔杀家》《梅龙镇》……我深知道他下苦功学谭，当年经常约请许多朋友在台下听谭老的戏，大家要担任记台词、唱腔、身段、部位……谭老逝世后，凡是和谭老合作过的演员、场面、跟包、捡场都被邀到他的剧团里，以备随时咨询核对。今天我们把这师徒二人的《捉放》《打渔杀家》的唱片比较一下，不难听出余是谭派传人，但不是单纯的模仿，这好比宋代大书家米芾，书学二王（羲之、献之），终于自成一家。从谭、余的唱片中，也可以说明学别人如何学法；如何根据本身的特点向前发展，自成一派。

陈德霖先生所唱，孙老（佐臣）操琴的几张唱片，也是双绝，水乳交融、风格统一。《彩楼配》四面：导板、慢板、二六、流水、散板包括了青衣的西皮的许多腔调。"回府去"一句是青衣的"嘎调"，不是一般的"边音"，没有充沛底气的好嗓子是不敢这样唱的。

杨小楼先生早期的唱片，也是百代公司出品。有和李连仲先生合作的《连环套》、和鲍吉祥先生合作的《落马湖》，中年的比较多，昆曲、皮黄都有。最晚的是和我合作全出《霸王别姬》。杨老唱片主要内容是念白。从前武生对唱念不大注意，近年来，有些武生注意唱念，力求平稳，但又有些像老生，应该向杨老唱片中好好研究一下武生唱念的特点。从唱片中还可以很清楚地分别出《长坂坡》的赵云和《霸王别姬》的项羽，这两个角色的念字、发音和气势，都表现着不同的性格和剧本规定的情景。另外，还可以听到名鼓师鲍桂山先生衬托语言情绪、富有节奏感的鼓点子，这些都是值得学习的。

我最早灌的《汾河湾》《虹霓关》《天女散花》等一批唱片，也是百代公司的钻针唱片。几十年来我的唱片和录音比较多，中国戏曲学院收藏的唱片很丰富，我在国内所灌唱片（按我第一次赴日本时，曾在东京灌过一批唱片，带回的样片，因南北迁移，都散失了，记得剧目中有《廉锦枫》《天女散花》《六月雪》……），只差百代的一张《天女散花》。我打算抓功夫细听一下自己各个时期所灌唱片，从里面找出嗓音、唱法变化过程，然后总结出一套经验。因为青年演员只听到我近年的唱法，从过去的唱片中，可以听出我所走过的道路，对他们也许有些用处。

最近，老友言简斋介绍周志辅先生送我一批旧的珍贵唱片约五百多张，从目录上看，除了早年著名京剧演员的唱片大致俱全外，还有比较罕见的何桂山、谢宝云、李鑫甫、李顺亭……老先生的唱片，还有周先生自录的杨小楼先生等名演员的演出实况录音唱片，更是非常珍贵的资料。我在这里先向周志辅先生表示衷心的感谢！

新中国成立以来录音制唱片成为一项文化工作，和过去的商业唱片公司性质不同了，十多年来保留了各剧种许许多多珍贵资料，今后当然还要更好地继续进行。老艺人的演出和内部观摩挖掘的节目，以及介绍个人经验的谈话，都应该有计划地进行录音。以唱工和音乐为主的当然是录音对象，但对老艺人的演出，录音范围应当放宽一些，文戏武戏都可以录，那天我听了盖老在人民剧场演出的《恶虎村》，锣鼓点子，处处有"准家"，轻重缓急打得很有味，开打后的"起头""收头"，都不失规模，我想是事先盖老和鼓师研究过的，录下来让演员们开听研究是有益处的。

表演的文字记录

前年中国戏剧出版社出版的《中国古典戏曲论著集成》，里面包括了很多名家著作和罕见的秘本，其中有一部分谈唱法、身段、表情的口诀，大都用浅显简括的文字，指出了毛病和治疗的方法。我们今天在舞台上还随时看得到这些"艺病"，我想，揣摩前人的口诀是能够去病健艺的。例如：第九集所收《梨园原》（《明心鉴》）《顾误录》，就是切合舞台实用的两种书。《梨园原》已经有周贻白先生在《戏剧报》上谈过，我现在谈一谈《顾误录》。

《顾误录》是论昆曲唱法的专著，但运用到以皮黄腔为主的京剧里也是适用的。因为我们的前辈从程长庚先生起，就是吸取昆曲的唱法来丰富提高皮黄腔的字音的。我的开蒙老师吴菱仙先生是时小福先生的徒弟，时老先生是南方人，他先学昆曲，后唱皮黄，所以字音准确清楚，吴先生是根据他的唱法来教我的。以后，我曾问业于陈老夫子（德霖），他也有昆曲底子，而我早年就向乔蕙兰先生等学了许多出昆曲。一九三二年我从北京迁沪居住，开始和俞振飞、许伯遒同志等钻研昆山腔——水磨调、橄榄腔的唱法，多年来断断续续，始终没有间断。因此，在一九五二年我从傅惜华先生处借到《顾误录》原刊本时，读起来就觉得津津有味。例如"度曲十病"中"烂腔"一条，切中时弊，精当扼要，看出作者是在这里面下过苦功、翻过跟斗的。他说：

字到口中，须要留顿，落腔须要简净。曲之刚劲处，要有棱角；柔软处，要能圆湛。纳细体会，方成绝唱，否则棱角近乎硬，圆湛近乎绵，反受二者之病。如细曲中圆软之处，最易成"烂腔"，俗名"绵花腔"是也。又如字前有疣，字后有赘，字中有信口带腔，皆是口病，都要去净。

这段话，对口法、行腔中哪些口病必须去净，细曲中圆软处易成烂腔，如何达到刚柔相济的程度，都做出了正确的论断，青年人应该深入钻研，细细体会。又如"度曲八法"中"出字"一条说：

每字到口，须用力从其字母发音，然后收到本韵，字面自无不准。如天字则从梯字出，收到焉字；巡字则从徐字出，收到云字；小字则从西字出，收到咬字；东字则从都字出，收到翁字之类。可以逐字旁通，寻绎而得，久之纯熟，自能启口即合，不待思索，但观反切之法，即知之矣。若出口即是此字，一泄而尽，如何接得以下工尺？此乃天籁自然，非能扭捏而成者也。

这一条，具体说明了欲求字音正确，必须通晓反切的道理。我当年初学时，老师虽然没有分析这些道理，但他的教授方法，却合乎上述的准则。几十年来，我在舞台生活中，听到有些演员，犯了唇齿飘浮，吐字不真的毛病；也有个别的同行由于矫揉造作，雕斫过甚把字咬死了。我体会到应该根据皮黄、昆曲本身的特点，灵活运用反切，如字头、字腹、字尾的长短，口形开阖大小，唇齿松紧尺度，都要不多不少，恰到好处。我记得，一九五一年夏天，在汉口和高盛麟同志合演《抗金兵》，有一场在大战前夕的"巡营"，高扮韩世忠，我扮梁红玉，对唱二黄。我唱到"拂金风零玉露已过中秋"是一个下句，"秋"字要行腔，应该很快就用"七攸"二字切成"秋"字本音，再往下行腔，我一时大意，出口时没有张开嘴，以致到字尾收音时才放出"攸"字音。当时，我感到非常别扭，可见当场一字之难。总之，松弛固是口病，过紧也会缺乏韵味、影响发音的圆湛，必须做到作者所说：启口即合，天籁自然，非能扭捏而成的标准。当时我曾摘出《顾误录》中"度曲得失""度曲十病""度曲八法""学曲六戒"等部分打印了十几份，分送爱好研究韵律、声腔、唱法的朋友共同研究揣摩，大家都认为这些对唱法有很深造诣的口诀，是后学可资借鉴的。

近年来，音乐出版社刊行的陈富年先生所辑他父亲陈彦衡先生的《谭鑫培唱腔集》，是谈唱的；北京出版社出版的钱宝森先生《京剧表演艺术杂谈》中所记从他父亲钱金福先生继承下来的"身段谱口诀"，是谈身段的。这两部书都是具体有用的宝贵资料。我谈一谈学习这两部书的一些体会：

《谭鑫培唱腔集》是根据陈彦衡先生的工尺谱译成简谱的，我记得幼年时就看到陈先生和我伯父梅雨田研究胡琴，我伯父对他的胡琴评价有两个字："雅""秀"。他们二位经常在一起研究谭腔，这部《唱腔集》的原始工尺谱，其中有些就是陈、梅二位合谱的。他们两位精通音律，肚里渊博，我的伯父曾学过三百多套昆曲，这就大大丰富了他的胡琴艺术。陈彦衡先生在一九一七年发表的一本《说谭》里说："……雨田胡琴大致以平正谐适为宗，决不矜奇立异，而圆健浑脱，独擅其胜，其随腔能与唱者之高下长短，轻重疾徐，不差毫厘，故鑫培之唱得雨田操弦而愈显精彩。"

我在《舞台生活四十年》里曾提到，谭、梅、李（名鼓师李五）三人都有独特的艺术、高傲的性格，在表面上是互不请教的，但到了台上，唱的、拉的、打的从不会碰。这是指常唱的通大路的戏，当时的风气，每出戏都有专用的腔，不会超出范围的。据我伯父说："谭的唱法最有'肩膀'，临场有些小变动，他交代得非常清楚，所以和场面是不会碰的。但如果有较大的改动时，他往往在早三两天就躺在炕上随口哼几遍，暗含着是告诉我，我记在心里，到台上就格外注意这几句，当然不会碰了。"

陈彦衡先生曾对我谈过谭老因不对戏而受窘的事。他说："有一次，同仁堂乐家请老谭唱《捉放》，老谭事先约我拉胡琴，那天他坐了马车接我同到同仁堂，因为不是大规模的堂会，老谭没有带打鼓的，场面上是一位青年鼓师。我提议找他对戏，老谭说：'这是大路戏，不必对了。'唱到《宿店》里'……贼是个惹祸的根芽'，下面是胡琴拉'哑笛'牌子，这里本是可长可短，有伸缩性的地方。老谭的习惯，在这时背过身去，饮场，稍作休息再转身唱'观此贼……'，可是打鼓的很快地就转入〔原板〕过门，他只得急忙转身起唱。这后半段就唱得很不舒服。卸装时老谭后悔地对我说：'您的话有理，遇到生手，的确得对一下。'"

经验告诉我，演员与乐队特别是琴师的关系，在唱腔创造上、舞台活动中，必须是密切联系，才能达到相辅相成，水乳交融的地步。谭先生在唱功上的成就，四声呼法的准确，当然首先是有好的师承和自己的钻研创造，同时，也得到精通音韵的顾曲家如孙春山等的切磋指正，而梅、陈二位对谭老的帮助，也是可想而知的。

《谭鑫培唱腔集》不仅正确地记录了谭腔，同时也综合了陈彦衡先生各个时期对剧本、唱腔、音乐、韵律、做工、神情的评论和分析。例如，《武家坡》西皮导板："一路离了西凉界。"谭晚年调门增高，有时唱作"一路离了番邦界"。陈先生认为"番邦"二字虽能翻高而比较新颖，但不如"西凉"平唱有感慨的意味，和下面"泪洒胸怀""孤雁归来"等腔能够呼应。唱腔谱把这两种唱法，并列刊登，使读者能够寻声研究比较。

陈彦衡先生在"声"与"气"的关系上做了极其精辟的阐述："声调本乎工尺，能知工尺，然后可以言声调。鑫培于声调极繁促时，皆能引宫刻羽，不爽毫厘，非熟于工尺者不能臻此境。然工尺特声调之标准，苟无真气行乎其间，则声调反为之累。夫气，音之帅也，气粗则音浮，气弱则音薄，气浊则音滞，气散则音竭。鑫培神明于养气之诀，故其承接收放，顿挫抑扬，圆转自如，出神入化，晚年歌声清朗，如出金石，足证颐养功深，盖艺也近乎道矣。"

这段话，我在壮年时，他就和我谈过，当时我的嗓音痛快，气也充足，没有深刻体会。抗日战争时期停演八年后，重登舞台，我的嗓子"回工"了，想起这番话，就重读了他的《说谭》，在"养气"方面下苦功钻研。我理解到"气"与"音"的关系，好比唢呐上的"哨子"，必须用气吹它才能发声的道理差不多，演员一生可能遇到多少次因感受风寒而嗓音失润，但这种外来的侵袭，只要经过治疗和休养是可以恢复正常的，假使声带过累，受了重大创伤而并拢来不够紧密，则如同"哨子"有了裂纹，虽有吹的技巧，也发不出正常圆满的声音了。我在抗战时间，只是歇工过久，缺乏锻炼，所以经过八年的舞台实践，居然提高了一个调门。当然，生逢盛世，心情畅快，是回复青春的主要原因，但陈先生的理论使我在实践中得到收获，其功也是不小的。

钱宝森先生的《京剧表演艺术杂谈》中的"身段谱口诀"，是钱金福老先生传下来的，内容是一整套综合手眼身法步的表演法则。当年杨小楼、余叔岩、王瑶卿、王凤卿等诸位先生都向钱老学过把子。钱老文武不挡，各行角色都能教，我想，这和他掌握"身段谱口诀"是有密切联系的。

钱老也教过我把子，他的特点是脚步简捷，没有废步，手里交代清楚好看，亮相稳重而有脆劲。我并没听他讲过这套身段门诀，但他所教的都含有这些道理在内，这种秘诀旧社会的环境决定了他不轻易传人，到了今天，才有文图并茂的书供人研究阅读。

这本书出来后，我们同行里也有人觉得什么叫"轱辘椅子"，从来没听说过，有些怀疑；也有人认为实在应该学，可是太难，把这本书神秘化了。而我看了这本书，觉得其中有许多道理是和我个人的经验不谋而合的，谭鑫培、杨小楼两位大师的身段各有特殊的成就，但在基本理论上，我认为和这一套"身段谱口诀"也是呼吸相通的。我以前也没听说过这套"轱辘椅子"工，但我相信这是一套训练演员在身上调整变换劲头的方法，假使演员已经"开窍"，对劲头运用已很自如，当然用不着再练这套椅子工。我举一个容易引起大家注意而又是一个最简单动作的例子。譬如我演《穆桂英挂帅》第五场，捧印的相，在大锣凤点头中，腰上运转的劲头方向，和"轱辘椅子"的要求、"云手"的"起范"等都是一个道理。

当然，这套经过前人精密组织、集中提炼的表演法则，并不是仅从图像文字的示意解释就能完全理解的，还需要请教老师，懂得钻研方法，才能逐渐"开窍"，而最重要的还在"化开"，到了舞台实践中，如何根据每个戏的特点、具体情况，灵活运用，而不是到台上去练一套，后台往往讽刺这种动作为"运气"，那就是说，身上僵劲还没去掉。身段谱的内容不是叫人硬端着架子使拙劲，而是教人如何找到最"顺"的劲头，做出最"顺"的身段，亮出最"顺"的相。这里所说"顺"字，要求手眼身法步如何配合得当，才能好看，不可误解为"一顺边"。"一顺边"的身段是艺病之一，切须注意避免。

十年来，盖叫天、欧阳予倩、周信芳、程砚秋等同志都写出了表演经验和心得，各种地方戏老艺人也写了不少舞台经验、身段谱、唱腔集等，最近我还收到福建莆田县戏剧协会送我的一部带图抄本《莆仙戏传统科介》，图画说明中有数百年前流行在当地的"武头出末""招财进宝"等内容，这本书对于传统科介的图解方法是可供探索借鉴的。

上面所说这些总结经验的著作，大都以新的观点，具体分析了唱做念打如何为剧情和人物性格服务，达到理论与实践结合的程度。今后贯彻"百花齐放、百家争鸣"方针，继续挖掘传统，摊开资料，进行科学研究，这项工作是有必要的。

对于用文字记录表演，我也有些体会。给演员作记录，必定要彼此了解，关系搞得像一家人那样无话不谈，记录者最好熟悉表演，才能提纲挈领地提问题，表演者就可以随话答话，步步深入，越谈越多。我还知道，不少老艺人往往在随便聊天中间，能说出许多精微奥妙的道理，如果有人郑重其事地提笔摊纸请他说，老艺人精神上就会有负担，而不能畅所欲言。

我们在这方面的工作，是不能和研究历史资料截然分割的。例如，我曾看过一本《掌故丛编》里有一条康熙帝的谕旨：

魏珠（总管太监）传旨，问南府教习朱四美，琵琶内共有几调？每调名色是怎么起的？大石调、小石调、般若调这样名色知道不知道？还有沉随、黄鹂等调都问明白，将朱之乡的回话叫个明白人逐一写来。他是八十余岁的老人，不要问紧了，细细的多问两日，倘若你们问不上来，叫四阿哥（按：就是以后的雍正帝）问了写来……

从这段资料里，可以看出，想要了解一件事情的真相，选定对象后，就需要考虑他的具体情况，才能问得细，说得清，记得明。

记录表演的工作，应不局限于唱念做，打也应该并重，而这种记录也是早就有的，但比较稀少。一九五〇年举行全国戏曲工作会议时，清代戏曲资料展览中就陈列着几种"串头"。我记得有两本《金山寺》的"串头"，我顺手翻了几页，就看出其中一本角色不多不少，打得很有"俏头"，另一本则神将和小妖特别加多，"档子"安排得冗长堆砌而没有特点。当时我就想起，我在几十年中不断演出这个戏，经过不少武行的配演，安排的"档子"前后有不小的变迁，有后来比以前好的，也有不如以前的，打的好坏看演员的功夫，"档子"安排的好坏看武行头的本领。很多有特点的把子和安排适当的武戏"档子"，长久搁置没有演，是很容易忘记的。某一出戏的打法有几个路子，都是怎样安排的，有特点的把子怎样打法，应该抓紧时间向老艺人细细地多问几日，记录下来。据李春林先生谈起：过去"串头"流传不多，因为从前的武行，文化程度低，有些还是文盲，动笔困难，同时，也不免有保守思想。我想这种说法是有道理的。我们现在的条件不同了，应该记得比前人更好。

从前我办国剧学会图书馆时，看见傅惜华先生从旧抄本上过录下来的两册"穿戴提纲"，里面详细记录了几百出昆腔、弋腔的穿戴扮相（可能还在乱弹腔未盛行前的抄本），我特别注意地找我演过的戏来对照，我记得《游园》里杜丽娘的扮相是穿褶子，披云肩，我小时候还看见过这种扮相，这是当时闺门旦的特点，后来我们就不披云肩了。《惊梦》则是大红褶子，头上戴一支凤。从这种资料中，不仅可以看出演变沿革，同时，对于挖掘传统剧目，参考扮相也是很有用的。

现在有些剧团开出一个稍冷的戏，舞工队同志因为没有扮过，往往手足无措，我认为青年的舞台工作者应该抓紧时间向老先生们随时请教，记在手册里备用。有一天，马连良先生看了内部演出的《斩郑文》后，到我家里闲谈，他告诉我："郑文听说诸葛亮要斩他，有一个摔发的身段，同时要把箭衣袖手耷拉下来，才显得生动，而那天箭衣袖口上套着小袖就甩不下来了。"可见表演与服装是有密切关系的。

拍摄表演艺术的纪录电影

关于拍摄表演艺术的纪录电影，我在《我的电影生活》（曾载《电影艺术》）里，谈了很多，这里不再重复，只略加补充。戏曲拍成电影，公开发行是为了给广大观众欣赏的，所以大半是重新编了电影剧本拍的。当然这里面也保存了许多表演艺术的精华，但演员为了学习，在电影里想找舞台上的身段地方是有些困难的。一九五七年的夏天，京剧工作联合会筹募福利基金，在音乐堂举行义演，我与谭富英同志合演了《御碑亭》，不久，北方昆曲剧院成立时，我与韩世昌院长在人民剧场合演了《游园惊梦》。当时我的朋友李桂森同志事先组织了丽影照相馆的孙同志在现场把《御碑亭》和《游园》拍了下来。事后还特地拿到我院子里放映，效果不错。所费只是胶片的成本和摄影师一个晚上的时间，再加上冲洗的工本，就完成了两套资料。尽管在观众席中拍摄，受到技术上的种种限制，但可以看出舞台部位，也是有参考价值的。我认为戏曲界为了留资料，可以采用各种方式进行拍摄纪录影片，还必须在不影响老艺人们的健康下抓紧时间，想到就办。一九五八年中国戏曲研究院派人到武汉拍摄汉剧老艺人李春森（大和尚）先生的《审陶大》，第二年他就故去了，可见这项工作也是不能因循的。

脸　谱

我对脸谱一向很有兴趣，收藏有明代和清初的脸谱，后来办国剧学会时曾专请钱金福、福小田、侯喜瑞诸位先生画过几部。我知道每个名演员从少年到老年，在勾法敷色方面，都有一套继承、发展、创造的过程，成为不同的风格和流派。最近郝寿臣先生画了一部脸谱集，文图并茂，解释清楚，对后学有示范作用，我还作了一篇序言。这部著作，给我一个启发，我提议，演大花脸、小花脸的诸位先生们在纸上多画些自己所擅长的脸谱。武行同志们扮演的番将、小妖等，也有些简单鲜明的脸谱是演大花脸的同志所不掌握的，可以各抒所长地画出来，将来出版一部脸谱选集是很有必要的。历年来，我碰到的国际朋友，谈到脸谱总是追问源流演变津津乐道的，而我屡次出国表演，宣传刊物上所载彩色脸谱，也引起国外文艺界朋友的注意，甚至作为礼品的泥制脸谱，他们都非常欢迎。一九三五年我在莫斯科演出时，送给斯坦尼斯拉夫斯基先生一匣泥制脸谱，他看了就很喜欢。当然，脸谱也和其他遗产一样，需要继承优秀传统，科学研究，去芜存菁地向前发展。四年前，有朋友介绍医学院教授刘曾复同志来谈，他研究脸谱有二十多年，掌握了各派勾法的特点，我曾借读他的著作，确有独到之处，将来在这方面的整理研究工作，可以向他请教。

培养下一代、培养师资

培养下一代和培养师资这两项工作，是当前极为迫切的课题，我在一九五八年全国人民代表大会上曾作为专题讲了话，现在就这方面再补充一点。

为什么当年小孩儿初出台，先演娃娃生，如《汾河湾》的薛丁山、《教子》的薛乙哥？就是观察这个小孩儿适合哪一种行当，譬如嗓音洪亮，举止阔大的就可以学花脸；嗓音沉着，态度安详的可以派入老生行；声带细而善发高音，姿态较为柔婉的，就可以学旦行。但这不是一成不变的，还要根据倒仓后和生理上发生特殊变化等具体情况，变更行当。

更要注意的一点是嗓子必须保持健全的发育成长，万不可过劳过逸，而过劳的弊病影响一生，当年和我在富连成同台合演的老生金丝红（王喜秀）有一条最受观众欢迎的好嗓子，就由于累过了头，后来一蹶不振；余叔岩在以小小余三胜为艺名的时代，杨宝忠在以小小朵为艺名的时代，都是最受观众欢迎的童伶，可是后来嗓子都有问题，下苦功锻炼也不能完全恢复。这是必须作为前车之鉴的。

演员幼年学艺的基本功，非常重要，这如同盖楼房，一定要打地基，地基打得结实，房子就坚固耐久，学戏也是如此，所以青衣要从《三娘教子》《二进宫》《彩楼配》……入手，这些唱工戏，唱腔比较平正通达，做工也不多，适合小孩学习，把这些戏演熟了，自然熟能生巧，本身就起了变化。

老生一般是从《天水关》《二进宫》等唱工戏入手，也有先学《金马门》(《太白醉写》)的,因为这出戏是娃娃腔,但有的老师就不主张用这个戏开蒙,认为李太白要走出歪斜的"醉步",这样会养成身上摇晃的习惯,而影响动作的稳重完整。杨小楼先生教他外孙刘宗杨时,刘宗杨曾要求学《安天会》,杨先生说:"先别忙学这出,过了二十岁,我再教给你,小孩子先学会一套猴子的身段,没有什么好处。"这些经验之谈,都是极其可贵的。我听说,有些小青年,武生想要先学《挑滑车》,而青衣打算从唱做繁重的《宇宙锋》入手,花旦一上来就想学《醉酒》,他们的具体条件我不了解,也许能够收效一时,但这不是一个正确路线,我认为培养演员,要用手工艺方式,精雕细刻,循序渐进,先求稳当,次求变化。

近年来师资缺乏,成为普遍现象,这是一个严重问题。而有高度技术的老艺人,大半身弱多病,这样就必须珍惜他们的精力。应该请他们从一些掌握了基本功夫的成员和有材料的青年学员中挑选徒弟,这样,老师教得省力,徒弟吸收得快,可以事半功倍。这段话我已讲过几次,现在再说一遍,以引起大家的注意。

我听说:有戏校的老师到老艺人的家里学习,回到学校里,立刻对学生修改了自己教学的内容,这种方法比老艺人教小学生,效果大而所费精力不多,应该推广。

另外,我再谈一些个人学戏的体会。中国戏是综合性的艺术,唱做念打、文武昆乱,这就不是一个先生教得尽的。所以演员需要吸取各方面的长处,不能局限于"一家言"。但正在向一位老师学某个戏的时候,提出别人关于这出戏的表演来和老师比较,是没有必要的,这里容易引起老师的误会,认为对他不够信任,教学情绪就会随之低落,对自己没有什么好处。还有,学生用老师不甚熟悉的语汇来将他一军,这种态度,也不是尊师之道,结果,吃亏的还是自己。

话又说回来,老师当中,也难免有对于所教剧目,自己不实授的,最好不要蒙混敷衍,应当向会的人请教,然后,脚踏实地地进行教学,这并不算丢人的事情。

要善于辨别精粗美恶

《中国青年报》编辑部同志要我向青年同志们谈几句话，我在几句新年贺词中曾谈道："希望青年艺术家要注意辨别精、粗、美、恶。"我向来觉得这是一个艺术家一生艺术道路的关键，所以今天谈戏，我还要从这句话谈起，并且想打几个比方，具体地来谈谈。

以演员来说，无论过去、现在都有下列几种情况：有些是由一般的演员渐渐变成好演员，又不断进步成为突出的优秀演员。也有些始终是一般的演员。还有些已经成为比较好的演员，慢慢又退化成一般的演员。更有些本来还不错，而越变越坏了。以上这些变化是什么原因呢？当然，天赋条件的不同，也决定了很多演员的前途，诸如好嗓子、好扮相变坏了就是演员的致命伤。还有一部分演员是自己不努力学习锻炼，或是生活环境不好，以及其他种种复杂原因，都能使演员停滞不前或退步，甚至于到了不能演的程度。也还有一种情况，演员天赋条件并不错，也很努力练习，可是演得总不够好。我个人的看法，最根本的原因，就是今天所要谈的，演员本人能不能辨别精、粗、美、恶的问题。

演员表演艺术的道路如果不正确，即使有较好的条件，在剧场中也能得到一部分观众的赞美，终归没有多大成就。所以说演员选择道路关系非常重大。选择道路的先决条件，就需要自己能鉴别好坏，才能认清正确的方向。不怕手艺低，可以努力练习；怕的是眼界不高，那就根本无法提高了。

不能鉴别好坏，或鉴别能力不强的人，往往还能受环境中坏的影响而不自觉，是非常危险，并且也是非常冤枉的。譬如一个演员天赋条件很好，演技功夫也很扎实，在这种基础上本来可以逐渐提高的。但如果和他同时还有个演员，比他声望较高，表演上不可否认的也有些成就，可是毛病相当大，他就很可能受到这个演员的影响，学了一身的毛病，弃自己所长，学别人所短，将来可能弄得无法救药。归根的原因在于自己不能辨别，为一时肤浅的效果所诱惑，以至于走上歧路。

还有一些演员，条件和功夫基础都还不错，也没有传染上别人的坏毛病，但自己的艺术总不见进步，别人的长处感染不到，在生活中遇见鲜明的形象也无动于衷，这是什么道理呢？当然自己不继续勤学苦练也可能在一定的程度上造成故步自封；但也确有很努力地苦练了半辈子，可是总不够好，我们京剧演员对于这种现象有句老话是"没开窍"。这种"没开窍"的原因，就是没有辨别精、粗、美、恶的能力，看见好的不能领会，看见坏的也看不出坏在何处，到处熟视无睹，自己不能给自己定出一个要求的标准，当然就无从提高自己的艺术。固然聪明人容易开窍，比较笨的人不容易开窍，但是思想懒惰，或骄傲自满，不肯各方面去思考，不多方面去接触，如同自己掩盖自己眼睛一样，掩着眼睛苦练是不会开窍的。所以天赋尽管比较迟钝，只要努力去各方面接触，广泛地开展自己的眼界，还是能做得到的。我个人的体验，辨别精、粗、美、恶的能力，完全可以用这种方法训练出来。因为好和坏是比出来的，眼界狭隘的人自然不能知道好的之上更有好的，不看坏的也感觉不出好的可贵。譬如一个演员，看一出公认的优秀演员演的戏，或者看一件世界知名的伟大艺术品，看完之后应该自己想一想，究竟看懂没有？一般公认为好的地方究竟看出好来没有？不怕说不出所以然来，只要看得心花怒放，那就说明看懂了。如果自问确实没有看出好来，不要自己骗自己，而轻轻放过去，应当向比自己高明的人去请教，和自己不断地继续钻研，一定要使这个公认的好作品，对自己真的发生感染力，那就说明你的眼界提高了一步，这时候对自己表演的要求无形中也提高了。

对于名演员的表演，一般都有些崇拜思想，容易引起注意，也自然容易发生感染，因而不至于轻轻放过。只是对于一些有精湛表演而不很出名的演员，在辨认他的优点时候，则比较困难。遇到这种观摩机会，千万不要觉得他不是名演员而加以漠视，因为这正是锻炼眼力的好机会，我个人就有这种经验，当我青年的时候，每天演完戏常常站在场面后头看戏，看到有些扮相嗓子都不好的配角演员，前台观众对他不大注意，后台对他却很尊敬，我当然明白这样的老先生一定是有本事的。但坦白地说，最初我也看不出好处在哪里，经过长期细听细看，渐渐了解他不仅是会得多，演的准，而且在台上确是有别人所不及的地方。譬如一出戏的配角有某甲、某乙、某丙，在他们共同演出的时候，觉得除了主角之外，还看不出某个配角有什么突出的地方。等到有一天这出戏的某乙演员死了，换上另外一个人，立刻就认识到，原来某乙有这些和那些的长处，是新换的人所赶不上的。从这种实际体验中不知不觉把自己的眼睛练得更敏锐了些。

演员除了观摩同行演员之外，还应当细细地观摩隔行的角色演戏，来扩大自己的眼界。另外对于向来没有看过的剧种和外国戏，更是考验眼力的好机会，因为对一个完全生疏的剧种，往往不容易理会。但是只要虚心看下去，一定也一样会发现它的优缺点。遇着机会把所看到的优缺点向人家本剧种的内行透露出来，看他们对自己的外行看法有什么表示。凡是对一种生疏的东西已经能提出恰当的批评来，就说明在原来的基础上又提高了一步。

这些增强自己眼力的方法，都是要时时刻刻耐着心去做，不可听其自然，因为有时稍微疏忽就会受到损失。举一个例来说，我记得有一次也是去看一种从来没见过的地方戏，最初一个感觉，好像觉得唱念有些可笑，锣鼓有些刺耳，很想站起来不看，在这时候自己克制自己，冷静了一下，就想到我是干什么的？今天干什么来了？一定要耐心看下去。转念之间，立刻眼睛耳朵都聪明了，看出不少优点。看了几次之后，不但懂了，而且对于这个剧种某几个演员的表演看上了瘾。我在几十年的舞台生活中向来是主动地多方面去接触，可是有时还沉不住气，不免要犯主观，不是转念得快，就几乎使自己受了损失，所以我觉得一个演员训练自己辨别精、粗、美、恶的能力，全靠自己来掌握。

不但观摩台上的表演如此，在台下学戏更是如此。我们做演员的，向老师学戏是最基本的功课。开蒙的时候，当然谈不到鉴别力，只能一字一板地，一手一式地跟着来。在过了一定的阶段以后，就需要去注意认识老师的艺术成就。举个例来说，我记得当初向乔蕙兰先生学《游园惊梦》的时候，他已经早不演戏了。我平常对于乔先生的印象就是一个干瘦的老头，可是他从头到尾做起这出戏的身段来时，我对于那个穿着半旧大皮袄的瘦老头差不多就像没看见一样，只看见他那清歌妙舞，表现着剧中人的活动。当时我就想到，假使有个不懂的人在旁边看着，一定会觉得可笑得不得了。还有陈德霖老夫子同时也教我这出戏，我也有同样的感觉，他们素身表演和在台上同样引人入胜，这是真本事。（好多老前辈都有这个本事，现在谈到陈、乔二位先生，只是例子之一。）对于这样的老先生，除了学他们的一手一式精确演技之外，只要你眼睛敏锐，有鉴别力，就可以发现有很多很多他所说不出来的东西你可以学到。

有了这种锻炼，不但会研究老师，而且会随时随地发现值得注意的事物。在日常生活中，譬如看见一个人在安闲地坐着，或一个人在路上丢了小孩是什么神情姿态，一个写得一手好字的人拿笔的姿势，一个很熟练的洗衣人的浣洗动作……如果发现有突出的神情和节奏性很强的动作，都能通过敏锐的鉴别而吸收过来，施以艺术加工，用在舞台上。

一个演员对于剧本所规定的人物性格，除了从文学作品和过去名演员对于角色所创造、积累的结晶应当继承以外，主要就靠平时在生活中随时吸取新的材料来丰富角色的特点，并给传统表演艺术充实新的生命。假使不具备辨别精、粗、美、恶的能力，将会在日常生活中吸取了不合用的东西，甚而至于吸取不少坏东西。

有时候演员的动机确实很好，想从生活中吸取材料，只由于不辨精、粗、美、恶，对于前人的创造没有去很好地学习，或者学习了而不求甚解，视之无足轻重，因而对于生活中千千万万的现象，就不可能辨认出哪个好哪个坏，哪个能用在舞台上或不能用在舞台上。例如孙悟空这个角色，当优秀的演员演出时，观众觉得他是一个英雄，是一个神，一出场就仿佛明霞万道似的，从扮相到舞蹈动作都表现这种气概，在这气概之中还要有猴子体格灵巧的特色，这是最合乎理想的孙悟空。但现在也有些扮孙悟空的并不具备这种形象，只是拼命学真猴子，把许许多多难看的动作直接搬上舞台，甚至于把动物园中猴子母亲哺乳小猴子、抚摸小猴子的动作，都加到孙大圣的形象上去，这种无选择地向自然界吸取，是一种非常不好的倾向。

作为演员，当然要求在舞台上有创造。但是创造是艺术修养的成果，如果眼界不广，没有消化若干传统的艺术成果，在自己身上就不可能具备很好的表现手段，也就等于凭空的"创造"，这不但是艺术进步过程中的阻碍，而且是很危险的。

一个古老的剧种，能够松柏长青，是因为它随时进步。如果有突出的优秀的创造而为这个古老剧种某一项格律所限制的时候，我的看法是有理由可以突破的。但是必须有能力辨别好坏，这样的突破是不是有艺术价值？够得上好不够？值不值得突破？我同意欧阳予倩先生说的话："不必为突破而突破。"话又说回来，没有鉴别好坏的能力，眼界狭隘，就势必乱来突破了。

　　我个人的经验，除了向老先生虚心学习和多方面观摩别人演出以外，还有最重要的，就是借用观众鉴别精、粗、美、恶的言论来增强自己的鉴别力。观众里面有很多是鉴别力特精的，演员们耐性听一听观众尖锐的批评，会帮助我们眼睛、耳朵变得更尖更亮，能发现更多值得参考的东西。

　　以上所举的一些例子，都是以演员来谈的。至于剧作者和戏曲干部，也同样需要努力去扩大自己的眼界。譬如有这样一出戏，故事方面有头有尾，尽管和小说所描写叙述的不完全一致，但能使观众看得很明白，内容也不算太多而主题鲜明，本是一出好戏。假使一个剧作者，把小说的叙事过程大量增加进去，由六刻的戏扩大成十余刻的戏。原来观众最爱看的场子，势必因增加内容而给减弱。这样做不但是这个好作品本身的损失，形成风气，害处更大；这也就是由于作者不辨精、粗、美、恶才发生的。

　　所以我个人的体会，不论演员或剧作者都必须努力开阔自己的眼界。除了多看多学多读，还可以在戏曲范围之外，去接触各种艺术品和大自然的美景，来多方面培养自己的艺术水平，才不致因孤陋寡闻而不辨精、粗、美、恶，在工作中形成保守和粗暴。我们要时刻注意辨别好坏，将来舞台上一定会出现不朽的创造。

　　以上所谈的不是深奥的理论，本是人人都知道的，并且戏曲界大多数人都具有鉴别能力，好像是用不着细讲了。但前面所列举的现象，毋庸讳言也是存在的事实。由此看来，一般太好太坏固然一望而知，但"生疏希见的好"和"看惯了的坏"就可能被忽略；"真正具有艺术价值"和"一时庸俗肤浅的效果"，尤其现实主义和自然主义、形式主义与精确优美的程式错综夹杂的现象，更不大容易辨别。所以今天我特意谈一些个人的体会，贡献给需要参考的同志们来参考。

怎样保护嗓子

俞玉英同志：

由《戏剧报》转到您的来信，已经看过。您希望我介绍一些保护嗓子的经验，其实，我并没有什么特别法门，有些是我们同行都知道的，说出来也是老生常谈，现在姑且就我个人的体会来回答几个问题，以供您参考。

嗓音的基本训练有哪些主要部分？

我在幼年时代，身体就很结实，因此，嗓音也比较宽亮，本钱是相当充足的。我当年锻炼嗓子的方法和大家并没有两样，喊嗓、遛弯、吊嗓，都是非做不可的基本功夫。

喊嗓：每天清晨跟着师父到树木茂盛、空气新鲜的地方去喊嗓，用噫、啊两个字练习闭口音、张嘴音，由低到高，大约二十遍左右，然后再提起嗓子念一段道白，自己觉得哪种音不够圆满就加工练习。春秋佳日适宜练功，严冬炎夏更为重要。内行常说"夏练三伏、冬练三九"，就是要养成耐寒抗暑的习惯，因为我们职业演员，一年四季都要登台演唱，不经过严格锻炼，是难以战胜自然环境的。在朔风怒号的日子，当然不需要迎风喊嗓，而酷暑盛夏也可以乘早凉练习。总之，这种功夫要经常不断地坚持下去，使基础巩固深厚，才能耐久经用。

遛弯：遛弯的时候，要沉住气，缓步徐行，内行称走路为"百炼之祖"，这意思是说：什么功夫都打走路开始的。而且不必选择时间、地点，想到就能办，对于丹田、气海的培养，都有很大的帮助。古人常说:"读书养气。"演员的遛弯,也是属于艺术进修中一种养气的功课,我们内行是非常重视的。

吊嗓:我的习惯,中年以前,假使当晚有戏,下午必定吊几段,目的是试试嗓音,做一种练习,但不使过于吃力。近年则遇到演出的日子,只在起床后、漱洗毕,喊几声高音低音,再念几句道白就够了,上了岁数的人,要珍惜自己的精力,到了台上才能尽量发挥,不致感到竭蹶。我认为就是壮年人,在休息的日子,当然要坚持吊嗓,多吊几段也不妨,而当晚有戏,事先也不宜多唱。有些演员的习惯,在登台之前,整出地苦吊不已,如果不吊就不放心,这种办法是不甚妥当的,因为我们的工作要养精蓄锐到台上去表演给观众看,舞台是我们的战场,临阵磨枪会减弱我们的锐气,我们要有决心慢慢地改变这种习惯。

"倒仓"时期应该注意什么?

每个人在生理上都有一个变嗓时期,戏曲界通称为"倒仓",对戏曲演员是一个重要关头。这个时期各人的情况不同,有长有短,我倒仓的时候就很短,并且也不甚显著就倒过来了。在倒仓时期,当然仍须练习吊嗓,登台表演,但不宜过于疲劳,使声带受伤。唱老生的在倒仓时,如果往高音勉强挣扎,还会变成左嗓,这些都是必须注意的。

我在二十岁以后,嗓音已经发育到成熟阶段,那时几乎天天登台,有时赶堂会,还有唱两工三工的时候,不能都是唱工戏,也搭着《虹霓关》《樊江关》这类做工戏唱,所以并不感觉太累。当年舞台上一般的调门,都在六字调到正工调,我大约居中,唱六半调。少年时期对于嗓子的锻炼是极其重要的,如果贪图省力,就会养成一种惰性,上了岁数,嗓音当然更低下来,就够不上调门,只能退出舞台了。

发生了病变怎么办？

我常说演员在演出期间，不能生病，就拿最轻微的伤风感冒来讲，一般人得了，不算一回事，吃点发散药，出身汗就好了，到我们演员身上，就有矛盾。发散药虽然能治病，但我感觉到，旦角演员是用假嗓唱女高音，吃了某几种发散药，往往会使声带松弛，提不起高音，因此，就医时，首先要把自己的习惯告诉医生，以便根据具体情况处方下药。我有过几次经验教训，现在非常当心自己的寒暖，唱完戏，用毛巾把身上的汗擦干，如果室内温度不够，就干脆不擦，等它自己落汗。离开化装室的时候，总是戴上口罩，脖子上裹着围巾，尽量不让喉管和肺部着凉进风，这种地方，不但我们上了年纪的要随时警惕，就是少年人也应当注意。四十年前，我在杭州演出，那时我们剧团的人都正在壮年，有一天，大家冒雪游山，事先我有顾虑，没有参加，结果，姜妙香先生受了风寒，嗓子哑了。这件事，我在《舞台生活四十年》第一集里曾具体作了介绍。四十年后，一九五七年的一月我到武汉。那时长江大桥尚未完工，旅客须乘轮渡过江，车里温度很高，下车过江时，因为有许多朋友、同行欢迎我，我非常兴奋，就把口罩除掉了，这样，嗓子就"拍"了风。第二天起床后，试试嗓音，哑到一字不出。以前，我在南京、武汉，也发生过嗓哑的现象，但还有半条嗓子，可以对付着唱，没有像这么严重，当时就从医学院请来了一位耳鼻喉科专家袁大夫，他用镜子给我仔细检查说："您的声带充血，肿了。"就把带来的一本书给我看，指出有关声带组织，以及发生病变时的现象，按图讲解给我听，他说："人的声带，不发音时，像树枝的丫杈形状，张开的，到发音时候就并拢了，发高音并得更紧密，现在声带肿了，并不拢，所以发不出高音。你们歌唱演员，还有一种病是声带上长一个小疙瘩，医学上称为'歌者结'，这种病非常麻烦，必要时，可以用手术割掉，但是割了还会再长。你的病是热嗓子吹了冷风，来势虽猛，不要紧，现在先用青霉素的水喷射到喉咙里消炎，但药物治疗，只能起辅助作用，主要依靠休养，目前不能试嗓子，连说话都要减少。"当天晚上，武汉京剧团的同志们来探病，谈起不久以前高维廉的嗓子哑了，就找隔壁诊疗所一位邓大夫诊治，吃了几剂中药，居然好了。我就把这位邓大夫请了来，他诊完脉就问我："身上是否感到有些怕冷？"我说："有一点怕冷。"他说："嗓哑恐怕是由轻度外感引起的，如果发高烧，嗓子倒未必会哑，现在必须从根本治疗，先清外感，然后再用润嗓开音的药调理。"我吃了他的中药，果然见效。袁大夫每天还来检查，有一天，我问他："现在可以试试嗓音吗？"他说："声带充血现象逐渐消除了，可以试试看，但必须从低音开始，逐渐提高，因为经过病变后，声带正在恢复期，不能使它受到突然的剧烈振动。"我照他的话来练习试音，很顺利，两星期后，恢复原状就登台演唱了。

从这一次教训中，我感觉到嗓子如果发生严重病变，必须耐心遵守医生的指示，坚持休息，直到他认为可以工作时再演出。我们同行中，不少有条件的好嗓子一蹶不振，有些是生活不检点，自暴自弃，毁掉了美好前程。今天由于社会制度不同了，这种现象已经大大减少。也有些是由于演出负担过重，疲劳太甚，或是病后没有注意到休息，以致造成终身之恨，失去了为人民服务的重要条件，提起来都是令人痛心的。从前，戏馆老板对待演员，是当作商品使用的，只顾他的营业，不管你的死活。现在我们自己当家做主了，有什么问题，尽管向组织上提出来，我想一定会根据实际情况来办事的。

日常生活中应该注意些什么？

唱热了的嗓子不能马上吃生冷，那一下子就会哑的。食物当中，谷类、肉类、蔬果类都是需要的，但过于油腻及有刺激性的东西，要适当节制，烟、酒都不是有益的东西，能够不动最好，如果已成习惯，必须竭力控制，不使过量。我就有抽烟卷的习惯，虽然抽得不多，但总是不好，大家却不可向我看齐。我觉得含有维生素丙的果品如橘子……对于嗓子很有益处，维生素丙的片子也可以常吃，也有益无损，所费不多。

登台之前，不能吃得过饱，这是大家知道的了，但也要灵活运用，譬如我今天唱《醉酒》有许多下腰的身段，那就要少吃，假如是一出唱工戏，没有什么剧烈动作，吃个七分饱也没有什么关系。

我们住的房间，不宜太暖，如果火炉、水汀温度过高，也会把嗓子烤干的。在寒冷季节，从外面走进温暖的化装室，衣服不要脱得太快，这样，很容易闪着的，离开化装室时，要护住喉部、肺部，前面已经讲过不再细说。

一个演员如果没有足够的睡眠，到了台上就不可能唱到酣畅淋漓、神完气足的程度，可是睡得过多，或者睡到距离出台的时间太近，也会造成嗓音发闷的现象。这些都需要每个人根据自己的习惯来安排、掌握（幼年、壮年、老年三个时期对于睡眠需要的程度也是不同的）。像我是六十多岁的人了，必须有足够的睡眠，午睡的营养，更为重要。我在年轻时，就和现在的习惯不同。

演员的修养，和保护嗓音也有关系。遇到不如意事，大发脾气，嗓子就会上火，气都浮在上面，虽有本领也唱不好了。我们必须养成一种全神贯注、心无二用的习惯。走进后台，把天大烦恼都丢在脑后，等唱完戏再说别的。这样，不但能够保持嗓音的正常状态，而且也不会出错。

为什么新中国成立后我的嗓音高了一个调门？

演员离开舞台，长期停止演唱，嗓子就"回"了，这个回字的意思就是逐渐倒退。我在抗日战争时期，停了八年，胜利后，重上舞台，调门比以前落低了，嗓音使转也不如从前灵活，唱起来感到费劲。这在我一生舞台生活中是一个极大的打击。可是经过七八年的锻炼，到了一九五四年，我的嗓子居然又长了一个调门，使我增加了信心。大家都认为这是一个奇迹，而我也觉得稀罕。究竟有什么力量能够回复我的青春呢？这是由于新中国成立后，我接近了工农兵，他们的诚恳、朴素的高尚品质，爱工作、爱人民、爱国家的热情在鼓舞着我，许多新人新事随时随地在影响着我，我和新的观众在台上台下打成一片。他们对我的歌唱是那样地热爱，我也为他们建设祖国的巨大贡献所感动而愈唱愈有劲。而且我生活在新社会里，再也不像旧社会那样动荡不安、百事忧虑了。这些都是能够仗使的嗓音提高一个调门的主要力量。至于保养嗓子的方法不再重复，拿下面几句来概括一下：

精神畅快，心气和平。
饮食有节，寒暖当心。
起居以时，劳逸均匀。
练嗓保嗓，都贵有恒。
由低升高，量力而行。
五音饱满，唱出剧情。

1958 年 4 月 16 日于郑州

| 银幕风华 |

电影·回忆·感想

一

《我的电影生活》是从我 1920 年拍摄《春香闹学》《天女散花》开始，一直到 1959 年拍摄《游园惊梦》为止，这四十年中我对电影生活的回忆和感想。由我口述，姬传写记。除《〈游园惊梦〉从舞台到银幕》一篇曾刊登于《戏剧报》及《第一次拍全景电影》一篇没有发表过之外，其余各篇，均在《电影艺术》"昨日银幕"栏连载发表过。现在集编成书，和我 1954 年出版的《舞台生活四十年》，是互相呼应的，但体例略有不同。

写这本书，是记述我在历次拍摄戏曲片过程中的一些经验得失，以供电影界、戏曲界同志们做参考，所以不作装点，务求翔实。但其间经过抗日战争时期的离乱迁徙，我的艺术活动的资料，散失了不少，在记述时，常常感到此一事与彼一事的混淆模糊，幸得热心的朋友们和电影界的同志们帮助我回忆和搜集资料，不少读者也热情地提出了可贵的意见，或者口头上的三言两语，或者刊物上的寥寥数行，或者通信中对某一事实的补充，甚至一两个字的纠正，都使我得到启发，唤起回忆。在这里，我要向这些朋友们、同志们表示衷心的感谢。

大家知道，电影与戏曲都是综合性的艺术，但它们的表现手法，在写实与写意的程度上有差异。因此，拍摄戏曲艺术片是一桩极其细致复杂的工作。我们虽然在不断实践中积累了一些经验，取得了一些成绩，但还有不少问题没有得到彻底的解决。例如，在电影里如何表现京剧的武打场面，如何处理长距离的地点，怎样求得布景与表演程式的调协，甚至很小的灯烛光问题，都需要摸索经验，不断钻研，来解决电影艺与戏曲艺术不同特点的矛盾，以求两者的结合，更臻于完善的地步。

拍摄戏曲艺术片的意义，不仅使爱好戏曲的观众得到艺术上的享受，也为我们的下一代提供了学习资料。近年来，党所哺育出来的戏曲接班人，已经活跃在舞台上，他们的政治思想和艺术锻炼，都有一定的基础。但为了向尖端进军，对已有的艺术成果探索追求是有必要的。因此，在戏曲艺术片之外，另拍一些专为纪录舞台表演艺术的影片，作为教材和研究资料，也是很有意义的。举例说，1957年春，我在武汉看过汉剧老艺人李春森的《审陶大》，他在积累的传统表演艺术的基础上，发挥了独创才能，深刻地、形象地表现了这个江洋大盗阴险狡猾的典型性格，他的精湛的表演艺术，堪为我们学习的楷模。1958年，中国戏曲研究院派人到武汉把这个戏拍成纪录片，作为教材，不久李老先生就去世了。我国的舞台艺术，流派繁衍，遗产丰富，往往只集中在某些老艺人身上，如不抓紧时间，把他们的绝技记录下来，对于继往开来是很大的损失。这就使我深刻地体会到党对摄制戏曲片的一贯重视，是极有远见的。

《我的电影生活》在成书时，我又把全稿校订一回，并参考各方面的意见，对某些章节做了或多或少的增删修改。还有，对我来说，电影生活与舞台生活是分不开的，而这些带有资料性的记述，通常总是离不开时代的背景和人物的活动，我都尽可能就记忆所及，把它们当时的真实情况写在各篇章里。

我这本书写得比较匆促，缺点是难免的。希望读者指教，并希望引起电影界、戏曲界同志们的兴趣，把大家的经验更多地、更细致地写出来，这对电影、戏曲事业大发展的今天，使电影、戏曲更好地为社会主义建设服务，我想是有裨益的。

二

我是一个京剧演员，又是一个电影爱好者。四十多年前我就是电影院的老顾客。我从无声片看它发展到有声片，从黑白片看它发展到彩色片，现在我又看它发展到宽银幕、立体和全景电影，几十年来科学技术的进步，是令人感奋的。

我看电影，受到电影表演艺术的影响，从而丰富了我的舞台艺术。在早期，我就觉得电影演员的面部表情对我有启发，想到戏曲演员在舞台上演出，永远看不见自己的戏，这是一件憾事。只有从银幕上才能看到自己的表演，而且可以看出自己的优点和缺点来进行自我批评和艺术的自我欣赏。电影就好像一面特殊的镜子，能够照见自己的活动的全貌。因此，我对拍电影也感到了兴趣。

我记得四十年前，在北京，有一天到第一舞台（这个戏园在西柳树井，老早已经烧掉了）看戏，大轴是刘鸿声先生新排初演的《打窦瑶》，倒第二是杨小楼先生的《挑滑车》，两出都是他们的拿手好戏。那天杨先生的《挑滑车》演得特别精彩，观众感到意外满足，使后边的《打窦瑶》为之减色。这是艺术上的竞赛，凡是力争上游的演员，都有这种奋斗的精神，对于促进和提高艺术质量有很大的好处。第二天我和杨先生在一处堂会里同台演出，在后台见到他，我说："昨天看您的《挑滑车》真过瘾，比哪一次都演得饱满精彩。"杨先生笑着说："你们老说我的戏演得如何如何的好，可惜我自己看不见。要是能够拍几部电影，让我自己也过过瘾，这多好呀！"从这件事可以看出演员是如何热爱自己的艺术而渴望看到自己的表演，电影艺术恰恰能够解决这个问题。以后，明星影片公司曾经计划约我与杨先生合拍《霸王别姬》有声片，可惜没有能够实现。

戏曲搬上银幕，历史上最早的应该说是在清代光绪三十一年（1905），北京琉璃厂内丰泰照相馆为京剧界名老生谭鑫培拍的《定军山》耍刀的片段，以及名武生俞菊笙（杨小楼是宗俞派而后发展为自成一派的）与名武旦朱文英（和我合作多年的朱桂芳是他的儿子）合拍的《青石山》的对刀，名武生俞振庭（俞菊笙的儿子）拍的《白水滩》《金钱豹》。这些片子，当年都先后在北京"大观楼"（按"大观楼"在前门外大栅栏，始建于光绪年间，一直使用到新中国成立后，1960年9月改建为立体电影院）上映过。上面所说的几个戏曲影片，虽然已经不知下落，但现在还可以从戏曲资料中看到当时拍片时的剧照。

《春香闹学》与《天女散花》的尝试

我第一次拍电影是在1920年。那年春末我带了剧团到上海在天蟾舞台演出。上海商务印书馆协理李拔可先生和我熟识，有一天他约我到"小有天"（"小有天"是福建菜馆，开设在三马路）吃饭，席间李先生谈起："商务印书馆的电影部，新近从美国买来了一部分电影器材。如果你有兴趣，可以拍两部戏玩玩。"我说："拍电影我没有经验，但是我想试试看！"在座的朋友都怂恿我拍电影，我也跃跃欲试。大家就商量拍什么戏，有一位朋友主张拍《天女散花》，我自己提出拍《春香闹学》。因为这两出戏身段表情比较多，大家都认为拍电影很相宜，就这样说定了。

几天后，李拔可先生介绍了商务印书馆电影部的人和我见面，初步交换了一些拍片的意见，约定先拍《春香闹学》。

此后，我就白天拍电影，晚上演戏。开拍的时间是五月中旬，拍摄地点在上海闸北宝山路商务印书馆印刷所附设照相部的大玻璃棚内，面积不小，设备也还算完善。拍的是无声片，并没有正式导演，由摄影师指定演员在镜头前面的活动范围，至于表演部分，则由我们自己安排。

昆曲《春香闹学》是明代汤显祖先生所著《牡丹亭》传奇中的一折，里面一共三个角色，由李寿山扮陈最良（老师），姚玉芙扮杜丽娘（小姐），我扮春香（丫环）。服装、化装和舞台上一样，书房内景是用的舞台布景的片子，道具如书桌、椅子等都是红木制的实物。

春香的出场用了一个特写镜头，我用一把折扇遮住脸，镜头慢慢拉开，扇子往下撤渐渐露出脸来，接着我做了一个顽皮的笑脸。那天拍摄时有一个外国电影公司的朋友来参观，对这个镜头的表现方法和春香的面部表情都十分欣赏。

这出戏在舞台上表演时，春香出场后要唱一支一江风牌子的曲子，曲文是：

小春香，一种在人奴上；画阁里，从娇养。侍娘行，弄粉调朱，贴翠拈花，惯向妆台。陪她理绣床，陪她理绣床；又随她烧夜香。小苗条吃的是夫人杖。

这是春香所唱的主曲。连唱带做，要透露出小女孩天真烂漫的神气。曲文的内容是春香自我介绍她在杜家的地位和日常生活的情况，这和有些角色上场后自报家门的独白的性质相同。

在电影里虽然无声，但可以在影片上加印字幕。所以有些身段，还是需要做出来。例如用手指在手心上做出"弄粉调朱"的样子，"贴翠拈花"手在两鬓上按一下，"理绣床"用双手做出摊床的身段，"烧夜香"是双手合掌当胸微微蹲下身子，"夫人杖"用右手举起腰间系的汗巾，象征着老人所用的拐杖，但时间比舞台上就精简多了。

下面与陈最良、杜丽娘同场的戏，春香在小姐与先生之间来回传话，插科、打诨，以及与先生作耍，被先生责打等身段，都是照舞台演出一样做的。

春香假领"出恭签"去逛花园，在舞台上是暗场，到了电影里变成明场了。我在花园里的草地上做了许多身段：打秋千、扑蝴蝶、拍纸球等等，不过都很幼稚，因为没有打过秋千，站到架子上去不敢摇荡，倒也合乎小春香的年龄（戏词有"花面丫头十三四"句）。这几个镜头是照相部借用一座私人花园——淞社拍摄的。花园的建筑是中国式，好像是一所祠堂的样子，我记得春香领了"出恭签"走出来的时候，感觉到书房的门十分高大，不甚相称。花园里一片平坦的大草坪，也是中国古代园林所没有的。花园墙外有洋房，洋楼的窗户里还有人探出头来看我们拍电影。当时有人说："这可以说是古今中外荟萃的奇景。"最后，春香同杜丽娘又经过花园走回闺房，这出戏就结束了。

拍完《春香闹学》后接着拍《天女散花》。《天女散花》是我们根据宗教故事编写的神话戏。剧情很简单：维摩示疾，如来佛命菩萨、罗汉等前去问疾，又命天女到维摩家中散花，以验结习（佛经语，见《维摩经》。天女曰："结习未尽，故花著身；结习尽者，花不著身。"意谓如果没有俗念，六根清净，花即不沾身，否则，花就会沾身）。这个戏的服装，我们是采取古画上天女的形象设计的，当时称为"古装"，和古典戏曲通用的服装不同。舞蹈的特点是利用附着在身上的两条风带，做出有雕塑感的各种姿势，来象征天女的凌空飘逸、御风而行的意境。

这部戏是在天蟾舞台拍的，所有班底、服装、道具、布景等也都是向天蟾借用的。开拍那天，商务印书馆的摄影师等一早到天蟾布置，馆里的负责人张元济先生还到场观看。《天女散花》舞台上是六场，电影分七场，我有三场戏：

一、"众香国"（在舞台上是第二场）。我扮天女，古装发髻（这是我创造这个角色时自己设计的，与传统剧目里的"大头"不同），穿帔（帔是旧戏里原有的服装），带了几个仙女上场，仙女手里拿着符节、掌扇、提灯、提炉……这里天女应该唱一段慢板，没有什么突出的身段，所以只用嘴做出唱的样子，留出加印唱词字幕的时间。接着，迦兰上来传如来法旨，命天女到维摩居士那里散花问疾，天女唤出花奴（花奴是姚玉芙扮的），叫她准备花篮，一同前往。

二、"云路"（在舞台上是第四场）。这是全剧最主要的一个单人歌舞的场面。从唱词内容产生身段，而身段又必须与唱腔的节奏密切结合。这场戏天女的扮相是脱了帔露出古装，而附着在天女胸前的两根绸带成了配合歌舞的重要工具。它与一般的线尾子、汗巾、飘带等附着物不同。因为要突出使用它，所以绸带的长度达到一丈七尺左右，宽一尺一二寸，尾端几尺如果不舞的时候，就拖在地上。绸带的使用方法，在以往传统神话戏《陈塘关》（即《哪吒闹海》）里是用二尺长的一根小棍挑起一条长绸来舞，名为"耍龙筋"，我当年创作绸舞，是用双手来舞，比之用小棍舞要困难得多，我下功夫练习了一个相当长的时期，才敢和观众见面，又在舞台上演了许多次，才达到比较纯熟的阶段，到拍电影时，我已经演了三年了。

这一场的唱词内容是描写天女离开了众香国到毗耶离城去时沿途所看到的景物。唱的是"西皮倒板""慢板""二六""流水""散板"。唱腔是由慢而快，身段和绸带舞也是由慢而快，目的在于造成一种象征着在云端里风驰电掣的气氛。在舞台上是受到观众欢迎的场子，到了电影里，虽然有形无声，也是最能吸引观众的一段。我把这段的唱词和表演写在下面，就可以看出唱做的繁重了。

（倒板）祥云冉冉婆罗天，（慢板）离却了众香国遍历大千；诸世界好一似轻烟过眼，一霎时来到了毕钵岩前。

这一段唱腔和动作在舞台上是非常缓慢的，电影里只是精简了唱腔的时间。像"遍历大千""轻烟过眼"都要用绸带来表现，"毕钵岩前"就是把带子从双肩上往后一扔，两根带子飘到背后，正面做出象征着高岩的亮相。

（二六）云外的须弥山色空四观，

这句要把带子从上往下耍出"螺旋"纹的花样，然后再翻起来舞出"回文""波浪"纹的花样。

毕钵岩下觉岸无边；

这句的身段与前面"毕钵岩前"的身段是左右对照着做的，岩前的亮相在右边，岩下是左边，而且要做出往下看的样子，为的是避免雷同。

大鹏负日把神翅展，

把绸带抡出两个像"车轮"似的花样，双飞在身旁，做出大鹏展翅的形象。

迦陵仙鸟舞翩跹；

把带子从前面由里往外直着抡上去，翻下来耍出一个接一个的"波浪"纹来象征许多小鸟飞翔的样子。

八部天龙金光闪，

把绸带耍出大圆花，身子在绸带的围绕中，使用武戏的身段"鹞子翻身"，然后把两条带子合而为一，要用巧劲使带子的末端横着飘在空中，斜坠下来，好像一条长龙。

又见那入海蛟螭在那浪中潜；

这里把带子舞出两个"螺旋"纹，跟着使一个"卧鱼"的身段。

阎浮提界苍茫现，

在头上耍两个相对的"回文"纹，表示出佛光普照的意思。

青山一发普陀岩。

两手拿着带子往前一指，再往上一翻，是居高远眺的姿势。

（流水）观世音满月面珠开妙相，

双手合十蹲身，做出观音坐莲台的样子。

有善才和龙女站立两厢；

用左右"金鸡独立"的身段来象征善才、龙女的形象，同时还做出龙女在观音旁边抱瓶侍立的亮相。

菩提树檐葡花千枝掩映，
带子舞出"回文"纹又变作"波浪"纹落下来。
白鹦鹉与仙鸟在灵岩山下，上下飞翔；
做出左右"跨虎"的身段来表现飞翔（"跨虎"是武戏里的身段）。
绿柳枝洒甘露三千界上，
两根带子合并为一条，耍出"车轮"纹，在头顶上用手指比画出一个"三"字。
好似我散天花纷落十方；
双带仍然合一，耍出"回文"纹，用食指往远处一指。
满眼中清妙景灵光万丈
双手从里往外翻，带子飘在地上。
催祥云驾瑞彩速赴佛场。

这是最末一句，在舞台上从"场"字起走圆场，两根带子在身后飘荡起来，好像御风而行的样子，走到下场门使一个"鹞子翻身"，跟着双手把带子从左往右边抢出一串"套环"纹，两手合掌当胸，不等带子落下，人先蹲下去，这时候，两根带子，仍旧保持着舞起来的"套环"纹样式，横亘在空中，飘在身子右侧前面，缓缓落下，如同两条"长虹"一般。这个身段比较难做，全靠两腕及腰腿的劲头一致，才能得心应手。在电影里基本上是按照舞台的要求做的。

这场戏，在舞台上连唱带做，占的时间很长，相当费劲。到了电影里，虽然时间缩短了许多，但在"二六"和"流水"里，嘴里必须哼着唱腔，控制节奏，因为京剧的动作是需要配合音乐来做的，因此也并不省力。同时电影是平面的，不能完全照立体的舞台部位来做身段，我们事先虽然试了好几遍，到正式拍摄时还不免临时发生问题，不是焦点不对就是跑出了框，摄影师说"这个镜头不合要求"，就只能听他的话重拍。

三、"散花"。这一场维摩先已坐在禅榻上（维摩是李寿山扮的），文殊菩萨带了众罗汉前来问疾，在彼此谈道时，天女隐隐出现在云台上，作拈花微笑的姿态，下面花奴捧着花篮，配合着天女一起散花，两个人做出各种对称的舞蹈姿势，最后，天女接过花篮，散出大把花片，就结束了这出戏。（花片是用五色纸剪成的，不像真的花瓣那样含有水分，分量很轻，能飘荡起来，形成宽阔的舞台空间的感觉。）

《闹学》分为上下二本，《散花》一本。拍摄的技术是比较差的，镜头大半用全景、远景，很少用近景，灯光照明的技术也未能掌握，片上时有模糊暗淡的景象，唱词对白都用字幕插入，布景用的都是软片，"云路"一场，叠印了天上云彩，象征着天女御风腾云的意境，在当时已经算是特技了。

这两部片子，在拍摄前我曾向商务印书馆声明不受酬报，所以他们写了一封信给我，表示道谢。电影拍成后，我就回到北京。第二年（1921年）的秋天，我接到上海的朋友来信说：9月25日他在上海海宁路新爱伦电影院看到《春香闹学》的影片两本，前面还有《两难》二本，《两难》也是商务出的片子。

同年冬天，又接到另一位朋友从上海来信说：11月中旬在西门方板桥共和电影院看到《天女散花》一本和《柴房》（也是商务出品）五本一同放映。在那年的冬天，我们在北京的真光电影院也先后看到《闹学》和《散花》的影片，也都是配搭着别的片子同时放映的。以后，我又见到李拔可先生，他对我说：《闹学》《散花》这两部片子在上海、北京上映后，还到全国各大城市映出，受到观众的欢迎，一直发行到海外南洋各埠，也很受侨胞的欢迎。虽然这两部片子在电影摄制的技术方面仍是启蒙时期，更谈不到古典戏曲的表演艺术如何与电影艺术相结合，但在拍摄戏曲片方面，继《定军山》之后，还是做了一些新的探索的。

最近我写信给曾在商务印书馆电影部任职多年的杨小仲先生，向他打听《闹学》《散花》这两部影片的下落，想再看一看。他的复信说："1932年'一·二八'中日战役中，商务印书馆印刷所被日本飞机投弹炸为平地，库存影片全部被毁，您最早所拍的两部影片，也同归于尽了。"

拍五出戏片段后的一些体会

1924年的秋天，民新影片公司委托华北电影公司（这两个公司都是后来联华影业公司的前身）的负责人来找我，请我拍几出戏的片段，我答应了，并商定拍摄《西施》的"羽舞"、《别姬》的"剑舞"、《上元夫人》的"拂尘舞"、《木兰从军》的"走边"（"走边"是舞台术语，即"行路"的意思），《黛玉葬花》等五出戏的片段。

拍摄的地点是在真光电影院（现在的北京剧场，当时属于华北电影公司），在屋顶上搭了一个摄影棚，用的背景大部分是我当时在舞台上用的布景片子，由民新公司的黎民伟、梁林光担任摄影，并没有正式导演。因为当时熟悉京剧表演艺术的导演不多，同时，导演也很难改动京戏的表演程式。所以，我们和摄影师交换了意见之后，把身段做给他们看，他们根据我的动作，分出近景、中景、远景、全景等镜头。这些片段，也是拍的无声黑白片。

下面我把这五个片段的剧情和舞蹈的创造设计过程以及拍摄时的情况谈一谈。

（一）"羽舞"。"羽舞"是《西施》的一个片段，当年编演这出戏的时候，打算在里面安排一段舞蹈来描写吴王夫差的沉迷酒色与流连歌舞。那么这一段舞蹈舞什么呢？很多舞器都在别的戏里用过了。于是就想到古代的"佾舞"，是右手持"羽"，左手持"龠"，这两种舞器舞台上还没有出现过，就决定用它。

"佾舞"中含文舞、武舞两种，武舞是手执"干"（一支类似长枪的兵器，尖端作圭式）、"戚"（一把斧形的兵器），象征武功；文舞是手执"羽"（即雉尾。就是戏台上周瑜、吕布、梁红玉、穆桂英……头上插的翎子）、"龠"（是一根六孔的竹管，形状像笛子一样），象征文德。文舞、武舞都是举行祭祀大典时用的乐舞，我采用了文舞的

"羽""龠"。辛亥革命后,"佾舞"并未废止,有一位老朋友参加过这种典礼,他把"佾舞"的场面说给我听,同时我又参考了《大清会典》上的"佾舞"图谱,才了解到"佾舞"的动作是非常庄严肃穆的,不完全适合舞台上西施为吴王歌舞的环境,所以这段舞我们只是采用了其中几个姿势,其余是在京剧舞台身段的基础上创造的。

拍摄电影时,"羽舞"的背景,用的宫殿内景的画片,也就是当时我在舞台上演出时所用的。表演时只有我和旋波二人拿着雉尾、竹龠对舞,并没有吴王、宫娥、太监等人物出场。旋波是姚玉芙扮演的。

(二)"剑舞"。"剑舞"是《霸王别姬》的最后一场。当项羽中了韩信的诱兵之计,被困垓下,虞姬在四面楚歌、悲观绝望的环境中,当筵舞剑,安慰项羽。舞台上是项羽坐着,一边饮酒,一边看她舞剑;拍电影时,只是虞姬一人独舞。后面的背景,仍是"羽舞"用过的那一张。

舞剑的活动部位,在舞台上是从方台的基础上设计的,因此不能脱离四个犄角和中央,但到了银幕上,就须要稍稍变动。困难的问题就在把一段完整的东西,切成多少块(因为电影必须变更镜头的角度)。我对摄影师说:"我们必须拍得似断还连,好像一块七巧板,拆散后拼得拢,使人没有支离割裂的感觉。"摄影师说:"您自己设计部位方向,我把镜头远近的处理方法告诉您,得您同意再拍。"我说:"就这么办。"于是就把部位方向走给他们看,演习了几次才正式开拍,有几个镜头因为动作太快,没有拍好,又反复重拍了几次才拍成。

(三)"拂尘舞"。"拂尘舞"是《上元夫人》里的一段舞蹈,这是一出歌舞灯彩戏。故事很简单:汉武帝求神仙、信方士,有一天王母和上元夫人带着伎乐侍从自空而降,武帝设筵款待,上元夫人当筵歌舞。汉魏唐末以来的乐府、小说、诗文中都曾出现过这类题材的作品,认为是一种美丽的神话传说。我在戏里扮上元夫人,陈德霖先生扮王母,王凤卿先生扮汉武帝。上元夫人的舞器是一个拂尘。拂尘就是晋朝人挥麈清谈的"麈",在戏里又称作"云帚",如神仙、佛道、妖魔鬼怪等手持拂尘,就象征他们能腾云驾风;而和尚、道士、丫环、院子等拿在手里,只作为掸扫经堂、几案之用。"拂尘舞"的身段,着重在亮相姿势,我是吸取传统的表演方法来进行创造的。例如昆曲《玉簪记》

中《琴挑》一折，《孽海记》中《思凡》一折就有许多优美的拂尘舞蹈姿势。

这出戏的内容是比较空洞的，但场子热闹而精练，角色多而不感到堆砌，几个主要演员都有戏可做，个人表演和集体表演都很丰富，宾主轻重也分得很清楚；在歌舞和服装方面的设计有突出，有一般，在舞台调度上也是比较成功的。从这出戏里还取得了排演大场面歌舞戏的经验。但在拍电影时，却是只我一人独舞，布景还是《西施》《别姬》用过的宫廷内景片子。

（四）《木兰从军》。这出戏是我们根据古诗《木兰辞》编演的，电影里拍的是"走边"一场。木兰一手拿枪，一手拿马鞭，根据昆曲牌子折桂令的内容做身段，身段比较繁复，活动部位也是四个犄角和中央，变换部位虽然有一定的段落，但有些动作相当快，在拍摄电影时是比较费事的，这一段戏我很费脑筋地琢磨了一下，因为拍过几次电影，对于远、中、近各种镜头的性能和作用，已经又添了一些经验，所以拍摄时比较顺利。

《木兰从军》用的布景，是一张彩色山水画片，上面画着山岭、树石、营帐、旗帜和弯曲的道路，这种画法基本上没有脱离当时舞台上彩画背景的范畴，但与"走边"的舞蹈动作有矛盾，后面再谈。

（五）《黛玉葬花》。《黛玉葬花》是借了我的老朋友冯幼伟先生的住宅拍摄的，地点在东四九条，原先是一个清朝贵族谟贝子的府第。谟贝子名奕谟，他的父亲惠亲王名叫绵愉，是嘉庆皇帝的第六个儿子，奕谟在咸丰十年（1860）封"不入八分镇国公"，同治年间晋爵镇国公，光绪年间晋爵贝子，又加贝勒衔。这所房子是民国初年谟贝子的孙子镇国公溥伒卖出来的。房主人的身份和建筑的格局，园林花木的位置，都与曹雪芹笔下描写的贾家荣宁二府的气派差不多，规模虽没有《红楼梦》里"大观园"那么大，但时代气息很相近，所以就选中了这所房子做背景。我认为"大观园"是曹雪芹把他看到的北京和江南的一些名园的特点集中描写（当然其中也包括他自己所住过的园子），事实上他并不是机械地记录一个真的花园。我当时选定这所房子，也就是拿它当作"大观园"的一个角落使用。

我首先拍的是葬花的场面。这场戏在舞台上表演的时候是一边唱一边做身段，电影虽然是黑白无声片，但要使群众有唱的感觉，这样才能根据唱词内容，用花囊、花帚、花锄等道具，做出葬花时缓慢的舞蹈化的动作。

拍完"葬花"一场，又换了一个地方，是在另一个角落里拍黛玉看《西厢记》和听梨香院里芳官等唱《牡丹亭》"游园"的曲文的几个镜头。在舞台上表演，是坐在一块假石头的道具上；拍电影，是坐在一块真石头上。所有的表情、动作基本上是照舞台的样子做的，但在电影里却起了变化。因为从舞台的框子里跑出来到了真的花园里，虽然电影镜头的框框有时比舞台更小，但自然环境与舞台究竟不同，因此，动作表情就不能完全用戏台上的程式和部位来表演，而自然地和花园环境结合起来。镜头的处理方法和真光屋顶棚内所拍的四个片段也不尽相同，摄影师在这里施展了一些电影艺术技巧。黛玉的服装、道具和这座花园的建筑，结构也比较调和，比起在上海拍《春香闹学》时那座中西合璧的花园就进了一步了。

"葬花"虽然只是一个片段，但我当时的意图，想把林黛玉借着落花自叹的那种寄人篱下的孤苦心情和怀人幽怨的缠绵意绪表达出来。我记得在拍摄时，特别注意到面部表情，在眉宇之间，用了一个"颦"字，以此来表达林黛玉的凄凉身世和诗人感情。这五个片段拍完后，民新影片公司的人就把底片带走了，以后也没有看到《黛玉葬花》这段片子，不晓得拍得究竟如何。

1930年的秋天，我从美国回来，经过上海，联华影业公司（民新公司的后身）邀我在南京大戏院看他们的新片《故都春梦》试映。这部影片的内容，是通过一个官僚家庭的腐化生活来描写北洋军阀崩溃前夕的北京。孙瑜导演，黎民伟摄影，阮玲玉、林楚楚、王瑞麟等主演。里面有看戏的镜头，把我拍的《别姬》"剑舞"一段穿插进去。当时的无声片已经配音乐了，电影院就把名琴师孙佐臣灌的唱片《夜深沉》从扩大器里放送出来，配合我的舞剑，节奏和舞蹈虽然不能完全符合，但也算煞费苦心了。

除了这段《别姬》的"剑舞"以外，其余的片段，我都没有看到，有一位朋友说看过《黛玉葬花》，《西施》的"羽舞"和《木兰从军》的"走边"就一直没有人提起过。

中国戏曲的表演方法，是把舞蹈动作融化在生活里，人物登场，一举一动都是舞蹈化的，其中个别场子如"剑舞""羽舞""拂尘舞"虽然着重在舞蹈，但仍然是为剧情服务的，在这一次拍摄的五个片段当中，存在着三种不同的情况：

（一）"羽舞""剑舞""拂尘舞"是记录剧情里的一节舞蹈。

（二）《木兰从军》的"走边"，是用枪和代表马的马鞭，半虚半实地通过舞蹈动作来描写木兰沿路所见的景物和报国思亲的复杂感情。

（三）《黛玉葬花》是在真的花园里表现古代妇女的生活，是比较接近写实的。

对于上述三种情况，我有以下几点体会：

（一）"羽舞""剑舞""拂尘舞"上了银幕，表演和背后的固定布景没有什么矛盾，因为剧情规定就是在这个地方舞蹈，在舞台上是这样，到了银幕上还是如此，所以没有矛盾。

（二）《木兰从军》的"走边"，就有了不好解决的矛盾，这一段的舞蹈和前面三个舞蹈的性质完全不同，因为剧情是规定木兰从甲地经过乙地、丙地而到丁地，这段昆曲牌子的歌舞是当作表现手段来表现这一连串的活动，所以我在一个固定不变的山水营帐背景前面，连耍带转，观众就会有这样一个问号——"你到底在做什么？如果说是走路的话，为什么你总没有离开这块地方？"假使我们按照电影手法处理的话，那就不能适用这一套舞台身段，而须另行创造，这样也就取消了京戏的特点。所以我感到像这一类比较定型化的舞蹈，同时又是表现一个剧中人在不同的时间、地点中的活动，上了银幕是不大调协的。

（三）《黛玉葬花》的表演性质虽然和《木兰从军》差不多，但表现手段和具体环境又大不相同了，从下面一段表演就可以说明这不同之点：

"花谢花飞飞满天"，用手指表示"飞满天"的意思。

"随风飘荡扑绣帘"，做出随风扑绣帘的身段。

"手持花帚扫花片"，用花帚来扫花。

"红消香断有谁怜"，把花片装入花囊内。

在舞台上，唱完之后，肩上担着花锄、花囊，极缓慢地走一个圆场，唱的时候面部露出寂寞伤感的神情，拍电影的时候，在真花园里，把走圆场的部位变成缓缓地朝前走，同时镜头也跟着我走，后面真景自然也不断改变，偶尔停顿一下，还能把舞台上寂寞伤感的神情也亮出来。"看西厢""听曲文"几个镜头，更可以在真景里像拍摄古装故事片一样，就显得比较舒服，不像《木兰从军》"走边"一场，背景与表演矛盾，因为林黛玉的活动范围，只限于花园里，与木兰的长途驰马的环境不同。我觉得京戏里像《葬花》这一类故事题材，比较适合电影的要求，可以使演员不受拘束，尽量发挥。

在拍摄《葬花》时，我还有另一种感觉，这出戏在舞台上主要靠唱念来表达感情，没有过分夸张的面部表情（京剧舞台上如青衣、闺门旦类型的角色，根据历史上妇女的生活习惯，是不可能有激越的表情外露的），也没有突出的舞蹈，到了无声影片里，唱念手段被取消了，那么拿什么来表达呢？只有依靠这些缓慢的动作和沉静的面部表情。回忆起来，拍摄黑白无声片，不但和舞台上不同，和现在拍摄彩色有声片也不同，对于面部表情和动作，须要做一番适应无声片的提炼加工，要把生活中内在情绪的节奏重新分析调整。譬如面对满地落花的痴想，听过曲文后颦眉泪眼的表情，如果仍照舞台上的节奏，可能观众还未看明白就过去了，因而也就不能感染观众。《葬花》里那些含蓄的面部表情和动作，就需要演员自己想办法，调整节奏，加强内心表演深度，才能鲜明清楚地使观众得到艺术上的享受。我认为，这也是迫使演员深入角色、提炼表演技术的一个实践机会。

这次拍片，虽然比《闹学》《散花》提高了一步，但由于器材和技术条件的限制，还是谈不到成功或失败的。我个人的收获，就是又多了一次经验。

最近我看到1926年7月1日出版的《民新特刊》第一期《玉洁冰清》专号第十四页上刊登的香港民新影片公司的出品目录，其中提到有："梅兰芳之《木兰从军》《天女散花》《虞姬舞剑》《上元夫人》《西施歌舞》及《黛玉葬花》等剧二本（二千尺）。"可以看出，当时这些片子是曾经由民新影片公司在香港发行过的，至于《天女散花》的发行权如何也到了民新影片公司的手里，我就不清楚了。

我第一次试拍有声电影

1930年1月18日，我带了剧团赴美演出，从上海坐加拿大皇后轮出国。2月8日到达纽约，住在泼拉柴旅馆（Plaza Hotel），第二天，派拉蒙电影公司驻纽约的代表到旅馆来拜访我，当面约我们到他们的电影院里去看电影（按：美国几家规模较大的电影公司在大中小城市都有他们自己的电影院），并到拍电影的分厂去参观。过了三天，我们就去参观他们的电影厂，厂长及导演等热情地招待我们，他们提出打算约我拍一部电影。我说："在纽约就要演出，恐怕不能抽出时间来拍片。"厂长说："听说您还要到好莱坞，我们的总厂在那里，一切条件都比此地完善，您到那里，总厂的负责人一定会来接洽请您拍片的。但我们还想请您在此地拍一点新闻片。"我说："那是可以的。不过演出后比现在更忙，你们最好到剧场去拍。"双方就这样谈定了。

2月27日，我们在纽约49号街剧院（49th Street Theatre）第一次演出，我们在这个剧院连演了两个星期，到第七天，派拉蒙电影公司到剧场来拍新闻片。那天大轴是《刺虎》，我们决定拍摄费贞娥向罗虎将军敬酒的一节，因为这出戏他们已经看过几次，剧情比较熟悉。那晚剧终人散后，电影公司把事先运来的各种灯及摄影机、录音机等布置好光线声路，我演完戏并没有洗脸，只是稍稍修整了面部的脂粉。开拍时，已经是午夜两点以后，第一个镜头，先由我们剧团里报幕人杨秀女士用英语介绍剧情，杨秀女士是华侨，我们到了纽约以后临时约她帮忙的。她的态度大方，英语流利清楚而有感情，观众反映良好。我们剧团在美国演出获得成功，她的劳动也是不可抹煞的。介绍剧情后接着镜头就摇到我身上，是一个半身的特写镜头，先唱《刺虎》里面脱布衫带叨叨令曲牌中的"怎道是乐杀人也么哥，又道是喜杀人也么哥"两句，收音筒是悬空吊在舞台当中的。下面换了一个全景的镜头，露出整个舞台面，刘连荣扮演的罗虎念白："侍女们看酒来，待俺回敬公主一杯。"贞娥念：

"将军所赐，奴家敢不从命，也要请将军陪奴一杯。"念完这句，双手擎着酒杯款步走到罗虎面前，这时候整个舞台画面又缩到我和刘连荣两人的身上，刘连荣念："当得的。"举杯一饮而尽，接着做出酒醉呕吐的样子，这时候，镜头又集中到我一个人的身上，我接着"呀"的一声，唱："赤紧的蠢不剌。沙咤利，也学些丰和韵。"在一个小锣"长丝头"（锣鼓点名称）的声中结束了这一段有声新闻片。

在拍摄之前，电影公司方面提出要拍一段角色齐全的场面和我个人的几个特写镜头，我想到只有这一场角色最全，费贞娥在这一场戴凤冠，穿蟒，围玉带，扮相很富丽，在表演方面，贞娥面对罗虎时和背过脸来是两副面孔，这种表情使观众容易看清楚剧中人的复杂心情，所以主张拍这一段。

这段新闻片，放映在银幕上虽然只是短短的几分钟，但那天晚上，连试拍带重拍以及摄影位置、角度上的斟酌，费去很多时间，整整搞了一夜，这便是我生平第一次拍摄有声电影的经过。

新中国成立前，美国电影在中国占着垄断地位，我在纽约拍的这段有声新闻片，当然也很快传遍了中国的各大城市。我在美国演出还没有回来的时候，就听说这段有声新闻片——《刺虎》已经到了北京。我回国后，朋友们谈起在北京放映这段片子的情况说：当时真光电影院在一部正片之前加映这段新闻片，报纸上电影广告栏内将"梅兰芳《刺虎》"五个字登在显著的地位，还附刊了《刺虎》的照片，影院门口也是画着大幅的广告。开映时，天天客满。

我当时认为，观众这样热烈去看这段新闻片有几种原因：

1. 在国内放映的有声片都是外国片，还从没有中国演员拍摄过有声片。

2. 京剧演员初次在有声电影中出现。

3. 中国人关心自己的戏剧在海外的成功或失败。

还有一个原因，可能是北京的观众已经有好几个月没有看我的戏，当然也很关心我在国外演出的情况。

最近我和当时的一位小观众——朱家溍同志谈起《刺虎》的拍摄经过，他也把当时看这段片子的印象告诉我，他说："当年我跟随家人到'真光'看《刺虎》新闻片，大家一致认为唱念身段扮相都好，光线声音也不错,尤其是《刺虎》这出戏您在出国之前还没唱过,在电影里是第一次看到,所以格外高兴。"

那次赴美所演的三个主要剧目是《刺虎》《汾河湾》《打渔杀家》。其中《刺虎》演出的次数最多,也最受美国观众欢迎,这可能因为故事简练,容易理解,编排的手法也相当巧妙的缘故,连我这个扮演者在当时对戏中的女主角费贞娥,还认为她是一个"忠义"的女子呢,直到新中国成立后,经过学习,才懂得这是一个表扬杀害农民起义将领,为统治阶级复仇的故事,所以就不再上演了。

第一次试拍全景电影

1958年的夏天，我结束了太原、石家庄的旅行演出，回到北京。我的老朋友苏联名导演柯米萨尔热夫斯基和几位摄影队的同志到护国寺街来访问我。他是斯坦尼斯拉夫斯基先生的学生，1935年我访问苏联时，就认识他，1953年我参加在维也纳召开的世界和平大会回国时，路过莫斯科，我们又见过面，这次在新中国的首都，旧友重逢，感到分外亲切。

他说："最近我们正在摄制一部彩色全景电影，题名叫'宝镜'，内容是把社会主义各国人民劳动创造的许多奇迹，在一面宝镜里反映出来。我们在这里已经拍摄了十三陵水库和正在迅速改变的北京城的新面貌。现在还想请您拍一段戏，以表现中国的一位世界知名的艺术家，度过了五十年的舞台生活，至今还活跃在舞台上，热情地为正在从事社会主义建设的广大人民服务。我国的芭蕾舞大师乌兰诺娃同志在《宝镜》里也表演了她的拿手杰作。"说到这里，他从文件皮包里取出一张照片，递给我说："这是她拍的《天鹅湖》的镜头，我离开莫斯科到北京来时，她特别嘱托我将这张照片送给您。"我接过来看，拍的是黑天鹅被王子托举的舞姿，轻如飞燕，稳如磐石，而引人入胜、耐人寻味的还是她那一对富有诗意的眼睛。下角有她的亲笔签名和亲切致意的几行小字。我请柯米萨尔热夫斯基同志回国后务必替我向乌兰诺娃同志道谢，并盼望她能在我国建国十周年的国庆节日里到中国来做客。接着我们就研究拍摄方案。剧目决定拍《霸王别姬》里舞剑一节，另外还要在家里拍一些教授下一代和日常生活的镜头。因为他们的工作繁重，时间紧迫，所以约好在四五天内完成任务。柯米萨尔热夫斯基同志临走时说："这部影片是我们预备参加布鲁塞尔博览会上的电影展览会竞赛的，我还有许多工作要料理，明天就动身回国了，这里的事由摄影队的同志和您商量办理。"我说："关于拍片的事，我一定抓紧时间，尽快完成。可惜您来去匆匆，不能使我稍尽地主之谊，这是未免遗憾的。"我们握手互道珍重而别。

第二天，苏联的摄影队和北京电影制片厂方面的同志到我家来拍生活部分。护国寺街寓所的建筑是四合房内外两院，内院北房七间，是我的卧室和内客厅，东西三间厢房，是饭厅和家属们的卧室，三面都有走廊。拍摄内容的设计是：我在庭院中间梨树下指点我的学生杜近芳、女儿梅葆玥做趟马的姿势，我的儿子梅葆玖站在旁边，姜妙香、徐兰沅二位老战友坐在藤椅上看我们练功。这组镜头拍摄时，三面走廊上不许有闲人。苏联摄影师事先对我介绍了全景电影的性质，他告诉我全景电影是用三台摄影机结合起来以一百四十六度的角度排列在一条水平线上拍摄的，而每台摄影机又有它的独立镜头和输片系统，这三台摄影机是用机械连锁，由一个马达来拖动操作的。拍摄全景电影是把一幅宽大的景物，划分为左中右三个部分，分别拍入胶片中，它的画面比宽银幕更大，出现的人物，比一般影片要大得多，而且还有立体感。他指着走廊的尽头说："像那么远的角落里，都能拍进去，如果拍摄风景区和街道的外景，还能使观众有身临其境的感觉。"

第三天，在北房的客厅内，拍摄我与亲友聚谈的镜头，我事先约了中国京剧院的演员李少春、袁世海以及常在一起研究戏曲艺术的几位朋友，我还特地把乌兰诺娃同志送我的照片挂在阁扇中间的柱子上。拍摄时，少春等先在客厅内，或坐或立，或吸烟，我从卧室走出来和大家握手招呼后，就指着柱子上乌兰诺娃同志的照片，介绍给他们看，大家围过来欣赏照片上的舞姿。下面是表示我问少春："你拍了全景电影没有？"少春做了几个猴子的动作，表示他答复我：已拍过全景电影，剧目是《闹天宫》。这些镜头都没有对白录音，因为全景电影是要运用特殊装置的多路立体声来录音，家里没有装置这个设备的条件，同时也没有必要。

第四天上午，先由贾世珍代我到劳动人民文化宫劳动剧场的舞台上去站地位、对光（按劳动人民文化宫在天安门的东边，过去是明、清两代封建王朝奉祀祖宗的"太庙"，新中国成立后经过改修整理，变成了广大劳动人民文化娱乐的场所）。下午，我和乐队到劳动剧场后台预先布置好的录音室录《别姬》舞剑一场的歌唱、音乐。一位负责录音的苏联同志对我介绍录音的情况说："全景电影是采用立体录音，运用多数麦克风将音乐、歌唱、对白在不同地位发出来的声音，通过特殊的录音系统，将它纪录在三十五毫米磁带的九条声道上，这样，放映时使观众的感觉如同坐在剧场里一般。"我问他："这种录音的方法是新鲜而复杂的，我们的唱念和音乐的位置如何安排？"他说："您今天表演的舞台歌舞剧，属于纪录性质，活动的范围就在舞台上，录音的位置没有什么很大的变动。如果纪录一些特殊声音如飞机、汽车……还可以根据画面的移动，造成声音随着景物一起移动的效果。"

那天录的是"劝君王饮酒听虞歌……"一段"二六"，和配合舞剑的"夜深沉"曲牌音乐。这时琴师王少卿已因肠癌症去世，由姜凤山操琴，虞化龙拉二胡，鼓师是裴世长。

第五天，到劳动剧场开拍《霸王别姬》舞剑的一场。我演虞姬，霸王是袁世海扮演的。我们挑选剧目时，苏联摄影队的导演曾提出要求：1. 要载歌载舞的场面。2. 登场人物愈多愈好，因为全景电影的画面宽广深邃，人少就显得空虚单调。《别姬》的歌舞场面很适宜，但舞台上虞姬舞剑，霸王一人饮酒观看，就不能适应全景电影的要求。所以我们决定在舞剑时，女兵站立两旁，同时，人数也由原来的八人增加到十二人。

当我走到舞台上准备开拍时，苏联摄影师在地毯上画出两条线，他对我说："您的舞蹈动作，要避免在这两条线上活动，因为我们用三台摄影机同步拍摄的，这两条是接缝，如果停留在线上，剪接时就有困难。"

开拍后，比较顺利，每个镜头只拍了一次就完成了。

1960年岁首，《宝镜》拍中国的部分送到北京，当时我正在拍摄《游园惊梦》彩色戏曲片，曾抽空到中国电影科学技术研究所的试验室里看过《宝镜》的这一部分。开始是用我国古代民间传说《愚公移山》的动画，然后转到十三陵水库工地群众干劲冲天参加劳动的实况，和水库落成后万众腾欢庆祝的伟大场面；接着是表现我国人民劳动后的休息和文化生活，其中有些镜头如颐和园内一只小舟穿过桥洞，如汽车向前门大街疾驰，确有立体感，使人产生身临其境的感觉。还有李少春的一段《闹天宫》武打和群猴腾跃翻跳的场面，生动活泼。我的生活片段——在客厅会见亲友的镜头，人与建筑的尺寸都与真的相仿，并且面貌神情相当清晰；《别姬》舞剑的镜头色彩鲜明，舞蹈动作也能放开手做，使人感到京剧艺术在银幕上进入到一个宽广的天地。

那天我们还看了中央新闻纪录电影制片厂试验拍摄的全景电影：第一届全运会的现场活动，和庆祝建国十周年毛主席在天安门上检阅游行队伍的一些镜头。

我对全景电影很感兴趣，但缺少这方面的知识，所以向中国电影科学技术研究所的同志请教，他们热心地告诉我说："全景电影三条胶带的同步、弧光灯的照度，以及放映镜头的焦点距离，都是由一个总的控制台来控制的。全景电影的银幕面积大，一般规格是三十一米宽，十米上下高，现在我们这里是试验性质，所以只有九米宽。"他们还说："立体声道的还音，要用许多组喇叭，有的安装在银幕后背，有的安装在观众席的上下前后左右、天花板上或地板下面，这样，才能造成来自各个角度的立体声音效果。我们是根据苏联的经验来进行试验的，但他们用九条声道，我们在地板下面加了一条，像划船的水声，火车轮与铁轨的摩擦声等，可以从这里发生更好的效果。"

我这次拍过全景电影之后，对用全景电影来表现戏曲艺术有些想法，觉得全景电影的镜头给演员的活动范围较为自由，在表演时不必顾虑到动作是否会出画面；虽然有两条接缝线，但容易避开，不致成为演员精神上的负担。我想今后科学技术的发展，这两条接缝的痕迹是有可能完全消灭的。全景电影由于画面上景和人物体积放大，得到好的清晰度，基本上减少了远景与近景的差别，这样，拍摄戏曲剧目就能够完整地、全面地记录下来。不过，全景电影要求登场人物愈多愈好，而有些剧目内容不可能任意增添人物，例如《别姬》在舞剑一场，原来只有虞姬和霸王两人，为了适应全景电影的要求，场上增加了十二名女兵，这是不得已而为之，作为新闻纪录片的一个片段，这样处理是可以的，但假使拍摄的是一部完整的戏曲纪录片，那么女兵的出场就不能符合剧本的规定情境，减弱了悲剧的气氛。一般电影的局限是画面太小，而全景电影的局限，则是画面太大，这就在于我们拍片时慎重选择剧目善用所长了。

全景电影适宜于拍摄风景和大的群众场面，在各种电影形式中是别具一格的。据负责试验全景电影的同志说："我们对这种复杂技术和机械构造已经试验成功，不久的将来，中国人民就能在特殊设备的电影院里看到我们自己摄制的全景电影了。"

1960年2月，我到苏联参加庆祝《中苏友好同盟互助条约》签订十周年，在莫斯科又看到了环幕电影。一间圆形的放映室，周围墙上都是银幕，声音来自各个角度，观众站在中间，仿佛身临其境，人在画图中了。科学技术日新月异的发展，真令人兴奋不已。

芳香四溢

第一次会见卓别林

我从旧金山到洛杉矶的当晚，剧场经理请我到一个夜总会里去喝酒，这个地方是电影界和文艺界人士聚会之所。我穿了中国式的蓝袍子、黑马褂，一进去就引起全场的注意，音乐队的指挥立刻停止了音乐，从广播器里对大家说："东方的艺术家梅兰芳先生降临敝地，表示欢迎。"接着全场响起了一阵掌声，音乐台上奏起了欢迎的曲子。

经理告诉我："今天巧得很，在场的有不少第一流的电影明星、编剧、导演，回头都可以介绍给您见面。"

我们刚坐下，一位穿着深色服装、身材不胖不瘦、修短合度、神采奕奕的壮年人走了过来，我看了似曾相识，正在追忆中，经理站起来向我介绍说："这就是卓别林（Charles Chaplin）先生。"又对他说："这是梅兰芳先生。"我和卓别林紧紧拉着手，他头一句话说："我早就听到你的名字，今日可称幸会。啊！想不到你这么年轻。"我说："十几年前我就在银幕上看见你，你的手杖、礼帽、大皮鞋、小胡子真有意思，刚才看见你，我简直认不出来，因为你的翩翩风度，和银幕上幽默滑稽的样子，判若两人了。"他说："我还没有看过你的戏，但明天就可以从舞台上看到最能代表中国戏剧、享有世界声誉的天才演员的演出了。"

我们一边喝酒，谈得很投机，他还告诉我，他早年也是舞台演员，后来才投身电影界的。卓别林对中国戏里的丑角很感兴趣，我说："中国戏里的丑角，也是很重要的，悲剧里也少不了他，可惜这次带来的节目当中，这类角色不多，所以剧团中没有约请著名的丑角同来，只有《打渔杀家》里有一个替恶霸保镖的教师爷，是用丑角扮演的。"

那晚，我们还照了两张照片，一张是我和卓别林合影，另一张是六个人合照的，我至今还保存着。

我们在好莱坞参观了大大小小的电影公司十几家，主持人都竭诚招待，详细介绍情况，热情是可感的。

　　好莱坞电影界还为我们举行了欢迎会。我们在银幕上看到过的明星，在这里都见了面，有些立刻就能想起他（她）们的名姓，有的只觉得面善而叫不出名字。那天卓别林来得比较晚，可是他一到场，立刻就引起全场的注意，大家都齐声说："卓别林来了！"可以想见他在好莱坞的声望。

　　1930年秋，我和剧团结束了在美国的演出，西渡太平洋回国。

在北京酬答范朋克

我在好莱坞的时候曾受到范朋克、玛丽·璧克福夫妇的热情招待，回国后，就写了专函向他们致谢。1931年1月间，我接到了范朋克打来的电报，说他就要再次到中国来旅行，我马上复电欢迎；同时，就着手筹备接待他。一方面是为了回答他们在"飞来福别庄"款待我的盛情，另一方面也是表示我们中国人好客的传统精神。

1931年2月4日的黄昏时分，我到前门车站去欢迎范朋克。只见从秦皇岛开来北京的火车缓缓进站，范朋克笑容满面走下火车，和欢迎的人一一招呼，然后，我和他同乘汽车，开抵大方家胡同李宅。这是一所很讲究的足以代表北京的建筑风格的房子，是我事先向房主人借用，经过一番布置的。客厅、书房里的陈设，都是明清两代紫檀雕刻的家具，墙上挂着缂丝花鸟以及明清的书画，"多宝格"里摆的是清代康熙、雍正、乾隆三朝的彩色和一道釉的瓷器。我还向朋友借了一位专做福建菜的大师傅陈依泗，每天给范朋克做中国菜。

第二天（5日）下午，我在无量大人胡同住宅举行了一个茶会欢迎范朋克。邀请的客人以文艺界为主，大家按时而来，都怀着好奇心要看一看这位银幕上的"外国武生"。

那天我分三处招待客人，一处是东面的客厅"缀玉轩"，一处是北面的"宝岳楼"，还有是南面的"阿兰那室"，三处的陈设和大方家胡同差不多，不过我还挂了一部分吴昌硕、林琴南、齐白石……当时名画家的作品，以及前辈名演员的画像和我自己的剧照。

五点钟的时候，范朋克和派拉蒙电影公司著名导演维多·佛莱敏（Victor Fleming）畅游了颐和园后赶来参加这个茶会，范朋克从摄影记者和电影摄影队的包围中，突出重围到"阿兰那室"和我们见面，我首先向他介绍了内人福芝芳以及两个儿子，范朋克说："我妻玛丽·璧福因事不能同来,她托我向梅博士、梅夫人致候。"这时摄影队为我们五个人照了相。

  在"缀玉轩"里,我向范朋克介绍了杨小楼、余叔岩、程砚秋、尚小云、荀慧生……我说:"今天我邀请的大半是同行,他们对您在电影里所表演的惊险武技,感兴趣。"范朋克笑着说:"我在影片中的武艺,有许多是摄影师弄的玄虚,您在好莱坞住过一个月,对于拍电影的秘密,总该知道了吧!"说得大家都笑了。

  6日,我在开明戏院(在珠市口,现改名民主剧场)演出《刺虎》,请范朋克看戏,剧终后他到台上和观众见面,还讲了话。大意是说这次到中国来旅行,认识了中国的高尚文化,今天又看到梅先生的名剧,感到非常满意。观众回报以热烈的掌声。

  那次我招待范朋克,吃住方面,除了家具中的沙发是外国式样以外,一切都是中国的民族形式的,甚至取暖也不用西方习见的水汀、火炉,而是用硬煤烧地炕,大方家胡同的房子里,恰好有这种设备。范朋克看到卧室里青砖铺地光可鉴人,温度平均,异常舒适,就拿绒毯铺在地砖上睡觉,大约是受了热的缘故,第二天起来感到有些头晕,住在同院专为照顾他健康的西医郑河先大夫(郑河先大夫是我的老朋友,也是我的医学顾问;他的弟弟郑汉先是共产党员,1930年在汉口被国民党反动派杀害。)对他说:"这不是病,用不着吃药,只要到户外吸点冷空气就会好的。"大夫于是陪他到室外,叫他在院子里跑三十个圈子。他对大夫说:"你这种治疗方法很别致,现在我出了一身汗,觉得头目清亮,其病若失了。"

  7日下午,我到大方家胡同去看望他,我提议拍一段有声电影,范朋克兴奋地表示同意,由维多·佛莱敏担任了临时导演,范朋克带来的两个技师和一个日本籍的雇员就开始工作起来。

  第一组镜头拍摄我和范朋克见面的情形。我先用不够流畅的英语说了几句简短的欢迎词。范朋克也用刚学来的华语说:"梅先生,北京很好,我们明年再来。"

  第二组镜头是范朋克穿上我送他的戏服——《蜈蚣岭》行者武松的打扮,头戴金箍蓬头,身穿青缎打衣打裤,外罩和尚穿的长背心,脚登厚底缎靴,佩着腰刀,手拿拂尘,很有点武二哥的气概,因为范朋克也是一个性情豪放的直爽人。

按戏里《武松打虎》的服装是戴青罗帽，穿青缎的紧身衣裤，腰系大带，外罩青褶子，手拿杆棒，是一般短打武生的扮相。我觉得《蜈蚣岭》的扮相，更能表示中国戏的特点，所以送他这一套。

我们当场教给范朋克几个身段动作和亮相姿势，他做出来，还真像那么一回事。

美中不足的是范朋克早年曾经坠马，左腿受过伤，有一个曲左腿的姿势，不能完全做得满意。但是拿一个外国演员模仿中国戏里的动作来说，能够做到这样，就很难为他了。这里恐怕有这样一个原因，范朋克的武功腰腿都是有根底的，练功的方法和程序，虽然和我们不一定相同，可是功夫毕竟是功夫，中外古今都跳不出一个总的原理。

那天晚上，我就在大方家胡同预备了一席东兴楼（当年开设在东华门大街，现已歇业）的山东菜给范朋克饯行。酒过三巡，范朋克举杯对我说："当我从秦皇岛到北京的旅途中，看到车窗外丰腴的土壤和勤苦耐劳的农民，显出一派物阜民纯的意味；在北京我又认识了许多文艺界的朋友，使我在很短的时间内，能够接触到中国的悠久文化和传统美德。"他又说："当我在故宫三殿上看到三千年以上的青铜器的精细雕刻和唐宋以来的名瓷名画，使我感到中国的文化对人类做出了伟大的贡献。"他停顿了一下，又继续说："去年梅君在美国演出时，我恰巧去英国，直到昨天才看到梅君的戏，得到艺术上满足的享受。中国的戏剧艺术，有极简练和极丰富的两种特点，中国的古典戏剧可以与莎士比亚和希腊古典戏剧媲美。我愿中国戏永远保持固有的特点，不断发扬光大。"他接着说："几天来我已得到生活上的种种享受。"他端起一杯杏仁茶说："像这种美味，在中国以外是吃不到的。"

席散后，我陪他到卧房内喝茶闲谈，他说："梅先生，我以前虽来过中国，但并不了解中国的一切，这次我才有了比较深刻的认识。我以前拍的片子，对贵国国民有不礼貌的地方。我是一个演员，有些事应该编剧、导演来负责的，但我也不能辞其咎。希望通过你的关系，向贵国人民代达我的歉意。"我说："你提到这件事，我直率地告诉你，你主演的《月宫宝盒》有几个镜头，中国人看了是很不满意的，所以对你的印象不好。现在你既然表示了这种态度，我有机会当为你转达。"

从2月4日到8日，范朋克在北京一共逗留了四天。临走时，我送了他一些中国土产、文房用品及一套中国式的黑缎团花马褂、蓝缎团花夹袍；另外送玛丽·璧克福一件粉缎绣花的浴衣，一条湘绣百子图的被面。但范朋克认为最得意的还是那武松的全套行头。

范朋克回国后，我们还常常通讯，1931年"九一八"事变后，我从北京移家上海，还收到他送我的相片和刻着名字的香烟盒。

范朋克主演的影片，我看过不少，但印象较深的是《三剑客》（The Three Musketeers）。电影剧本是根据大仲马的原作改编的，我早就反复看过商务印书馆的中文译本《侠隐记》《法宫秘史》，拿我当时的思想水平来说，的确被这部书所吸引，因为书里描写的几个侠客，各有性格和特点，个别幽默、讽刺之处，就和吴敬梓所写的《儒林外史》的笔法相似。像《法宫秘史》里红衣主教马萨林临死时对神父忏悔，神父叫他交代财产数目，他像挤牙膏那样，点点滴滴，吞吞吐吐地不肯和盘托出，这一段对话，生动地刻画出一个贪婪守财奴的性格，使我们联想到《儒林外史》"严监生临终伸指"一回里，为了油盏内多点一根灯草而死不瞑目的描写，确有异曲同工之妙。我们虽然不能直接读法文原本，但读了伍光建（笔名君朔）的生动简洁的笔译，就仿佛听到达特安·阿托士……在那里说话，看到他们在做事一般。电影剧本改编者，对一些情节的穿插，是比较随便的，使我们感到与原作颇有出入，但编剧、导演对处理几个主要人物，如达特安、红衣主教立殊利、皇后等都是比较成功的，而范朋克在《三剑客》里扮演达特安，身手矫健，性格豪放，很能表达大仲马笔下描写的喀士刚人的特点。

我最后一次看范朋克的片子，是1935年1月下旬，正是我访问苏联出国前的两个星期，在上海南京大戏院看到范朋克主演的《美人心》（Private Life of Don Juan）。这是伦敦影片公司摄制的有声片。

这部影片似乎意在揭示那个时代的腐朽荒淫和虚伪，对于范朋克的表演，我觉得他在前半部戏里粗鲁有余，风流潇洒不足，是不能令人满意的。可是后半部戏从化身为假将军，躲在小旅馆里，度着寂寞凄凉的生活，以及打算从化装上追回他逝去的青春，而终于遭到旧日曾经热爱过他的女人的嘲弄，认为唐璜早已长眠于地下，竟说他是假冒的，范朋克在这一段表演却很好，的确深入到角色里面。这使我想到范朋克那时自己已是五十岁左右的人了，和步入晚年而失去女人爱宠的唐璜一样，渐渐失去了青春，而且，也逐渐感觉到了观众的冷淡，因此可能在自己和角色之间，引起一种共鸣，使他能在后半部的表演获得成功。

　　从那时起到1939年12月15日范朋克逝世为止（当时我在香港听到这个不幸的消息），我没有再看到他的片子。据说拍《美人心》还是伦敦影片公司再三邀请他才答应的，可是这部片子摄成后，英国的舆论认为不理想，范朋克自己也不满意。我觉得，自从有声电影兴起，一时风行歌舞片，范朋克就英雄无用武之地了，加上身体发胖和宿疾（范朋克有心痛病）转剧，都影响他的艺术创作，心绪自然不会畅快。我是深知一个演员尽管生活能够随心所欲，但当他的艺术生命走向衰老时，他的内心苦闷是不可想象的。我在抗日战争时期，辍演八年，胜利后重登舞台，感到嗓音不如从前，我开始担忧舞台生活的夕阳西下，幸而不久，中国人民获得解放，新的环境、新的人物、新的思想，大大地鼓舞了我，我在舞台实践中，刻苦锻炼自己，经过八年的奋斗，到1954年居然提高了一个调门，内行都认为以我的年龄而言是很不容易的。我于是体会到，一个艺术家，如果没有一个正确的奋斗目标，督促自己不断前进，就会走上颓废消极的道路，范朋克之所以默默地退出银幕，结束了他的艺术生命，虽然有种种复杂的因素，但社会制度应该是主要原因之一吧！

首次访问苏联时和爱森斯坦的交谊

1934年的3月下旬,我接到戈公振先生从莫斯科寄来的一封信,大意说:苏联对外文化协会方面听说您将赴欧洲考察戏剧,他们希望您先到莫斯科演出,您若同意的话,当正式备文邀请云云。我即复了一电:"苏联之文化艺术久所钦羡,欧洲之游如能成行,定必前往,请先代谢苏联对外文化协会之厚意,并盼赐教。"以后几经函电磋商,到了12月底,南京苏联驻华大使馆汉文参赞鄂山荫送来苏联对外文化协会的邀请书,我即复电答应他们的邀请。前后经过一年的筹备,到1935年3月21日始由上海动身。

我们梅剧团到苏联访问演出,与前几次赴日、美旅行演出的性质是不同的。苏联人民和政府,以欢迎文化代表团的热情来接待我们。虽然当时苏联全国人民节衣缩食、为提早完成第二个五年计划奋斗,但对我们这批远客的款待,是十分丰盛的。

苏联政府特派"北方号"专轮到上海来接我们,同船的还有当时驻苏大使颜惠庆先生和赴苏参加国际电影节的电影明星胡蝶女士。我们到达海参崴后,受到州长隆重而亲切的招待,当我们在旅馆里休息的时候,无意中看到上海2月25日的"时事新报",上面有一篇苏联文学艺术界人士就我赴苏演出对记者发表谈话的报道文章,其中有苏联著名电影导演爱森斯坦对记者的两段谈话。

爱森斯坦说:"四百年来中国戏剧的现实主义,比日本的歌舞伎旧剧较为纯粹些,所以它影响苏俄现代戏剧的潜能性很大,不过,很明显的我们并不期待要模仿梅兰芳氏的风格。"记者问他说:"苏俄戏剧家对梅兰芳虽然这样深切地注意,但是寻常观众的态度又怎样呢?他们能否欣赏梅氏的创作?"爱森斯坦回答说:"语言问题并不能隔阂苏俄观众对梅兰芳所感的兴趣。格鲁吉亚国家剧团在莫斯科和列宁格勒也是很受观众欢迎的。其余像犹太、亚美尼亚、白俄罗斯的戏剧，在这两大城市里，也并没有发生语言上的困难。"从这段谈话可以看出，爱森斯坦虽然还没有亲眼看过中国戏，但在观念上，对我国历史悠久的古典戏曲艺术是十分重视的。

我们在海参崴停留了一天半，稍事休息，便于3月2日下午换乘西伯利亚的火车向莫斯科进发，沿途看到每一辆车上都悬挂着第二个五年计划的图表，车站上堆着收割机、耕地机、播种机等农业机械及大量的木材、钢材及载重汽车等，这些和平建设的情景，给了我极其深刻的印象。一路上看到工人、农民和红军，感觉到他们在艰苦环境中奋斗，充满着胜利的乐观的信心。还看到车站和街头张贴着梅兰芳剧团在莫斯科表演六天的广告。

3月12日车抵莫斯科，月台上站满了前来欢迎我们的苏联朋友，苏联对外文化协会的负责人首先向我们献了花，跟着，苏联外交人民委员会、苏联国家戏剧协会的代表都涌上来把鲜花塞到我们怀里，霎时碳精灯的强烈光芒直照到我们脸上来，摄影师们忙碌地摇动他们的摄影机拍摄新闻片。在滚滚人潮中，我们被簇拥着走出车站，苏联对外文化协会主席陪我们坐上汽车，一直把我们送到大都会饭店。还有部分团员，则由另外一些人招待住到新莫斯科旅馆。

3月14日苏联对外文化协会为我们举行了招待午餐，参加午餐的有苏联驻华大使鲍格莫洛夫，苏联外交人民委员会的负责同志以及"欢迎梅兰芳委员会"的全体委员。戏剧界方面有著名的戏剧家斯坦尼斯拉夫斯基、聂米洛维奇·丹钦科、梅耶荷尔德、泰依洛夫、特烈杰亚柯夫；电影界方面有著名导演爱森斯坦等人。席间苏联对外文化协会主席致欢迎词，颜惠庆先生讲了话，我致了答词，欢迎委员会的委员也纷纷发言。爱森斯坦在他的热情洋溢的发言中谈道："……以梅兰芳为代表的中国戏剧艺术，可供苏联电影界的借鉴；更希望彼此为戏剧、电影的艺术质量而奋斗。"他还说："联合苏、中两国民族的力量，定能创造出一种新人类的艺术来。"

饭后，主人请我们看电影，我与爱森斯坦坐在一起，他是一个极为热情的人，所以我们一见如故，非常谈得来。

首先放映的是我们剧团到达莫斯科车站的一段新闻片，爱森斯坦告诉我，这是他在车站亲自指挥拍摄的。接着放映苏联名片《恰巴耶夫》（该片后在我国放映时译名为《夏伯阳》），因为我们不懂俄语，他们特地找来一位懂中国话的苏联朋友替我们翻译。放映前，爱森斯坦告诉我："这是苏联很成功的一部影片，不仅思想内容深刻，戏剧性强，人物性格也鲜明可爱，你看了一定会喜欢。"果然，《恰巴耶夫》的第一个镜头就紧紧地吸住了我。一辆三套马车从土丘后冲出，冲进了惊慌溃退下来的人群，坐在马车里的人站起来，大喝一声："站住！上哪儿去？"人们围住马车，向他报告：敌人把他们撵出村子来了。在马车里站着的人一挥手，喊道："来！……咱们走！"周围的人立时精神振奋，簇拥着三套马车，像一阵疾风扫进村庄，把敌人杀了个落花流水……爱森斯坦对我说："这个人就是夏伯阳，他在红军里以勇猛善战闻名，是妇孺皆知的英雄，当年在战场上常使敌人闻名丧胆。"夏伯阳在这第一场戏里的气概，不禁使我想起京剧《长坂坡》里的张飞。接下去，当村子收复以后，一支由纺织工人组成的队伍来加入夏伯阳师，有一个镜头是一个平平常常的人走上小桥向夏伯阳作自我介绍，爱森斯坦对我说："这是党委派到夏伯阳师里来当政治委员的富尔曼诺夫，他也是影片里的重要角色。"

　　记得有一场戏是这样的，政委富尔曼诺夫刚到师里不久，一天，夏伯阳要师里的兽医和他的助手考一个专门在农村里替人医马的农民，并且要他们立即给那个农民发一份兽医证明书，兽医和他的助手认为他们没有权利这样做，惹得夏伯阳对这些"知识分子"大为生气，威吓着要枪毙他们，事情闹到政委那里，不想富尔曼诺夫也认为兽医他们的意见是对的，政治委员不站在师长一边而站在兽医一边，是夏伯阳所没有想到的，他的暴怒不禁转向政治委员，蓦然抓起一张木凳要向富尔曼诺夫砸过去，但富尔曼诺夫只瞪着眼睛看住夏伯阳，脸上却没有一丝畏惧的神色，夏伯阳觉出自己不对，骂了一声"混账板凳"，把板凳往地上一摔，自己便慢慢收场了。这一场戏那位苏联朋友翻译得很清楚，使我感到夏伯阳这个人物的性格非常可爱。爱森斯坦问我："这场戏怎样？"我说："很精彩。像这类剧中人物，我们的戏里也有，而且是很受欢迎的。"我指的是夏伯阳的豪迈、爽快、纯真的性格，和我们戏里的李逵、鲁智深、张飞、牛皋……的气质颇有相似之处，但他们所处的时代不同，当然也无法相提并论。

　　这出戏的结局，是非常出人意料之外的。当我们看到一半时，以为最后总是描写夏伯阳把敌人扫荡干净，立了许多汗马功劳，然后以"奏凯还朝"的欢乐场面来结束。可是戏的结局同我们的想法恰恰相反，政治委员富尔曼诺夫奉调离开这个师，当夏伯阳和他敬爱的朋友拥抱吻别时，夏伯阳的表情特别令人感动，使得我也同夏伯阳的心情一样，十分舍不得他们两个人分开。富尔曼诺夫走后，接下去的戏是夏伯阳和战士们在一起说说唱唱，很为愉快，他以为敌人都溜跑了，不敢再来碰夏伯阳师了，谁知狡猾的敌人正在部署，等他们熟睡以后，偷营劫寨的敌人突然冲到面前，从梦中惊醒的夏伯阳和他的战士们虽然顽强地战斗，但终以寡不敌众，负了伤的夏伯阳最后在乌拉尔河上被敌人的子弹击中阵亡了。随后，震天的巨响，冲破了悲愤的空气，夏伯阳的部下带兵赶到，歼灭了敌人，为他们的师长报了仇。

　　看完了电影，我对爱森斯坦说："我以前看苏联电影比较少，想不到你们的进步如此之快，拿这部影片来说，不仅故事内容动人心魄，编剧、导演、演员的技巧也都极好，它从头到尾把我们整个带进戏里去了。虽然，我们很不愿意看到这位可敬可爱的英雄战死沙场，但影片却并未给人以悲观的感觉。"爱森斯坦说："这部影片是由两个瓦西里耶夫合作编导的，他们并不是亲兄弟，由于艺术上的合作，就比亲兄弟还要亲密。他们都是苏联革命后培养起来的艺术家，《恰巴耶夫》的成功，是和这两位优秀的青年编导的才能紧密联系着的。"这几句话和影片《恰巴耶夫》一样，同样给了我极其深刻的印象。爱森斯坦还对我说：这部片子在前些日子苏联举行世界电影选举时获得第一奖，并给我介绍扮演夏伯阳的巴保其金以及苏联电影界的其他演员们，我还和他们照了相。

　　我们的剧团从3月23日起在莫斯科音乐厅正式公演6天，我个人主演的有6出戏：《宇宙锋》《汾河湾》《刺虎》《打渔杀家》《虹霓关》《贵妃醉酒》；还表演了6种舞：《西施》的"羽舞"、《木兰从军》的"走边"、《思凡》的"拂尘舞"、《麻姑献寿》的"袖舞"、《霸王别姬》的"剑舞"、《红线盗盒》的"剑舞"等。

　　演出的第五天下午，我见到爱森斯坦，他说："我想请您拍一段有声电影，目的是为了发行到苏联各地，放映给没有看过您的戏的苏联人民看。剧目我想拍《虹霓关》里东方氏和王伯当对枪歌舞一场，因为这一场的舞蹈性比较强。"我说："我同意您的意见。这次我在莫斯科、列宁格勒两地，只规定演出十四天，向隅的观众很多，我感到抱歉。这样做，能够使中国的戏剧艺术通过银幕更广泛地与苏联观众见面，是非常有意义的。但最好是等我演完戏后再拍电影。"爱森斯坦说："您的日程，此地演到3月28日止，我想29日开拍，怎样？"我说："一切听您的安排。"他最后笑着说："现在我们是好朋友，等到拍电影的时候，您可不要恨我呀！"我也笑着对他说："何至于如此！"他说："您不知道，演员和导演，在摄影棚里，常常因为工作上意见不合，有时会变得跟仇人一般哩！"

29日晚饭后九点钟的时候，我和朱桂芳（扮《虹霓关》里的王伯当）、徐兰沅（胡琴）、何增福（打鼓）、罗文田（大锣）、霍文元（三弦、二胡）、孙惠亭（月琴、唢呐）、唐锡光（小锣）、崔永奎（笙）、韩佩亭、雷俊（化装）、刘德钧（服装）等一同到了莫斯科电影制片厂，爱森斯坦候在门口接我们进去，随即开始研究拍"对枪"一场的身段和部位，爱森斯坦说："这次拍电影，我打算忠实地介绍中国戏剧的特点。"我说："像《虹霓关》这场'对儿戏'，有些舞蹈动作必须把两个人都拍进去，否则就显得单调、孤立。所以我建议少用特写、近景，多用中景、全景，这样，也许比较能够发挥中国戏的特点。"爱森斯坦说："我尊重您的意见。但特写镜头还是需要穿插进去的，因为您知道苏联观众是多么渴望清楚地看到您的面貌啊！"我说："拍电影应该服从导演，我们就听您的指挥吧！"

我们化好了装，就把"对枪"的部位先走给爱森斯坦看，他说："拍摄这一段兵器舞蹈，只能一气呵成，否则就贯串不起来了。我正在想办法如何把特写镜头插进去。"我说："《虹霓关》'对枪'一场，东方氏一共唱八句，一句'倒板'，七句'原板'：

（西皮倒板）在阵前闪出了伯当小将，（原板）亚赛过当年的潘安容装，赛韦陀，赛韦陀缺了降魔杵杖，似吕布，似吕布缺少了画戟银枪，爱他的，爱他的容貌相盖世无双，有几句衷肠话与你商量，你若是弃瓦岗随奴归降，奴与你配夫妻地久天长。

"前面四句是与王伯当一面打一面唱对做舞蹈身段，这一套舞蹈动作是非常严密紧凑，无法分开的。从'爱他的容貌相盖世无双'起是东方氏向王伯当表示她的爱慕之意，这时可以酌量拍几个特写镜头。"爱森斯坦同意我的想法，他说："我就根据这个原则来分镜头，但前面的二人舞蹈以及雕塑式的姿势，也可以酌量使用特写镜头，总以保存艺术完整，同时又能突出您的面貌为目的。"

因为拍的是有声电影，所以事先需要试音，录音筒是悬挂在空中的，乐器的震动率有高低强弱，乐队的位置就不能像演戏时那样集中在一起，例如单皮鼓、大锣的位置要远一些，胡琴的位置要近一点，都由现场专管录音的技师来安排。

在布置灯光位置的时候，特烈杰亚柯夫提议：梅兰芳先生与爱森斯坦这一次的合作，是值得纪念的事，应该摄影留念。我和爱森斯坦就在带门帘的绣花的幕前、两旁隔扇前面挂着宫灯、地下铺着台毯的演区里照了相，又请特烈杰亚柯夫加入，三人合影。

正式开拍时大约已接近午夜。处理镜头的方法，比在美国拍《刺虎》时又复杂了许多，镜头的角度、远近，变换频繁，拍了停，停了拍，斟酌布置的时间耗费得相当长，使演员感到加倍吃力，因为在戏台上"勒头"的时间是有限度的，拍电影的时间就要看拍摄时顺利与否来决定，所以不免心中有些嘀咕。我记得"赛韦陀"那一个两人把枪搁在臂弯里同做合掌蹲身的身段，拍的时候觉得很好，拍了以后发现镜头角度不够准确，导演只得教我们重拍；"画戟银枪"的身段，又因为枪尖出了画面，爱森斯坦说："这是大毛病，非重拍不可。"这时，大家的情绪已渐渐不能稳定了，最后一个镜头，因为录音发生问题，一连拍了两次，爱森斯坦还是不满意，要拍第三次，这时乐队的同人就稳不住了，打鼓的已经把紫檀板收进套子里去，而我当时也因头上的水纱网子已经勒了五个多钟头，感到异常疲劳，想要赶快卸装休息。这时，爱森斯坦走到我面前，亲切而诚恳地对我说："梅先生，我希望您再劝大家坚持一下，拍完这个镜头就圆满完工了。这虽然是一出戏的片段，但我并没有拿它当新闻片来拍，而是作为一个完整的艺术作品来处理的。"我听了他的话，为他的诚挚的态度和一丝不苟的精神所感动，立刻振作起来，我说："您看好镜头，马上再开始拍摄，我们一定把它拍好为止。"

拍完最后一个镜头，我正在卸装，爱森斯坦走过来笑着说："前天我对您说的话，现在证实了吧！我相信在这几个小时之内，梅剧团的艺术家们一定在骂我了。"我说："刚才我的确有这个意思，现在仔细想一想，觉得您这样做是对的，因为等到上了银幕以后，看出毛病是后悔不及了。"

爱森斯坦说："在这短短一天的合作中，我已感到您是一位谦逊的、善纳忠言的演员，您如投身电影界，也必定是一位出色的电影演员。"我就问起苏联电影演员的情况，他说："在默片时代，电影界的男女演员约两千人，其中除一部分临时演员外，大半是专业的。自从有声电影盛行后，影片中的主角常常不得不延聘舞台演员来担任，但他们夜间需在舞台上演出，致影片生产速率减退，现在我们正在训练基本演员，企图改变借重戏剧界的情况。"他又谈道："苏联的党政领导，非常重视文化事业，认为电影是宣传、教育的最好方式，因为它能够普及，以后将投入更多力量。"我说："电影事业的发达，是世界潮流所趋，诚如尊论。1930年我在美国演出时，有声电影刚刚兴起，许多舞台演员被电影公司所延揽，舞台剧也次第搬上银幕。有人颇抱杞忧，认为长此以往，舞台剧将被电影取而代之。我以为戏剧有其悠久的历史与传统，如色彩方面、立体方面、感觉方面都与电影有所不同，电影虽然可以剪接修改，力求完善，但舞台剧每一次演出，演员都有机会发挥创造天才，给观众以新鲜的感觉。例如我在苏联演《打渔杀家》就与在美国不同，因为环境变了，观众变了，演员的感情亦随之而有所改变，所以电影对舞台剧'取而代之'的说法，我是不同意的。"爱森斯坦说："您的话深得我心，这两种艺术必将相互影响，长期并存。苏联的政策，电影与戏剧都要负起教育广大群众的责任，所以它们的内容必须是社会主义的内容，其对象则以工农群众为主。同时，内容和技巧必须并重，这样才能于潜移默化中使观众得到鼓励，受到教育。"

从他的谈话中，我才初步了解到苏联政府花很多的经费提倡戏剧、电影及其他文化事业，目的都在于教育，这一点不仅与当时中国在国民党反动派统治下的政策完全不同，即与欧美各国的商业化性质也是根本不同的。

拍完电影后第二日,我们乘火车到列宁格勒,在那里演出了八天,然后回到莫斯科,4月13日在莫斯科大剧院又演了一天,这一天的演出是应苏联对外文化协会特别要求临时添加的,本来不在预定日程之内。

4月14日,离开莫斯科的前一天,我们假座苏联对外文化协会邀请苏联文艺界开了一次座谈会,请他们提出对中国戏的看法与批评,座谈会由苏联戏剧艺术大师聂米洛维奇·丹钦科主持,他先讲了一些简短的感想,然后要求参加座谈会的同志们踊跃发言。许多文学家、戏剧家、音乐家都先后热烈地讲了话。爱森斯坦也谈了他的感想,他说:"起初我听说东方的戏剧都是一样的,我曾经看过日本戏,现在又看了中国戏,才明白日本戏与中国戏之不同,犹如罗马之与希腊、美国初年之与欧西。在中国戏里喜怒哀乐虽然都有一定的程式,但并非呆滞的。俄国戏剧里的现实主义原则的所有优点,在中国戏剧里面差不多都有了。我看中国戏确有许多特长,为什么在中国的电影中没有吸取呢?俄国的电影,将采用中国戏的方法来丰富表演。我希望梅先生回国之后,能够培养许多新的人才出来,使这优美的中国戏剧能够继续和发展下去。"他停顿了一下,接着又摘要复述他在发表的文章中的一些观点说:"梅先生不仅是表演艺术家,而又是一位学者,他正从事研究如何发展古代舞台艺术综合性的特点,这种特点,就是有声有色地完成动作、音乐和古装的结合。但梅先生不是复古主义者,他还以新的内容来充实传统形式,在新编的剧目题材中,涉及社会问题。金格林先生曾指明此点,他从梅先生所编的大量剧本中,指出某剧涉及妇女社会地位低贱问题,某剧向落后宗教迷信与成见做斗争,善于运用传统形式和历史故事来比喻现代问题,使古典的中国戏剧具有特殊的生气。而且,艺术家往往只适宜扮演某种角色,梅先生却能扮演各种类型的人物,惟妙惟肖。从金格林先生的论述中,可以看出梅先生是密切注视和研究古代和现代各个时期的历史背景、风俗习惯,具有丰富的生活经验和敏锐的观察力,以精练的艺术创造出许多典型的女性形象,活跃于中国及国际舞台上。"爱森斯坦最后说:"传统的中国戏剧,必须保存和发展,因为它是中国戏剧艺术的基础,我们必须研究和分析,将它的规律系统地加以整理,这是学者和戏剧界的宝贵事业。"

爱森斯坦这段扼要精辟的话，给了我很大的鼓励和很深的印象，因为他对中国戏的看法和估价是清楚而准确的。直到今天看来，他所指出的问题，还是切合实际情况而也是我们正在努力探索前进的方向。

爱森斯坦同志和其他同志虽已逝世多年，但当我写这篇回忆录时，许多值得追忆的往事，还历历如在目前。我们相聚的日子，只不过短短的一个多月，而我们的友谊和我对他们的怀念，却是深厚绵长、永恒无穷的。

在美接受荣誉博士学位时的答谢词

校长先生，诸位校董，诸位教授，各位同学，各位来宾：

兰芳今日蒙奖授荣衔，非常感谢诸位，此举是表现对于我们中国人民最笃厚的国际友谊！兰芳不过是微末的个人，这次游历贵邦，是来吸收新文化，随带表演自己的一点艺术，以求贵国学者的批评指教。游历即将结束，细心体验，知道果然能够得到诸位对于我们民族越加谅解和同情，这不啻是我们的艺术成功，而是贵国人士的盛情，能够明了我们这次游历的宗旨。从广义上来说，我们这次来访是想尽我们微薄的力量，以促进文明人类最恳切希望的和平。依据历史的例证，真正的和平是不能靠武力得来的；人类希望和平，不是动乱后的平静，真正的和平是要从精神、理智和物质上增进人类的发展和成长；要维持世界的真正和平，人类需要相互了解，相互谅解和同情，相互扶助，而不是相互争斗。我们中美两大民族所希望的人类和平，是根据国际信用和诚意为准则的；要达到这个目的，就需要大家从艺术和科学上有具体的研究，要了解彼此的习惯、历史背景和彼此的问题与困难。兰芳此次来研究贵邦的戏剧艺术，承蒙贵邦人士如此厚待，获益极多。兰芳所表演的是中国的古典戏剧，个人艺术很不完备，幸蒙诸位赞许，不胜愧怍。但兰芳深知诸位此举，不是专门奖励兰芳个人的艺术，而是对中国文化的赞助，对中国民族的友谊。如此，兰芳才敢承受这一莫大的荣誉。今后当越加勉力，才不愧为波摩那大学家庭的一分子，不负诸位的奖励。谢谢诸位。

和乌兰诺娃的会见

1935年,我第一次访苏联的时候,见到杰出的芭蕾舞表演艺术家乌兰诺娃,就看过她的《天鹅湖》。十七年后,1952年中苏友好月,她到中国来访问,我又看到了她的精彩的舞剧,那一次她还参观了首都的中国戏曲学校,当学生在排演场练功的时候,我向她具体地介绍了中国古典戏曲演员学艺的过程,我们的学生表演《白蛇传》给她看,最后大家一起在舞台上照了相。

苏联的戏剧家都欣赏中国戏里面虚拟的骑马、划船、上楼、下楼的动作,以及多变的手势。在中苏友好月的联欢日子里,我招待苏联文艺界,演出《贵妃醉酒》。当我演毕卸装时,乌兰诺娃到后台向我道乏,她说:"我非常喜欢中国戏里的手势,像《贵妃醉酒》虽然穿的是宫廷服装,有长袖掩盖着双手,但是您偶尔有几个露手的动作是那么有着强烈的、醉人的吸引力。"她拉着我的手仔细地看,最后她说:"您的手,还是和一般演员的手差不多,没有什么秘密。"

1952年的岁末,我从到维也纳参加世界和平大会的归途中经过莫斯科,受到苏联保卫和平委员会的招待,度过了1953年的新年。下车的时候,首先看到乌兰诺娃同志从人丛中走到我的面前,向我道辛苦,并祝贺我参加世界和平大会的胜利归来,他们送我上了汽车。事后苏联的一位能说中国话的记者告诉我:"近年来乌兰诺娃同志为了保持她的表演的完整饱满,对于身体的休养,特别注意,因此轻易不到车站和机场迎送宾客,这次到车站来欢迎梅先生,可以看出你们友谊的深厚。"

1957年11月,我国劳动人民代表团到莫斯科,下了飞机就参加苏联最高苏维埃庆祝十月革命四十周年的会议,听到了苏联领导同志和兄弟国家的代表们,还有我们毛主席的祝词,对于十月革命为人类造福的重大意义都做了精辟的阐发,这些响亮的声音,打到每一个人的心弦上。在红场观礼台上,看到了社会主义先进工作者的壮阔雄伟的步伐,行列中的多种多样的火箭,吸引了所有的观礼者。我们还看到了苏联的人造卫星,这与第一颗人造卫星是姊妹,现在陈列在天文馆里。在这样庄严、隆重、狂欢的节日里,大家除了开会、参观的集体活动之外,我们还忙里偷闲到苏联文艺界的朋友们的家庭里做客,在好客的木偶剧院院长奥帕拉兹卓夫家里,在作家波列伏依家里,受到他们亲切的招待。西蒙诺夫同志在百忙中也赶到波列伏依家和我们叙谈,还有几次富有诗意的文酒小会,都充满了友好与欢乐,在这篇短文里我想着重谈谈我再次和乌兰诺娃的会见。

在一次晚会上,我又看到乌兰诺娃的一个短的舞剧,她的精湛的表演,可以说是"状如明月,体似轻风"。使我想起中国古书上所说的赵飞燕能做掌上舞,但无从看到这种古代的舞蹈,今天仿佛出现在我们的面前了。

另一天她演一个大型舞剧《红罂粟花》,事先我没有知道,临时找不到入场券,我通过接待的单位表示要访问她,经过联系后,约定在莫斯科大剧院见面。我听说她还经常到大剧院的舞台上练功,大约她不愿放弃一天的练习,所以在那里会客。

我顺便在这里介绍一下芭蕾舞演员的艺术生活。芭蕾舞是一种艰苦的艺术劳动,全身的力量都集中在脚尖上,比起中国古典戏曲里面花旦的支跷还要吃力,饮食睡眠,都须严格控制,保持体重的标准。在前几年中苏友好月,苏联文化代表团到中国来访问,大部分团员是坐火车来的,乌兰诺娃却乘坐了飞机,据说,如果接连在火车上生活十天,吃了睡,睡了吃,一则体重会增加,二来就无法练功,对于她是不相宜的。芭蕾舞演员的艺术年龄,一般在三十到四十岁之间,乌兰诺娃早已超过了这个年龄,这是一个奇迹,苏联人民尊之为国宝,不是偶然的。

前年另一位苏联的芭蕾舞演员列彼辛斯卡娅到中国来访问,我到北京饭店拜访她,谈了些关于芭蕾舞的表演技术问题,她告诉我,这次随着文化代表团到中国来访问,主要是游历、参观,并不表演,但她每天早晨和晚上,都要花上几十分钟的时间来练习芭蕾舞的基本动作,因为一个月的访华期间,如果缺功不练,在艺术上是一种损失。

乌兰诺娃曾经说过:"我开始舞蹈生涯之初,技术占了我的主要注意力，占了我绝大部分的时间和精力，但是这种锻炼绝不是朝着杂技的方面发展，而是要提高技术，掌握更多的舞台动作，从动作的连续性和自然的衔接，好像流水一般地转变，具备了这样的能力，才能表现出伟大的感情来，舞蹈才会是概括化并富有诗意的。"

当我们看到乌兰诺娃表演时，我们不仅欣赏她的卓越的舞蹈技术，而且感觉到，表演者通过这种技术，诗意地表现出人的真挚而深邃的感情。

在一个晴朗天气的上午，我和田汉、老舍、阳翰笙、王昆等几个人到了莫斯科大剧院，乌兰诺娃站在楼梯边欢迎我们走进会客室。

我把带来的一本彩色套印的《中国戏曲服装图案》送给她，她非常高兴，一边阅看，一边对我说："图案丰富，色彩鲜明，中国的印刷艺术进步了。"她又说："当表演完毕，阅看这种有关戏曲美术的书籍，能够调剂精神，恢复体力。"

我又送给她一张剧照，是我和姜妙香、葆玖三人合摄的《断桥》。她指着葆玖所扮的青儿说："这是您的儿子？将来您的孙子长大了，祖孙三代合演一出戏，更有意味，新时代的艺术家是不老的。"

田汉同志送她一把红色面子的折扇，上面写着一首诗，是歌咏她表演的《红罂粟花》舞剧的，她道了谢，问我看过这出戏没有。我说："那天因为临时找不到入场券，没有看到您的拿手好戏，非常遗憾。"她谈了些关于排演《红罂粟花》的经验，这个戏是以中国故事为题材的，最近又经过一次修改才上演的。

最后，我们表示希望她能在1959年我们国庆十周年的纪念日，再到中国来访问，她笑着说："我愿意来和中国人民一同庆祝这个节日。"

纪念斯坦尼斯拉夫斯基

1935年我第一次到苏联表演的时候，见到斯坦尼斯拉夫斯基。那时候，他已经七十多岁了。我初次和他见面，就被他的诚恳谦和的态度和修养精湛的艺术家的风度所吸引。我们有过好几次谈话，交换彼此在艺术上亲身体验出来的甘苦得失。

我在莫斯科演出期间，他常听我的戏，同时我也到莫斯科艺术剧院观摩他导演的戏，他很客气地请我批评。

他一贯主张现实主义的表演，反对脱离生活的形式主义。他非常重视苏联民族形式的优良遗产，同时也善于吸取外来艺术的优点。

他认为教育下一代是重要的任务，并以实际行动表现了关怀后进的精神。我第二次到苏联时，他的学生告诉我说，直到他临终前一刻，还在和他的学生们仔细地谈着艺术上的问题。这种鞠躬尽瘁、钻研艺术的精神，真是我们学习的好榜样。

他说要成为一个好演员或好导演，必须刻苦地钻研理论和技术，二者不可偏废。同时一个演员必须不断地通过舞台的演出，接受群众考验，这样才能丰富自己，否则就等于无根的枯树了。

斯坦尼斯拉夫斯基对我的启发和鼓励，深深地印在我的脑子里。回国之后，我时时想起他在艺术上的精心创造和他的刻苦钻研的精神。

十七年过去了，1952年的岁尾，我参加了在维也纳召开的世界人民和平大会。中国代表团在归国途中经过莫斯科，受到苏联对外文化协会热烈亲切的招待。1月7日，我参观了斯坦尼斯拉夫斯基博物馆，这使我对这位伟大的艺术家的印象更深刻了。

博物馆的负责同志是斯坦尼斯拉夫斯基的秘书。他首先把我们引到卧室，房内陈设位置与十四年前的是一样，非常朴素。房门口有一个小书桌，是老先生二十八岁时表演莎士比亚的戏中所用的道具，后来就摆在卧室里日常应用，还有一只手提箱，是演戏时装道具的。对着窗户，有一座壁炉，旁边又砌了一座方形的泥炉。老先生当年为了节省燃料，另外砌了这座泥炉。秘书指着壁墙横摆着的一张单人木床说："老先生就是在这张床上逝世的。"听到这里，我低下头，对着这张床，我觉得眼眶里湿润了。

我们又到了一间陈列室，这里陈列着老先生早年表演莎士比亚的戏所用的道具，其中有全身披挂的钢制甲胄。墙上挂着他的剧照，都是同一时期所演的戏。挂在另一个房间里的一张剧照是非常吸引人的。他扮演高尔基《夜店》中的一个角色，趴在阁楼上，后面一只脚跷起，皮鞋底有一个洞，露出里面的脚趾。

《智慧的悲哀》又名《聪明误》，是俄国作家葛里鲍耶多夫的名著。斯坦尼斯拉夫斯基曾表演这个戏里的奴隶主。墙上挂着三张剧照，三个扮相是截然不同的。据说第一帧是一般演员的扮相，第二帧是经过他创造改扮的，我们觉得比第一帧的讽刺性要浓得多。第三帧的形象，刻画更深，一看就会对这个剧中人发生憎恨的情感。从这里我们就可以看出斯坦尼斯拉夫斯基对于奴隶主这个人物，是以高度的憎恨情绪来刻画的，同时也可以看出他对于被奴役的农民，是怀着多么深厚的热爱和同情。

在另一个陈列室里，陈列着许多文件，其中一封是他向全体工作人员道歉的信（因为有一次他到场晚了）。还有一封是他自我检讨的信，因为他有一次演戏，在台上忘了台词，冷场两分钟。从这些文件里，可以看出这位伟大艺术家的严肃工作态度和自我批评的精神。

有一个珍贵的文献是契诃夫所写剧本的原稿，上面经过斯坦尼斯拉夫斯基亲笔删节的。据说当时曾有过一些争执，老先生说大家要守纪律，他有权处理这件事。

有一个玻璃柜里，陈列着一张斯坦尼斯拉夫斯基剃了胡子的照片，旁边放着一封他向他夫人道歉的信。据说当年俄国男子有必须修饰美髯的风气。他在信里这样说："胡子是属于你的，但是我现在因为要扮演某一个角色，不得不剃去胡子，请你原谅。"从这封信里，也可以看出老先生的风趣。

这时候，博物馆的秘书引进两位主人，是斯坦尼斯拉夫斯基的儿子和女儿。我们彼此叙说了当年的友谊，他们很亲切地邀我们到他父亲生前起坐的书房里。我把我的《舞台生活四十年》送给馆内一本留作纪念，还在一张纸上写了几句追念老先生的话。他们从书柜内取出当年我在莫斯科送给老先生的一本书、脸谱模型和戏装泥人，要我解释给他们听；又特别挑出一个他父亲生前最喜爱的泥人，拿给我们看。

另一间房子里，都是斯坦尼斯拉夫斯基夫人的剧照，她过去也是一个名演员。有一张阖家欢聚的照片，上面两个小孩子，就是现在站在我们面前的两位中年人。

我们最后走到客厅，这里有一个小戏台，靠墙放着三把椅子。我说这间房很眼熟，从前我好像到这里来过。斯坦尼斯拉夫斯基的家属拿出一张我和老先生在这间房里合照的照片下面是老先生亲笔记载的年月日，是1935年3月30日。我坐在一张高背椅子上，老先生坐在右手的椅子上。他们把这张珍贵的照片，很郑重地赠送给我，我请他们两位签了字，留作纪念。博物馆的秘书又拿出一张照片，是这间房子的全景，华丽精致，与现在的不同。据说老先生住进来以后，曾说："这样一间华丽的客厅对我没有什么用处。"他就把它改成小型的剧场。演出的时候，他还亲自拉幕、照料场子。这所房子，有一百年以上的历史，是苏联政府赠给斯坦尼斯拉夫斯基的。

我这次到莫斯科的第一天，名导演柯米萨尔热夫斯基告诉我说，斯坦尼斯拉夫斯基在导演最后一个戏的时候，还对演员和学生们提起我的名字。我听到了这几句话，既惭愧，又感到莫大的鼓舞。去年秋间，我曾重读斯坦尼斯拉夫斯基的名著《我的艺术生活》和《演员自我修养》，对他的"体系"有了进一步的了解，今后我要更深入地向这位伟大的艺术家学习。

回忆泰戈尔

正当中国文艺界和印度人民热烈纪念印度诗人泰戈尔诞生一百周年的时候,我不禁想起三十七年前泰戈尔先生访问中国时,和他接触的一些情景。

泰翁到北京的前夕,在济南对教育界的朋友讲了话。中国作家王统照为他翻译,并做了介绍说:"泰戈尔先生的演讲,不同于一般的政治家、教育家、演说家,譬如一种美丽的歌唱,又如一种悠扬的音乐,请诸君静听,方知其妙处。"

泰戈尔以洪亮清越的声音,热情洋溢地说:"我爱你们的热烈欢迎,大家之所以欢迎我,大概因为我可以代表印度人……"

"今天我用的语言,既非印语,又非华语,乃是英语,这言语上的隔阂,最为痛心,而诸君犹不避风沙很热心地来听我说话,由此可证,我们之间有一种不自觉的了解,譬如天上的月亮,它照在水上、地上、树上,虽默无一语,而水也、地也、树也,与月亮有相互的自然了解和同情。

"我在杭州,有朋友送我一颗图章,上刻'泰戈尔'三个字,我对此事很有感动。印度小孩儿降生后,有两件事最要紧,第一要给他起个名字,第二要给他少许的饭吃,然后这个小孩儿就和社会发生了不可磨灭的关系。我这颗图章上刻着中国名字,头一个便是泰山的'泰'字。我觉得此后仿佛就有权利可以到中国人的心里去了解他的生命,因为我的生命是非与中国人的生命拼作一起不可了……"泰翁的真挚而亲切的语言,感动了全场的听众。

在北京城里许多次集会中,使我最难忘的是1924年5月8日那一天,泰翁早就选择了北京来度过他六十四岁的寿诞,而我们也早就准备为他祝寿,排演了他写的名剧《齐德拉》(*Chitra*)。

是日也，东单三条协和礼堂贺客盈门。祝寿仪式开始，泰翁雅步入席，坐在第三排的中间，我坐在他身边，有机会细细端详他的丰采。他头戴绛红呢帽，身穿蓝色丝长袍，深目隆准，须发皓然，蔼然可亲。

梁启超先生首先登台致祝词，他说："……泰翁要我替他起一个中国名字。从前印度人称中国为'震旦'，原不过是'支那'的译音，但选用这两个字却含有很深的象征意味。从阴噎雾霏的状态中霎然一震，万象昭苏，刚在扶桑浴过的丽日，从地平线上涌现出来（旦字末笔代表地平），这是何等境界。泰戈尔原文正合这两种意义，把它意译成'震旦'两字，再好没有了。从前自汉至晋的西来古德（古德就是古代有道德的高僧），都有中国姓名，大半以所来之国为姓，如安世高来自安息便姓安，支娄迦谶从月支来便姓支，康僧会从康居来便姓康，而从天竺——印度来的都姓竺，如竺法兰、竺佛念、竺法护都是历史上有功于文化的人。今天我们所敬爱的天竺诗人在他所爱的震旦地方过他六十四岁的生日，我用极诚恳、极喜悦的心情，将两个国名联起来，赠给他一个新名叫'竺震旦'（全场大鼓掌）。我希望我们对于他的热爱，跟着这名字，永远嵌在他心灵上，我希望印度人和中国人的旧爱，借竺震旦这个人复活过来。"

泰戈尔被簇拥着走上台，对中国朋友致谢词，大意说，今天是他最高兴的日子，因为他有了象征中印民族团结友好的名字，他将不倦地从事中印文化的沟通，并诚恳地邀请中国学术界的朋友到印度，在他举办的国际大学（Visva Bharti）讲学。

接着，中国文艺界的朋友用英语演出了泰翁的名著话剧《齐德拉》，林徽因女士扮演女主角齐德拉。泰翁捻须微笑，他对我说："我希望在离开北京之前，看到你的戏。"我说："因为您的演讲日程已经排定，我定于5月19日请您看我新排的神话剧《洛神》，这个戏是根据我国古代诗人曹子建所作《洛神赋》改编的，希望得到您的指教。"

以后，泰翁与他的同伴——国际大学艺术学院院长、名画家难达婆薮（Nandalal Bose），和印度其他一些著名学者在北京轮流做了各种专题演讲，受到学术界的欢迎。

有一次，我听泰翁演讲，题目是"巨人的统治——扑灭巨人"，当他说到亚洲人受西方人的压迫掠夺已非一朝一夕时，下面有几句话是极其振奋人心的。他说:"吾人往者如未破壳之雏鸡,虽在壳中亦有隐约光明,但限度极小,世人疑我等终不能脱壳,但吾人自信必能破壳而出,达到真理最深处。"

5月19日夜,我在开明戏院(现在的民主剧场)演出《洛神》,招待泰翁观剧。我从台上看出去,只见诗人端坐包厢正中,戴绛色帽,着红色长袍(按:此为国际大学的礼服),银须白发,望之如神仙中人,还有几位印度学者也都坐在一起,聚精会神地看完了这出戏。泰翁亲自到后台向我道谢说:"我看了这个戏很愉快,有些感想,明日面谈。"

泰翁定20日夜车赴太原。那天中午,我和梁启超、姚茫父等为泰翁饯行。泰翁来时,穿中国的黑绒鞋,我问他习惯否,他说:"中国的鞋子柔软轻松,使双足不受箍勒压迫,是世界上最舒服的鞋子。"他还告诉我:"前几天到汤山小住,温暖的泉水涤净了我身上的尘垢,在晨光熹微中,看到艳丽的朝霞,蔚蓝的天,默默地望着地上的绿草,晓风轻轻摇撼着刚从黑夜里苏醒过来的溪边古柳,景色是使人留恋的。"停了一会儿,诗人若有所思地说:"那天在郊外闲游,看见农民蹲在田垄边,口含旱烟管,眼睛望着天边远处,颇有诗意。"

席间泰翁谈到《洛神》,他对我的表演作了鼓励,唯对"川上之会"一场的仙岛布景有意见。他说:"这个美丽的神话诗剧,应从各方面来体现伟大诗人的想象力,而现在所用的布景是一般而平凡的。"他向我建议:"色彩宜用红、绿、黄、黑、紫等重色,应创造出人间不经见的奇峰、怪石、瑶草、琪花,并勾勒金银线框来烘托神话气氛。"以后我曾根据泰翁的意见,请人重新设计《洛神》的布景,在不断改进中有很大的提高,但还没有达到最理想的程度。

泰翁认为,美术是文化艺术的重要一环,例如中国剧中服装、图案、色彩、化装、脸谱、舞台装置,都与美术有关。艺术家不但要具有欣赏绘画、雕刻、建筑的兴趣和鉴别力,最好自己能画能刻。他还告诉我关于他学画的故事说:"我一向爱好绘画,但不能画,有几次我在诗稿上涂抹修改,无意中发现颇有画意,从那时起我就开始学画。"

竺诗人说:"我的侄儿阿伯宁·泰戈尔(Abanindranath Tagore)是印度艺术复兴运动中的先锋,孟加拉画派的创始人。他画过以法显、玄奘两位法师到印度取经为题材的《行脚图》,可惜这次没有带来。"

竺诗人即席介绍印度名画家难达婆薮，他说："婆薮先生是阿伯宁·泰戈尔的继承人，孟加拉画派的杰出画家，我所著的书，装帧、插图，大都出自他手，他对中国画很有兴趣。"

泰翁还谈到几天前和中国画家联欢座谈，交换了意见。他问我："听说梅先生对绘画下过功夫？"我告诉他："那天出席的画家如齐白石、陈半丁、姚茫父……都是我的老师。"我指着茫父先生说："我爱画人物、佛像，曾画过如来、文殊、观音、罗汉像，就得到姚先生的指导。"

饭后，我向难达婆薮先生求画，他欣然命笔，对客挥毫，用中国毛笔在槟榔笺上画了一幅水墨画送给我，内容是古树林中，一佛趺坐蒲团，淡墨轻烟，气韵沉古。可惜当时没有请教所画的故事题材，后来我在画上以意为之地题作"如来成道图"，也袭珍藏，直到如今。

有人问泰翁，听说诗人对绘画、雕刻、歌唱音乐无所不通，此番听了《洛神》的音乐歌唱有何感想？他笑着说："如外国莅吾印土之人，初食芒果，不敢云知味也。"我们乍听这句话，不懂他的含意。座中有一位熟悉印度风俗的朋友说：芒果是印度果中之王，吃芒果还有仪式，仿佛日本的"茶道"（日本人请朋友喝茶，主宾都有一定的礼节，称之为"茶道"）。泰翁以此比喻，是说中国的音乐歌唱很美，但初次接触，还不能细辨滋味。

梁启超先生问泰翁："这次诗人漫游中国，必有佳句，以志鸿爪？"竺诗人答："我看了《洛神》，正在酝酿一首小诗，送给梅先生。"大家见他凝神构思，都不去打扰他。他先在手册上起稿，然后用中国笔墨作细书，写在一柄纨扇上，原文是孟加拉文，又自己译成英文，落了我的款，签上他的名，并兴致勃勃地用孟加拉语朗诵了他的新作，我们虽不懂印度话，但从他甜软的声音鲜明的节奏里，就有月下清梵泉鸣花底的美感。我从泰翁手里郑重地接过扇子，向他深深地道了谢。

夜间，我们到车站送行，彼此都有依依惜别之情，我问泰翁这次到北京的感想，并盼他再来。他说："两三年后我还要再来，我爱北京的淳朴的风俗，爱北京的建筑文物，爱北京的朋友，特别使我留恋的是北京的树木，我到过伦敦、巴黎、华盛顿，都没有看到这么多的栝、柏、松、柳,中国人有北京这样一个历史悠久而美丽的都城,是值得骄傲的。"在汽笛长鸣,飙轮转动的前几分钟,竺诗人紧紧握着我的手说:"我希望你带了剧团到印度来,使印度观众能够有机会欣赏你的优美艺术。"我答:"我一定要到印度来,一则拜访泰翁;二是把我的薄艺献给印度观众;三来游历。"

1929年春,泰翁曾重游中国,到了上海,诗人回国时,宋庆龄先生主持了隆重的送别仪式,并赠送他一批中国的土产礼物,其中有一套手工精制的泥质彩绘脸谱,最为泰翁欣赏。而我于1935年访问苏联后,漫游欧洲,考察戏剧,归舟路过孟买,登陆小憩半日,但始终未能践泰翁之约。直到新中国成立后,中印两国文化交流才大有发展,印度文化艺术团体曾不止一次地访问中国,1954年冬,中国文化代表团访问了印度。在新德里、加尔各答、孟买、马德拉斯四个大城演出了京剧,受到印度广大人民的热烈欢迎。李少春同志回国后告诉我,他们在孟加拉邦寂乡(Santiniketan)访问了泰戈尔先生的故居,我缅怀诗人丰采,为之神往。

今年的暮春,在纪念泰戈尔先生百年诞辰的前一些日子,我把珍藏已久的那柄纨扇找了出来,请中国科学院文学研究所的吴晓铃、石真同志来推敲泰翁原作的精神。石真同志曾在泰翁创建的印度国际大学的泰戈尔研究所里工作过五年,是一位精通孟加拉语和泰戈尔文学的专家。

石真同志接过扇子,细细赏玩泰翁的亲笔题诗,她首先称赞书法的精妙。她说:泰翁的书法,为印度现代书法别创了一格,他的用笔有时看似古拙,特别是转折笔路趋于劲直,但他却能用迂回婉约之法来调剂,寓婀娜秀俊于刚健之中,给人以峰回路转、柳暗花明的感觉,而整体章法又是那么匀称有力,充分表现出诗人的气质。

当然更吸引她的还是那首诗,她情不自禁地用孟加拉语吟哦起来。我想起三十七年前泰翁亲自朗诵佳作的情景,现在又第二次从听觉上感受到诗人的亲切语言和深厚友情。石真同志当时就把这首诗译成现代汉语:

亲爱的,你用我不懂的
语言的面纱
遮盖着你的容颜;

正像那遥望如同一脉

缥缈的云霞

被水雾笼罩着的峰峦。

她告诉我："这是一首极为精湛的孟加拉语的即兴短诗。这类的短诗，格律甚严，每首只限两句，每句又只能使用十九个音缀，这十九个音缀还必须以七、五、七的节奏分别排成六行。更有趣味而别致的是，这类的短诗正像我们的古典诗歌一样，一定要押韵脚，而且每行的'七'与'七'之间也要互押。"这不由得使我想到中国旧体诗绝句，要在短短的二十或二十八个汉字的限制以内，集中而概括地写出真挚而变化多端的思想感情来，是需要艺术才能的。

石真同志说："泰翁对我们的古典诗歌是十分称赞的，诗人虽然不懂汉语，但是他读了不少英语翻译的屈原、李白、杜甫和白居易的诗篇，并且时常在著作和讲话里征引，这首短诗的意境，便很有中国的风味。他非常形象地用云雾中的峰峦起伏来描述他所热爱而又语言不通的国家的艺术家那种纱袂飘扬、神光离合的印象，他感觉到美的享受，但又不十分了解戏中所包含的复杂的感情和心理状态。"她认为，诗人似乎有意识地选择这样的形式，并在这首诗的写作方法上，尽量让它接近中国风格。

更使我感动的是，吴晓铃夫妇还谈道：在泰戈尔纪念馆——泰翁故居的大厅东面窗前，摆着一口特制的保存留声机片的大橱，其中大部分是我的戏曲唱片，以及前辈表演艺术家谭鑫培先生等的唱片，罗谛•泰戈尔先生（Ratindranath Tagore）曾经费了很大的气力找到一只钻石针头，在大喇叭筒上为他们播放了几个片断。那还是老百代公司的钻针唱片，当年是我经过仔细选择，赠送给诗人的微薄礼物。他们在国际大学艺术学院的博物院里还看到一套精制的京剧脸谱模型，泰翁的侄子——阿伯宁•泰戈尔博士曾经据之描绘过彩色拟本。那该就是1929年春，泰翁二次访华时，宋庆龄先生赠送他的礼物了。

泰戈尔先生虽已逝世二十年，但他热爱中国的真挚、亲切、富有正义感的言行，却在我心里留下深刻印象。事例是不胜胪举的。我想，假使竺诗人今天还在人间，对中印文化交流必将做出更大的贡献。

天龙寺会见今井京子

　　三十二年前，我第二次到日本，在京都演毕，日本电影公司请我拍摄《廉锦枫》的"刺蚌"和《虹霓关》的"对枪"两场电影。那天从早到暮，足足搞了一整天。拍完之后就请我吃"鸡素烧"，因为饿过了头，不免多吃了些牛肉，回到旅馆，喝了几碗浓茶，就倒在枕上睡着了，睡到半夜里，从睡梦中觉得胃里胀闷，满腹疼痛，好像刀绞一般，一刻都忍受不住，同时感觉到还发着高烧，人有点迷迷糊糊的样子。旅馆里的服务员看见客人得了急病，就通知我的朋友久保田先生，给我找来了京都名医今井泰藏先生。经他诊断，是疲劳之后伤肌食饱，饮食过量，得了急性肠胃炎，病人已经入昏迷状态，来势不轻。从那天起，今井医师昼夜不离地用心调治，一个多月才渐渐复原。临走的时候，今井医师请我到他家里吃饭，我还同他的家属照了相，他的女儿今井京子才六岁，活泼可爱。我和今井先生结下了深厚的友谊，我送他医药费，他坚决不收，他说："医生治病救人，应得酬劳，但友谊比金钱更可贵。"我打算送他礼物，也不肯受。最后他对我说："这样吧！我喜欢中国的翡翠，您下次再来时给我带一副翡翠袖扣，作为纪念。"三十年来，沧桑变幻，这件事始终耿耿于心。这次到日本之前，我就把镶好的翡翠袖扣检出来，预备送给今井医生。我一到东京就托日本朋友打听他的下落，他们答复我说，在东京已经向医药界调查过，没有这个人，只有到京都、大阪去找线索。到了大阪以后，有一天，朝日新闻社的朋友对我说："京都方面的消息，已经找到了今井医生，明天我们游览天龙寺可能见到面。"我听了非常兴奋。

　　6月20日上午，全体团员从大阪分乘汽车游览京都名胜。经过渡月桥，不多时到了京都著名的天龙寺。大家走进寺里的大书院，一位穿着淡红色衣服的日本妇女从回廊迎上来，她走到我面前立定了，深深地鞠躬,双手递过一张照片说:"梅叔叔,您还记得我吗?我是今井京子,听说你们要来游览天龙寺,我一清早就在这里等候的。"我虽然三十多年没有见她,但面部的轮廓,还有一些影子。我握住她的手,看着相片说:"这张照片是当年在你们家里照的,我还保存着,这次也带来了,那时候你才6岁。当年我在这里得了急病,幸而你父亲给我尽心医治,救了我的命,现在他……"我的话没有说完,京子哽咽地说道:"我父亲已经在十三年前亡故了。"我听了这个消息,脑子里轰的一下怔住了。京子含着眼泪说道:"自从您走后,我的父亲常常想念您,报纸上如果登载着您的消息,他必定仔细地阅读,还讲给我们听。他希望您再到日本来能够见面。不久我的母亲亡故了,他续娶了一位继母,生了弟弟、妹妹,我结婚后离开娘家,目前在一家工厂里做事。"我听她絮絮叙说这些往事,只觉得一阵阵心酸,向她说道:"当年你父亲谈起他喜欢中国的翡翠,我答应送他一副翡翠袖扣,这次带来了,可是人却见不着了!这样吧!请你通知今井夫人,过几天我到京都演出的时候,我要到她家里把这副袖扣亲自献到你父亲的灵前,聊表我的心意。"京子向我道了谢,鞠躬而退。日本朋友见我听到今井医师逝世的消息十分伤感,都说我笃念旧交。我说:"那次我的病象非常险恶,如果没有今井先生的悉心诊治,是不堪设想的。因此我们的交情,与一般的病人和医生的关系就大为不同了。"

　　27日的上午,我们就到了今井夫人家里。她的住房很窄小,门口玻璃橱窗内陈列着点心、面包、糖果等食品发售门市,今井夫人和京子小姐在门口迎接我们。进门后今井夫人揭开灵帏,露出今井医师的遗像,我想起从前,不觉泪下。我虔诚地向这位曾经挽救过我的生命的老友灵前献了鲜花,又双手把一副翡翠袖扣供在遗像前面,行礼追悼毕,然后席地坐下来。京子小姐替我介绍几位家属说:"这是我父亲的弟弟,这是我的姑母。"这位老太太看上去也有六十多岁了,她说当年曾在今井医师家里见过我;还有两位是京子的弟弟、妹妹。大家团坐在斗室之中,谈起往事,不胜感慨。我说:"这次我到日本来,希望见着今井先生,想不到他已经逝世多年,真是遗憾。"最后我拿出几件中国土产和我的五彩剧照分送给今井先生的家属留作纪念。

　　从今井先生家里回到京都旅馆,在卧室的外间一个很大的客室里吃饭，姬传问我："当年您在此地养病，住的是哪一间房？"我说："好像就是这一间。"我记得右面窗外有一个阳台，昨天我一进房就想推门出去看一看。服务员对我说："这里的建筑已经很老了，外面的阳台也超过了年龄，可是住这间房的旅客都喜欢搬张椅子到阳台上去纳凉，观赏山景；我们为了保证安全起见，只得事先把这种情况介绍给旅客，请他们注意。您如果愿意出去看看还是可以的，不过不要停留过久。"姬传听了这段话就说："我们出去看看。"我也一同走了出去，往四面远眺，群山环绕，树木葱茏，这旅馆建筑在山腰里的风景区，环境是极其幽静的。姬传问道："事隔三十多年，有什么今昔不同之处？"我说："我记得当年我就常常躺在靠窗的一张藤椅上，晒太阳，看风景，我还喜欢下面这间大饭厅，窗外的小桥、溪水，石壁上古木森森，颇有诗意。这些都还保持了原样，没有太大的变动，就是有一点感觉到和过去稍微不同。像室内几案上的瓶花，玻璃橱里多宝格内陈列的摆件，似乎没有当年那么精细适当，这可以看出经过一次战争的变动……"